© privat

Marcin Szczygielski, geboren 1972 in Warschau, ist ein preisgekrönter Journalist und Autor und schreibt seit 2009 auch für Kinder sehr erfolgreich. ›Hinter der blauen Tür‹ wurde in Polen mit dem »Großen Dong« ausgezeichnet, in die internationale IBBY-Ehrenliste aufgenommen und verfilmt. Bei FISCHER Sauerländer ist von ihm auch der Roman ›Flügel aus Papier‹ erschienen.

Weitere Informationen zum Kinder- und Jugendbuchprogramm der S. Fischer Verlage finden sich auf *www.fischerverlage.de*

Marcin Szczygielski

HINTER DER BLAUEN TÜR

Aus dem Polnischen von Thomas Weiler

FISCHER Taschenbuch

Zu diesem Buch ist bei Sauerländer audio ein Hörbuch, gelesen von Jens Wawrczeck, erschienen, das im Buchhandel erhältlich ist.

MIX
Papier aus verantwortungsvollen Quellen
FSC® C083411

Erschienen bei FISCHER Kinder- und Jugendtaschenbuch
Frankfurt am Main, September 2018

Die polnische Originalausgabe erschien 2010
unter dem Titel ›Za niebieskimi drzwiami‹ bei
Instytut Wydawniczy Latarnik, Warschau

Übersetzt wurde nach der korrigierten Ausgabe von 2013
Umschlaggestaltung: Eva Schöffmann-Davidov
unter Mitarbeit von Regina Solf
Illustration: Eva Schöffmann-Davidov
Satz: Dörlemann Satz, Lemförde
Druck und Bindung: CPI books GmbH, Leck
Printed in Germany
ISBN 978-3-7335-0222-5

Inhaltsverzeichnis

Die Fahrt, die Libelle und die Zwiebel

Immer wieder muss ich an diesen Tag denken, obwohl er schon über ein Jahr zurückliegt. Aber irgendwie ist es auch klar – schließlich ist damals mein ganzes Leben über den Haufen geworfen worden. Ich war gerade mal elf Jahre alt und konnte viele Dinge noch nicht so gut verstehen. Der Tag war sehr wichtig für mich, ich hatte lange auf ihn gewartet, monatelang. Es war der erste Tag unseres gemeinsamen Urlaubs, den Mama mir an Heiligabend versprochen hatte. Ihr denkt jetzt bestimmt, mit seiner Mutter in Urlaub zu fahren sei nichts Besonderes, sondern ganz normal, wenn man klein ist. Für mich war es aber eine große Sache. Mama hatte nie Zeit gehabt, Urlaub mit mir zu machen, weil sie sehr viel arbeitete, eigentlich immer. Sogar zu Hause saß sie die ganze Zeit am Computer. Manchmal war ich ihr deshalb böse, aber nur manchmal. Ich wusste ja, dass sie so viel arbeitete, damit es uns gutging und dass sie das auch für mich tat – damit ich in eine gute Schule gehen und wir uns etwas leisten konnten. Damit wir eine große Wohnung und ein anständiges Auto hatten. Sie war ganz auf sich allein gestellt, wir waren nämlich nur zu zweit. Meinen Vater habe ich nie gesehen, nicht mal auf einem Foto, und Mama erzählte nur ungern von ihm, obwohl ich sie immer wieder gelöchert habe. Meine Klassenkameraden in der Grundschule in Warschau hatten Väter, allerdings wohnte kaum noch einer bei den Kindern – die meisten Eltern waren geschieden. Trotzdem kannten sie ihre Väter und wussten etwas über sie, zum Beispiel wie alt sie waren oder wie sie hießen. Ich wusste überhaupt nichts, aber wenn es mich gab, musste ich auch einen Vater haben. Mama regte sich immer auf, wenn ich mit meinen Fragen ankam, deshalb ließ ich es irgendwann sein. Alles, was sie mir verriet, war, dass ich sein dunkles Haar geerbt habe, dass er wie ich sehr hartnäckig sein konnte, wenn ihn etwas gepackt hatte, und dass er leicht an die Decke ging. Ich stellte mir zuerst eine Art Spiderman vor, der die Wände hochlaufen und an der Decke kleben kann – ich war ja noch ziemlich klein damals –, doch dann wurde mir klar, dass sie etwas ganz anderes gemeint hatte. Aber ich schweife ab, das ist mein altes Problem: dass ich nicht bei der Sache bleiben kann, sondern beim Erzählen immer vom Hundertsten ins Tausendste komme.

Jener Tag fing genauso an, wie er anfangen sollte. Mama weckte mich früh um sieben, die Sonne strahlte, kein Wölkchen stand am Himmel. In der Diele stapelte sich das Gepäck: Mamas grauer Rollkoffer, mein blauer, der Weidenkorb mit Deckel und Lederriemen, zwei Plastiktüten mit Wechselschuhen, die Playstation mit Schutzhülle, die Laptop-Tasche und noch ein paar andere Taschen. Ich muss das nicht weiter ausführen, es spielt sowieso keine Rolle – die üblichen Sachen eben, die man für zwei Wochen Urlaub in einem Häuschen am See mitschleppt. Aber ich sehe diesen Gepäckstapel noch genau vor mir, als hätte ich ein Bild davon in meinem Kopf. In fünf Minuten könnte ich es auf ein Blatt Papier malen, na, vielleicht in sieben. Wir frühstückten, Mama trank ihren Milchkaffee und fragte:

»Bist du so weit?«

Nie zuvor war ich so weit gewesen wie an diesem Morgen. Wir schafften das Gepäck zum Aufzug, Mama schloss ab und rüttelte noch zweimal am Türknauf, um sicherzugehen, dass die Tür auch wirklich zu war.

Das machte sie immer so. Dann fuhren wir mit dem Aufzug in die Garage und verstauten unser Gepäck in Mamas silbernem Audi. Alles passte rein.

Es war ein Sonntag, und in Warschau war kaum jemand unterwegs, weil die Leute entweder noch schliefen oder schon im Urlaub waren. Ab und zu meldete sich die Navi-Frau mit ihrer sanften, etwas künstlichen Stimme aus dem Gerät unter der Frontscheibe: »Dem Straßenverlauf 100 Meter folgen, links abbiegen, rechts abbiegen, dem Straßenverlauf 300 Meter folgen.« Mama antwortete ihr, weil sie immer mit dem Navi redet und überhaupt ständig plappert, wenn sie am Steuer sitzt – wenn nicht mit der Navi-Frau, dann mit anderen Autofahrern oder Fußgängern, obwohl die sie natürlich nicht hören. Ich finde das toll, weil Mama meistens lustige Sachen sagt, wenn sie nicht gerade gestresst oder wütend ist. Dann sagt sie gar nichts und schimpft höchstens leise vor sich hin, damit ich es nicht höre, aber ich …

Na prima, jetzt bin ich schon wieder woanders gelandet. Also zurück zu jenem Tag.

Ich saß angeschnallt auf der Rückbank, bestens gelaunt, mit einer Tüte Erdnussflips, zwei neuen Spielen auf meinem iPhone, die Sonnenbrille auf der Nase. Am

Fenster zogen Bäume vorbei, die Navi-Frau redete, und Mama gab ihr lustige Antworten. Der Audi war neu und roch gut – Mama hatte ihn auf Kredit gekauft. Die Sitze waren blau-türkis, aus dem silbernen Armaturenbrett schauten runde Anzeiger mit hellblauen Leuchten hervor. Wir fuhren aus Warschau hinaus Richtung Danzig, das weiß ich noch genau, weil Mama sagte: »Jetzt sind wir auf der Straße nach Danzig.« Mama gab ordentlich Gas, weil wir fast alleine unterwegs waren. Ich riss die Flipstüte auf und dachte an die Spiele auf meinem iPhone, spielte aber noch nicht, weil ich sie noch eine Weile aufsparen wollte. Außerdem dachte ich an meine Sonnenbrille, meine erste richtige Erwachsenensonnenbrille, und natürlich an die zwei Wochen mit Mama im Häuschen am See, die vor uns lagen. Ich sah nicht, wie es passierte, weil ich ein paar Sekunden vorher doch noch beschlossen hatte, ein bisschen zu spielen und herauszufinden, worum es bei den neuen Spielen eigentlich ging. Statt auf die Straße schaute ich nur noch auf das Display meines iPhones. Mama sagte:

»Aber nicht, dass es dich gluckst!«

Als ich noch ganz klein war, ist mir im Auto oft schlecht geworden, und ich habe dann immer gerufen, dass es mich gluckst. Aber das ist schon ewig her, seit vier Jahren war nichts mehr. Mir wird überhaupt nicht mehr schlecht beim Autofahren.

»Nein, woher denn?«, antwortete ich, ohne von meinem iPhone aufzublicken.

»Aber sag mir Bescheid, wenn dir schlecht wird.« Mama trat aufs Gaspedal, und es drückte mich noch ein wenig tiefer ins Polster.

»Ist gut«, brummte ich.

Und dann überschlug sich die Welt mit einem entsetzlich lauten Knall. Es dauerte nur einen Wimpernschlag – eben saß ich noch hinten und baute mein Tower-Bloxx-Hochhaus, dann hing ich im Sicherheitsgurt auf der Seite, den Kopf im Gras. Ich spürte ein seltsames Summen unter der Schädeldecke und fühlte mich, als hätte mir jemand Piroggen in die Ohren gestopft. Das klingt bescheuert, aber ich weiß noch genau, dass ich dachte: »Als hätte ich Piroggen in den Ohren.« Mit dem Sitz vor mir war etwas nicht in Ordnung. Er stand ganz schief, außerdem war das Lederpolster aufgerissen und aus der Kopfstütze kamen Schaumstoff und ganze Knäuel zerrupfter Fäden. Aus dem Augenwinkel nahm ich im Gras eine Bewegung wahr. Ich drehte den Kopf ein wenig und entdeckte direkt neben meiner Stirn eine große himmelblaue Libelle. Ihre Flügel waren gebrochen, aber das hatte sie offenbar noch nicht verstanden, denn sie versuchte loszufliegen. Sie war es, die so laut summte, nicht mein Kopf …

Ich begriff überhaupt nicht, was passiert war, und schaute nicht einmal zu Mama, sondern nur auf das Gras um meinen Kopf, weil es mir so sonderbar vorkam, dass das Gras plötzlich nicht mehr nur vor dem Autofenster wuchs, sondern auch hier drin. Zumal das Fenster eben noch geschlossen war. Erst später ging mir auf, dass wir von der Straße abgekommen waren und uns überschlagen hatten. Dabei hatte ich keinerlei Schmerzen, nichts. Natürlich nur damals, später ging es dann los, im Krankenhaus. Ich sah mir die Libelle ganz genau an, sie war riesig. Mein Kopf kam mir furchtbar schwer vor, als ich versuchte, ihn weiter zu drehen.

»Dem Straßenverlauf 500 Meter folgen«, sagte die Navi-Frau.

Dann wurde es dunkel.

Ich heiße Łukasz Borski und bin zwölf Jahre alt. Geboren bin ich in Warschau, aber jetzt wohne ich in Brzeg, einem kleinen Ostseebad unweit von Kamień. Ich hoffe allerdings, dass sich das bald ändert und ich wieder in unser Haus in Warschau zurückkann, wenn nicht, ist sowieso alles egal. Alles hängt davon ab, ob wir mit dem Scheinder in der Silberwelt hinter der blauen Tür von Zimmer Nr. 18 in der ersten Etage der Pension *Hohes Kliff*, Piaskowa-Straße 3 in Brzeg, fertig werden und ob wir Tante Agata befreien können. Nein, nicht wir, obwohl Floh, Mona und Biss mir dabei helfen, sondern ich. Ich habe nämlich den Scheinder erst in unsere Welt gelassen, also muss vor allem ich gegen ihn kämpfen. Und es bleibt nicht mehr viel Zeit …

Aber wenn wir es nicht schaffen, schafft es vielleicht jemand von euch, jemand, der diese Geschichte über jene sonderbaren grauen Herbstwochen liest, die Geschichte darüber, was sich in dieser kleinen verschlafenen Ostseestadt gleich nach der Urlaubssaison abgespielt hat. Und lasst euch eines gesagt sein: Klopft nie zu lange an eine Tür! Denn selbst wenn auf der anderen Seite niemand sein sollte, kann euch doch jemand öffnen. Und was euch dann hinter dieser gewöhnlichen Tür erwartet, ist alles andere als gewöhnlich und könnte euch ganz und gar nicht gefallen.

Aber vielleicht erzähle ich am besten der Reihe nach …

Wir hatten einen Unfall. Das andere Auto kam plötzlich auf unsere Spur, Mama versuchte noch auszuweichen, doch es war zu spät. Sie hat das andere Auto erwischt, nur ganz leicht, aber das hat genügt, sie war nämlich ziemlich schnell, wenn auch nicht schneller als erlaubt. Unser Audi wurde herumgeschleudert, hat sich überschlagen und ist über die Leitplanke gesegelt. Vielleicht wäre nichts weiter passiert, wenn da ein Feld gewesen wäre, aber da war eben kein Feld, sondern eine kleine Wiese mit diesem Baum, gegen den wir gekracht sind. Später habe ich versucht, mir das aufzumalen, die ganze Unfallsituation – woher das andere Auto kam, wo der Baum stand und so weiter. Klar, es ist vollkommen sinnlos, so viel daran herumzudenken, aber ich kann eben nicht anders. Eine Sekunde, eine einzige Sekunde, hätte ja schon ausgereicht, und es wäre nicht passiert. Wenn das andere Auto nicht auf unsere Spur gekommen wäre. Wenn Mama ein bisschen langsamer gefahren wäre. Wenn der Baum nicht dort gestanden hätte. Wenn wir eine Sekunde früher oder später losgefahren wären. Wenn wir unseren Urlaub nicht in einem Häuschen am See hätten verbringen wollen, sondern in den Bergen oder am Meer. Wenn Mama keinen Urlaub bekommen hätte. Wenn, wenn, wenn ... Versteht ihr? Es war wie eine Pyramide aus vielen kleinen Bausteinen, wie ein Legoturm – wenn unten nur ein Steinchen fehlt, bricht die ganze Konstruktion zusammen. Wenn ich so darüber nachdenke, war die Wahrscheinlichkeit, dass nichts passiert, tatsächlich viel größer als die, diesen Unfall zu bauen. Ich muss einfach daran herumdenken.

Dabei war der Unfall selber gar nicht so schlimm. Das Schlimmste kam erst danach.

Die ersten Wochen verbrachte ich im Krankenhaus, das nächste halbe Jahr in einem anderen. Niemand wollte mir sagen, was mit meiner Mutter war – ich konnte nur erfahren, dass sie in einem anderen Krankenhaus lag und ihr Zustand sehr kritisch war. Was hatte das zu bedeuten? Ich konnte es nicht herausfinden. Unfähig mich zu rühren, lag ich in einem großen Metallbett mit allerlei Schnüren und Gewichten, an denen meine Beine aufgehängt waren. Ich konnte nicht laufen, und ich wurde operiert. An die erste Operation kann ich mich nicht erinnern, ich hatte sie schon hinter mir, als ich im Krankenhaus aufgewacht bin. Aber dann kamen noch mal zwei. Die Ärzte fragten mich über meinen Vater aus, über meine Großeltern, die Familie, aber wir hatten keine Verwandten. Ich wusste nur, dass die Mama meiner Mama, also meine Oma, kurz nach meiner Geburt gestorben war und Opa schon davor. Anfangs besuchten mich noch meine Klassenkameraden im Krankenhaus. Piotrek, Krzysiek und Przemek. Einmal kam auch Dagmara, neben der ich in Englisch saß. Später dann nur noch Krzysiek, aber nach ein paar Monaten auch er nicht mehr. Einmal die Woche kam regelmäßig unsere Wohnungsnachbarin, Frau Cybulska, zu der Mama immer »die Zwiebel« sagte (natürlich nur, wenn sie es nicht hörte) und die früher manchmal abends auf mich aufpasst hatte, wenn Mama irgendwelche Termine hatte. Frau Cybulska weinte an meinem Bett und brachte mir ausgerechnet Kompott mit, obwohl es Kompott auch im Krankenhaus gab, sogar ganz leckere. Mars oder Snickers wären mir lieber gewesen, aber das wollte ich ihr nicht auf die Nase binden, und von selbst kam sie nicht drauf. Erst bei ihrem dritten Besuch sagte sie mir, dass Mama nach unserem Unfall eingeschlafen ist und nicht mehr aufwachen kann. Das wollte mir einfach nicht in den Kopf: Wie kannst du so tief schlafen, dass du nicht mal aufwachst, wenn dich jemand schüttelt oder anbrüllt? Wahrscheinlich hatten die Ärzte sie einfach noch nicht kräftig genug geschüttelt. Ich machte mir große Sorgen deswegen, außerdem taten meine Beine und der Rücken dauernd weh, und ich weinte sehr viel. Ja, ich weiß, ich bin eigentlich zu groß für dieses Rumgeheule, aber ich musste einfach dauernd weinen, ich konnte nichts dagegen tun.

Dieser Zustand hielt eine ganze Weile an, jedenfalls kam es mir so vor. Die Tage zogen sich zäh wie Kaugummi. Nach ein paar Monaten bekam ich einen Rollstuhl, mit dem ich auf dem Krankenhausflur herumfahren konnte, dann fing die Physiotherapie an. Vom ewigen Liegen waren meine Beine ganz abgemagert, ich musste erst wieder laufen lernen. Das war richtig schwierig, und es tat höllisch weh. Nach der Operation war mein linkes Bein kürzer als das rechte, außerdem konnte ich das linke Knie kaum noch anwinkeln. Bei dem Unfall hatte mir der Beifahrersitz, den es durch die Wucht des Aufpralls aus seiner Verankerung gerissen hatte, beide Beine gebrochen, und sie waren schwer wieder zusammenzusetzen. Aber ich störte mich weniger an dem steifen Knie als an dem Strom darin. Das mit dem Strom muss ich euch sicher erklären. Mein Knie tat mir immer weh, als ob darin etwas Funken sprühte, mal mehr, mal weniger. Aber es hörte nie ganz auf. Also stellte ich mir vor, in meinem Knie hängen jede Menge abgezwickter, nackter Kabel. Zwischen ihnen funkt es, es gibt Kurzschlüsse, und wenn ich eine falsche Bewegung machte, zucken Blitze. Ich weiß nicht mehr, wie ich darauf gekommen bin, aber so fühlten sich die Schmerzen schon im Krankenhaus an. Das habe ich sogar meinem Arzt erzählt. Er sagte mir, Patienten dächten sich häufig solche Geschichten aus. So hätten sie es leichter, mit ihren Schmerzen umzugehen und sie zu beherrschen, weil dann eine Logik dahintersteckt. Ich habe keine Ahnung, wie mein Knie innendrin aussieht, wie die Nervenstränge aussehen und all so was. Ich weiß nicht einmal, warum es mir weh tut und was eigentlich. Aber wenn ich mir den Schmerz als Strom vorstelle und die Nerven als Kabelbündel, habe ich weniger Angst, weil ich ungefähr erklären kann, wie Strom funktioniert, was ein Kurzschluss ist, wie lange er dauern kann und was er für Folgen hat. Der Arzt hat übrigens gemeint, der Vergleich wäre gar nicht so verkehrt, weil tatsächlich elektrische Impulse dafür verantwortlich sind, Schmerzen an das Gehirn zu melden. Ein Mädchen, das einmal bei ihm in Behandlung war, hat sich angeblich den Schmerz als Wind vorgestellt: Wenn es sehr weh tat, war es ein Wirbelsturm, wenn es besser war, ein laues Lüftchen. Ich konnte damit überhaupt nichts anfangen. Ein Knie ist doch viel zu klein, als dass darin Wind wehen könnte.

Es tat also weh. Aber ich machte die Übungen, die sie von mir verlangten und weinte nicht mehr so viel, weil ich wusste: Je schneller ich wieder laufen lerne, desto schneller kann ich Mama sehen und sie endlich aufwecken.

Unverständlich war mir, wieso die Ärzte mir nicht einfach ein neues Bein wachsen ließen, ein Klon-Bein. Ich bin nämlich ein großer Fan von Filmen und Büchern über Gentechnik. Wenn ich groß bin, will ich auch Genetiker werden und abenteuerliche Wesen erschaffen, Fluggiraffen zum Beispiel oder Rennschildkröten, die schneller sind als Geparden. Und ich würde natürlich daran arbeiten, dass die Menschen nicht mehr alt und krank werden, das hat ja auch alles mit den Genen zu tun. Warum wollten mir die Ärzte denn kein neues Bein machen, wenn im Fernsehen ständig Sendungen zu gentechnisch veränderten Menschen, Pflanzen und

Tieren laufen? Das kann doch nicht so schwer sein, jedenfalls leichter, als Dinosaurier zu klonen wie in *Jurassic Park*. Ein Bein ist doch viel kleiner als, was weiß ich, ein Tyrannosaurus. Natürlich habe ich das auch im Krankenhaus vorgeschlagen, aber niemand wollte auf mich hören.

Weihnachten verging, dann Silvester. Die Winterferien fingen an, aber zum ersten Mal spielte das überhaupt keine Rolle für mich, weil ich sowieso nicht zur Schule ging. Ich hatte Unterricht am Krankenbett bei einer Frau, die fast jeden Tag für ein paar Stunden zu mir kam, mich abfragte und mir neue Aufgaben stellte. Als der Schnee geschmolzen war und sich an den Ästen der Bäume vor den Krankenhausfenstern die ersten Blättchen zeigten, schaffte ich auf Krücken schon ein kleines Stück auf dem Flur, und es ging langsam aufwärts – das sagten jedenfalls die Ärzte, obwohl es mir nicht so vorkam. Beine und Rücken taten fast noch genauso weh wie am Anfang. Mama schlief die ganze Zeit.

Ende Juni wurde ich aus dem Krankenhaus entlassen. Die Zwiebel holte mich ab, sie brachte Kleider aus unserer Wohnung mit, zu der sie einen Zweitschlüssel hatte. Nur war ich in diesen neun Monaten aus meinen alten Kleidern herausgewachsen, denn obwohl ich die meiste Zeit im Bett gelegen hatte, musste ich gewachsen sein. Die Hosenbeine waren zu kurz, die Pulloverärmel ebenfalls. Ich zwängte mich trotzdem irgendwie in die Sachen, nahm meine Krücke und humpelte mit der Zwiebel aus dem Krankenhaus. Dort wartete schon ein Taxi, und die Zwiebel weinte die ganze Zeit still vor sich hin, was mich aufregte, weil ich mich sehr zusammenreißen musste, nicht selbst loszuheulen, und das ist umso schwieriger, wenn neben dir gerade jemand heult. Aber ich ließ mir natürlich nicht anmerken, dass ich ein bisschen sauer auf sie war, immerhin war sie die Einzige, die noch ins Krankenhaus kam, sich um mich kümmern wollte und sich um Mama und mich sorgte. Um sie etwas zu trösten und zu beruhigen, versuchte ich, sie anzulächeln, aber da weinte sie nur noch mehr, also ließ ich es wieder sein. Sie hielt mir die hintere Taxitür auf. Ich stand da wie angewurzelt, starrte das Auto an, und mein Magen schnurrte zu einer kleinen eiskalten Kugel zusammen. Die ganze Zeit hatte ich keinen Gedanken daran verschwendet, wie es sein würde, wieder in ein Auto zu steigen, aber dort vor dem Krankenhaus dachte ich einen Moment lang, ich würde es nicht schaffen. Es wäre viel zu gefährlich. Beim bloßen Gedanken daran, mich in so ein rasendes Metallgeschoss

einsperren zu lassen, brach mir der kalte Schweiß aus. Aber mir war auch klar, dass ich keine Wahl hatte, dass ich nicht bis an mein Lebensende zu Fuß unterwegs sein konnte, schon gar nicht jetzt nach dem Unfall, wo es mit dem Gehen nicht so gut lief. Kann man das überhaupt sagen, dass es mit dem Gehen nicht läuft? Keine Ahnung, egal, ihr wisst schon, was ich meine.
Also, wird schon schiefgehen, habe ich mir gesagt und bin in das Taxi eingestiegen, obwohl mir das Herz flatterte und mein Mund ganz trocken war vor Aufregung. Die Zwiebel stieg auch ein. Als sie die Tür zugeworfen hatte, bat sie den Fahrer, uns nach Hause zu fahren, aber ich beharrte stur darauf, dass das nicht in Frage käme, und ich unbedingt zuerst in Mamas Krankenhaus fahren und sie sehen musste. Und sie aufwecken natürlich, aber das sagte ich nicht laut. Die Zwiebel jammerte nur »O Gott, Ogottogott«, aber sie lenkte schließlich ein, weil sie wusste, dass ich sonst aus dem Taxi ausgestiegen und mit meiner Krücke zu Mama gehumpelt wäre. Wir fuhren hin.
Mama wollte nicht aufwachen, obwohl ich sehr lange mit ihr sprach und ihre Hand hielt. Sie lag auf Kissen in einem Krankenhausbett, ihr Gesicht war fast so weiß wie das Laken. Ihr hellblond gefärbtes Haar war ge-

wachsen, ich entdeckte die ersten grauen Strähnen. Sie war nicht geschminkt, aus ihrer Nase kamen irgendwelche Schläuche. Viel kleiner und dünner als früher kam sie mir vor. Und obwohl ich mir geschworen hatte, nicht zu weinen, konnte ich einfach nicht anders. Die Zwiebel heulte auch die ganze Zeit und drückte mich kräftig, aber jetzt war ich ihr nicht mehr böse deswegen. Dann kam ein Arzt mit Sorgenmiene und sagte, sie wüssten nicht, wie lange Mama noch schlafen und ob sie überhaupt wieder aufwachen würde, und vor allem wüssten sie nicht, wieso sie eigentlich schlafe. Das wollte mir nicht in den Kopf, er war doch der Arzt hier im Krankenhaus. Wer, wenn nicht er, müsste wissen, wie man einen Menschen wieder in Gang bringt, wenn er kaputt ist und nicht mehr läuft?

Wir fuhren nach Hause. Die Zwiebel erklärte mir, ich würde bei ihr wohnen, bis Mama aufwacht. Sie redete auch von Mamas Geld, dass für unsere Wohnung irgendwelche Kreditraten an die Bank gezahlt werden müssten, aber da habe ich nur die Hälfte verstanden, weil Mama nie so etwas erwähnt hatte. Kapiert habe ich nur, dass die Bank uns die Wohnung und sicher auch die Möbel wegnimmt, wenn Mama nicht bald aufwacht, und garantiert den großen Flachbildschirm aus dem Wohnzimmer, der kostet nämlich ebenfalls Raten. Ich zog also bei der Zwiebel ein, die alles in allem ganz in Ordnung ist, auch wenn es in ihrer Wohnung immer nach Dämpfkraut riecht, weil sie das so gern hat. Eigentlich müsste sie in so einem Weltrekordebuch stehen als der Mensch, der in seinem Leben den meisten Kohl gegessen hat, ohne Witz jetzt. Und auf allen Möbeln in der ganzen Wohnung stehen Kunstblumen in kleinen Vasen auf Spitzendeckchen.

Ich hatte keine Ahnung, wie es weitergehen sollte. Wenn ich Familie hätte, erklärte mir die Zwiebel, dann würde diese Familie vielleicht die Raten für unsere Wohnung an die Bank zahlen, mich zu sich holen und mir Schulbücher und neue Kleider kaufen. Die Zwiebel machte sich große Sorgen wegen solcher Sachen, weil sie schon in Rente ist und nicht mal genug Geld für sich selber hat – bestimmt isst sie deswegen so viel Dämpfkraut, Kohl ist nämlich billig. Aber ich hatte keine Familie, deshalb sorgte ich mich auch und beschloss, mich mit dem Dämpfkraut anzufreunden.
Der Juli verstrich, Mama schlief noch immer. Ich besuchte sie, sooft ich nur konnte, denn der Arzt hatte gesagt, dass Komapatienten – also Leute wie meine

Mama – gar nicht richtig schlafen und hören können, was man zu ihnen sagt. Deshalb redete ich in einem fort. Ich erzählte ihr von der Zwiebel, wie das Wetter war und was ich zu Mittag und zu Abend gegessen hatte, auch wenn es wieder nur Dämpfkraut gewesen war. Ich erzählte ihr alles, was mir in den Sinn kam, aber Mama verzog keine Miene. Sie atmete durch die Schläuche, die aus ihr herausstanden, der Bildschirm am Kopfende piepste und malte Kurven, und aus dem durchsichtigen Beutel auf dem Ständer neben ihrem Bett tropften Essen, Trinken und Medizin direkt in Mamas Hand.

Gleich am ersten August sagte mir die Zwiebel beim Abendessen, zu dem sie zur Abwechslung grüne Bohnen mit Butter und Semmelbröseln gemacht hatte, ganz lecker sogar, dass ich, sollte Mama nicht bis zum Monatsende aufwachen, in eine spezielle Schule gehen müsste, in der ich auch wohnen würde. Obwohl sie sagte, es sei eine Schule, war mir gleich klar, dass sie ein Waisenhaus meinte. Ich war ihr nicht böse deswegen, ich wusste ja, dass sie wirklich zu wenig Geld hatte, mich bei sich zu behalten. Deshalb weinte ich auch nicht vor ihr und bettelte auch nicht, sie solle mich nicht dorthin geben, sondern ich aß diese grünen Bohnen mit Butter und dachte mir, so lecker sie sind, ich werde mein Lebtag keine grünen Bohnen mit Butter mehr hinunterbekommen. Und dann ging ich ins Bett.

Als ich schon dachte, schlimmer kann es nicht mehr kommen, geschah etwas, womit niemand gerechnet hatte. Ich hatte nämlich doch Familie …
Es war Samstag, ich war gerade aus Mamas Krankenhaus zurück, und die Zwiebel dämpfte ihren Kohl für das Mittagessen. Am Nachmittag wollten wir rüber in unsere Wohnung gehen und durchsehen, was ich von meinen Kleidern in diese neue »Schule« mitnehmen würde. Ich saß auf dem Wohnzimmersessel und schaute mir einen langweiligen Film im Fernsehen an, als jemand klingelte.

Tante Agata

»Ich mach schon auf!«, rief ich der Zwiebel zu. Ich versuche nämlich, bei jeder Gelegenheit meine dürren Beine zu trainieren, auch wenn ich eigentlich gar nicht in der Stimmung bin.

Ich nehme meine Krücke, stemme mich aus dem Sessel hoch und humple in die Diele. Gerade, als ich die Hand auf die Klinke lege, klingelt es noch einmal, so laut und durchdringend, dass ich beinahe einen Satz mache und es in meinem linken, steifen Knie noch stärker funkt.

»Brennt es, oder was ist los?«, ruft die Zwiebel aus der Küche, während ich die Klinke herunterdrücke und die Tür aufziehe.

Draußen steht eine große schlanke Frau. Ihr etwas angegrautes Haar ist straff nach hinten gekämmt, sie trägt ein braunes Jackett, einen Sommerrock mit großen Taschen und vorsintflutliche Schnürschuhe. Eine

Weile mustert sie mich über das Drahtgestell ihrer großen runden Brillengläser hinweg.
»Ja bitte?«, frage ich.
»Bist du Łukasz?«, fragt sie zurück.
»Ja.«
»Łukasz Borski?«
»Ja, aber ich verstehe nicht …«
»Ich bin Agata Borska«, fällt sie mir ins Wort. »Pack deine Sachen und zieh dich an. Du kommst mit mir.«
»Aber … Aber …«, stottere ich. »Wohin denn? Warum?«
»Ich bin deine Tante. Du kommst mit zu mir. Nach Brzeg.«
»Tante? Ich habe keine Tante«, murmle ich, immer noch in der halbgeöffneten Tür.
Die Frau zieht die Nase hoch, schiebt mich sanft beiseite und betritt die Wohnung der Zwiebel.
»Doch, hast du«, entgegnet sie. »Beeil dich, der Zug zurück geht um 18.30 Uhr.«
Die Zwiebel steht in der Küchentür, trocknet sich die Hände am Geschirrtuch und starrt die fremde Frau mit großen Augen an.
»Verzeihung«, sagt sie zu ihr, »könnten Sie bitte erklären, was …«

»Könnte ich«, seufzt die Frau im braunen Jackett und fährt zu mir gewandt ungeduldig fort: »Ich hab doch gesagt, du sollst dich beeilen!«

Dann verziehen sie sich in die Küche und unterhalten sich lange im Flüsterton. Ich fange an zu packen. Meine Tante und die Zwiebel gehen zusammen in unsere Wohnung.

Als sie aus der Tür sind, höre ich noch, wie meine Tante zur Zwiebel sagt: »Ich schicke eine Firma wegen der Sachen und kläre das mit der Bank. Das sollte höchstens zwei Wochen dauern, ab September dürfte sie frei sein.«

»Aber sie …«

»Ich habe mit den Ärzten gesprochen, sie können nichts mit Sicherheit sagen. Sie kann morgen genauso gut aufwachen wie in einem Jahr. Oder gar nicht mehr …«

Sie schließen die Tür hinter sich, ich ziehe meinen Pullover über, trage Tasche und Rucksack in die Diele und setze mich auf den Stuhl bei der Garderobe. Mein Herz hämmert, die Hände sind schweißnass.

Eine Stunde später sitze ich mit dieser komischen fremden Frau in einem Zug ans andere Ende des Landes. Ich konnte mich nicht einmal von Mama verabschieden.

»Mentos?«, fragt sie, zieht eine Rolle aus ihrer Riesentasche und hält sie mir unter die Nase.

Die Tasche ist potthässlich für meinen Geschmack. Sie sieht fast aus wie das Ding, in dem unser Briefträger die Post bringt, nur dass sie braun ist und nicht schwarz.

»Nein, danke«, antworte ich und schiele kurz zu ihr hinüber.

»Dann nicht«, meint sie achselzuckend, steckt sich selbst eins in den Mund und versenkt die Rolle wieder in ihrer Tasche.

Anschließend gräbt sie ein in graues Packpapier eingeschlagenes Buch aus, schlägt es auf und fängt an zu lesen. Ich beobachte sie verstohlen. Plötzlich sieht sie mich über den Brillenrand hinweg an und erhascht meinen Blick.

»Mama hat mir nie davon erzählt, dass ich eine Tante habe«, sage ich zu ihr.

»Das kann ich mir vorstellen«, antwortet die Frau.

»Das heißt, Sie sind ihre Schwester?«

»Sieht ganz so aus.«

»Wieso hat sie mir nie erzählt, dass sie eine Schwester hat?«, frage ich.

»Sie hatte offenbar keine Lust.«

»Aber man erzählt sich doch, wenn man Verwandte hat«, rufe ich fast. »Das ist doch wichtig irgendwie!«

»Irgendwie schon. Nicht so laut.«

»Und wieso hat sie es mir dann nicht erzählt?«

»Ich hab doch grad gesagt, du sollst nicht so laut sein.« Ruhig legt die Frau ihr Buch auf das Klapptischchen am Fenster und faltet die Hände über ihrer Tasche. »Jetzt weißt du es ja.«

»Ja, aber nicht von ihr … Wie soll ich zu Ihnen sagen?«

»Wie du willst. Alle sagen Agata zu mir. Du kannst also auch Agata sagen oder, was weiß ich … Tante?«

»Und wie hat Mama zu Ihnen gesagt?«, frage ich listig und warte nur darauf, dass sie sich verhaspelt und der ganze Schwindel auffliegt.

Ich glaube einfach nicht, dass sie Mamas Schwester ist! Wenn meine Mama eine Schwester hätte, hätte sie mir bestimmt davon erzählt, ganz bestimmt. Diese Frau hat herausgefunden, was passiert ist, und jetzt entführt sie mich, weil … Warum eigentlich? Keine Ahnung, aber sie wird schon ihre Gründe haben. Unsere Wohnung! Nein, die Wohnung gehört ja gar nicht uns. Sondern der Bank. Geld? Haben wir praktisch keins. Meine Playstation und der Laptop, sogar das iPhone sind bei dem Unfall draufgegangen. Was will sie also?

»Sie hat mich Agata genannt«, antwortet die Frau seufzend. »Wie denn auch sonst? So heiße ich nun mal.«

»Aber … Ich glaube das nicht! Ich kann nicht glauben, dass Mama nie auch nur mit einer Silbe erwähnt hat, dass ich eine Tante habe! Sie hat mir immer alles erzählt.«

»Oh, ich kann dir versichern …«, fängt sie grinsend an, spricht aber nicht weiter, sondern öffnet mit einem erneuten Seufzer ihre Tasche.

Sie kramt lange darin herum, bis sie einen vergilbten, an den Ecken abgestoßenen Briefumschlag hervorzieht und mir hinhält.

»Was ist das?«

»Fotos«, antwortet die Frau.

»Was für Fotos?«, frage ich unwillig.

»Schau doch rein.«

Zögernd greife ich nach dem Umschlag. Er enthält ein gutes Dutzend Schwarzweißfotos. Sicher nicht digital fotografiert, schlechte Qualität, unscharf und körnig. Auf fast allen ist meine Mutter zu sehen, aber nicht die, die ich kenne. Viel jünger ist sie und irgendwie trauriger. Kaum ein Bild, auf dem sie lächelt. Auf manchen Fotos ist sie mit dieser Agata hier abgebildet, die sich fast nicht verändert hat bis auf die grauen Haare. Sie stehen auf einer Düne, im Hintergrund das Meer. Auf einem Bild sind sie in einem Garten, Mama sitzt auf einer Holzschaukel, Agata steht daneben. Auf dem nächsten Bild ist außerdem eine ältere Dame zu sehen.

»Und das?«, frage ich und zeige ihr das Foto.

»Das ist deine Oma.«

Oma? Ich sehe mir die ältere fremde Frau genauer an. Das ist also meine Oma. Streng blickt sie drein, mit verkniffenem Mund, sie sieht nicht gerade begeistert aus.

»Sie wollte sich nie fotografieren lassen«, erklärt Tante Agata, als hätte sie meine Gedanken gelesen. »Sie fand, sie sei nicht fotogen.«

»Und Opa?«

»Was ist mit Opa?«

»Na, ob es auch ein Foto von Opa gibt?«

»Irgendwo müsste eins ... Gib mal her.«

Agata nimmt mir die Bilder ab und sieht sie schnell durch. Schließlich zieht sie eines hervor und zeigt es mir.

»Da ist es. War wohl irgendein Fest.«

Das Bild muss in einem riesigen Zimmer aufgenommen worden sein. An einem langen, dunklen Tisch sitzen mit ernster Miene zwei Mädchen in weißen Kleidern, weiße Schleifen im Haar. Zwischen ihnen sitzt ein schlanker Mann mit dichtem dunklem Haar. Sein Gesicht ist nicht richtig zu erkennen, offenbar hat er genau in dem Moment, als das Foto gemacht wurde, den Kopf gesenkt.

»Das bin ich.« Meine Tante zeigt auf eines der Mädchen, dann deutet sie auf das andere und sagt: »Und das ist deine Mutter.«

»Mama hatte Zöpfe?!«

»Wir beide. Das trug man damals so.«

»Wann war das denn?«

»Keine Ahnung, irgendwann so ’75, ’76.«

»Er ist nicht besonders gut zu erkennen, weil er den Kopf bewegt hat. Und wer hat das Foto gemacht?«

»Mutter. Also deine Großmutter.«

»Ein Riesenzimmer«, staune ich und sehe mir das Bild genau an.

»Es sieht immer noch so aus. Wir haben fast nichts verändert.«

»Das ist bei euch zu Hause?«

»Ja. Im *Hohen Kliff.*«

»Was für ein Kliff?«

»So heißt unsere Pension: *Hohes Kliff.*«

»Sie haben … du hast eine Pension? So ein Hotel? In echt?«

»Nicht ich, sondern wir«, antwortet sie. »Es gehört zur Hälfte deiner Mutter. Also ein bisschen auch dir.«

»Mama hat mir nie davon erzählt …«, fange ich an, unterbreche mich aber selbst, als mir klarwird, dass es eine ganze Menge Dinge gibt, von denen sie mir nichts erzählt hat.

Wir haben eine Pension an der Ostsee? Wieso wohnen wir dann nicht dort? Das ist doch tausendmal cooler als so eine Mietwohnung. Und eine Pension zu führen ist sicher auch netter, als zehn bis zwölf Stunden täglich in einem Verlag zuzubringen! Ich verstehe überhaupt nichts mehr.

»Ist es groß?«, frage ich. »Dieses *Kliff*?«

»Schon ziemlich. Wir haben achtunddreißig Zimmer im Haupthaus und noch einmal vier im Pavillon.«

»Und … du machst das ganz alleine?«

»In der Saison habe ich meine Leute. Außerhalb der Saison kommt praktisch kein Mensch nach Brzeg, also stelle ich sie immer nur für drei Monate ein, von Juni bis Ende August.«

»Und im Winter? Wohnst du da ganz alleine in diesem Riesenhaus?«

»Bis jetzt war das so, ja. Aber jetzt wird es ja anders ...«

Zum ersten Mal zeigt meine Tante ein feines Lächeln. Und da, als sie dieses Lächeln aufsetzt, erkenne ich plötzlich die Verwandtschaft. Plötzlich geht mir auf, wie ähnlich sie meiner Mutter sieht. Sie haben fast dasselbe Lächeln. Mir wird ganz mulmig, und meine Augen fangen verdächtig an zu brennen. Schnell wende ich den Blick ab und hefte ihn wieder auf das Foto.

»Erst mal«, stelle ich klar. »Bis Mama aufwacht, dann nimmt sie mich ja wieder mit.«

»Bis Mama wieder aufwacht«, nickt meine Tante, und das Lächeln weicht aus ihrem Gesicht.

Sie schließt die Augen und lässt ihren Hinterkopf in das Polster sinken. Vor dem Fenster hasten Straßen, Wiesen, Bäume und Hochspannungsmasten vorbei. Eine rote Sonne hängt tief über dem Horizont, ich spüre ihre Wärme auf meinem Gesicht. Ich lehne mich mit der Stirn gegen die Scheibe, das Foto immer noch auf den

Knien, und versuche, meinen Blick nicht wandern zu lassen. Die verschwindenden Wiesen verschmelzen zu einem grünen Streifen, der mich schwindeln lässt.

Als wir am Bahnhof aus dem Zug steigen, ist es schon stockfinster. Wir laufen über einen schmalen Bahnsteig und lassen das kleine Bahnhofsgebäude mit dem einsamen Fahrkartenschalter und dem Kiosk hinter uns, der jetzt durch einen grauen Rollladen verschlossen ist. Der Bahnhofsvorplatz hat eine Blumenrabatte mit einer Metallskulptur in der Mitte, von der die Farbe abblättert.
»Auf geht's«, drängelt meine Tante.
Ich rücke den Rucksack zurecht, schließe die Finger fest um den Krückengriff und humple ihr nach. Als wir den Platz überquert haben, öffnet meine Tante die Türen eines beigen Lieferwagens am Straßenrand, der garantiert älter ist als ich. Die Karosserie ist mit Rostflecken übersät, die Stoßstange ist verbogen. Auf der Seite prangt in schwarzen Klebebuchstaben:
»SOMMER LAUB IM HOHEN KLIFF«, darunter etwas kleiner die Adresse.

»Das UR von URLAUB fehlt«, sage ich zu meiner Tante.

»Ich weiß, ist abgefallen. Geht das mit dem Einsteigen? Ist ziemlich hoch.«

»Ich krieg das schon hin«, antworte ich und klettere hinein. Im Lieferwagen riecht es nach Waschpulver und Reinigungsmittel. Eigentlich nicht unangenehm, nur eben ein bisschen wie Krankenhaus. Das schwarze Kunstleder auf den Sitzen ist rissig, aber sauber. Genauso die abgeschabten Gummifußmatten. Plötzlich dämmert mir, dass die Pension vielleicht doch nicht die Goldgrube ist, von der ich geträumt habe. Die Tür auf meiner Seite schließt nicht richtig, meine Tante beugt sich herüber, zieht sie mit einem kräftigen Ruck zu und dreht dann den Zündschlüssel um. Mit leichter Verzögerung springt der Motor lustlos an. Laut knatternd, rumpelt der Wagen über die verwaiste Straße.

»Ist es noch weit?«, frage ich.

»Ein Stück noch. Brzeg hat keinen Bahnhof. Das heißt, einen Bahnhof gibt es schon, aber die Züge fahren nicht mehr bis zu uns rauf. Im Bahnhofsgebäude kann man jetzt Backfisch kaufen, natürlich nur während der Saison, den Rest des Jahres ist es geschlossen. Jetzt kommt

man nur noch mit dem Bus zu uns. Oder mit dem Auto«, erklärt meine Tante.
Hoch am Himmel funkeln die Sterne, der Mond ist ein nahezu vollendeter Kreis. Kein Wölkchen ist zu sehen. Wir fahren durch ein leeres dunkles Städtchen. Als wir die letzten Häuser hinter uns gelassen haben, verschwindet der Mond in den Kronen der Bäume, die die Straße säumen. Im Scheinwerferlicht hat es den Anschein, als führen wir durch einen langen Säulentunnel. Über der Straße berühren sich die Äste, fast streifen sie das Dach unseres Autos. Es geht leicht bergauf bis zu einer Kurve. Plötzlich reißt die Baumreihe auf, und wir sind auf offenem Gelände. Ich drücke meine Nase am Fenster platt, weil auf meiner Seite unter uns eine unendlich große Wasserfläche aufgetaucht ist. Der Mond spiegelt sich in den Wellen, als hätte jemand fluoreszierende Folien- oder Brokatschnipsel darüber ausgestreut.
»Das Meer«, sage ich.
Der Motor des Lieferwagens tuckert gleichmäßig, unter uns schwappen dunkle Wellen. Ich lehne mich gegen die Kopfstütze und schließe kurz die Augen.
Als das Auto abrupt stehen bleibt, schlage ich sie wieder auf. Im ersten Moment weiß ich nicht, wo ich bin. Ich war wohl eingenickt.

»Wir sind da«, sagt meine Tante, zieht den Schlüssel ab und zeigt durch die Windschutzscheibe. »Willkommen auf dem *Hohen Kliff.*«

Ich beuge mich vor, schaue aus dem Fenster, und mir bleibt der Mund offen stehen. Das *Hohe Kliff* ist nicht nur hoch. Es ist riesig und sieht überhaupt komplett anders aus, als ich es mir vorgestellt habe.

Ich steige aus und stehe auf meine Krücke gestützt vor dem Gebäude. Obwohl es mitten in der Nacht ist, kann man im Mondschein alles gut erkennen. Ich hatte gedacht, das *Hohe Kliff* wäre ein normales Haus, vielleicht so ähnlich wie das Ferienheim, wo ich vor zwei Jahren im Sommerlager war. Furchtbar war das, es hat die ganze Zeit geregnet. Wir haben in kleinen Bungalows hinter dem Hauptgebäude geschlafen, und außer uns haben da noch Riesentausendfüßler gewohnt. Unmengen. Die Pension meiner Tante hat so gar nichts mit dem Ferienheim gemein. Es ist eigentlich ein Schlösschen, teils aus rotem Backstein gemauert, teils aus wuchtigen Feldsteinen. Das Mauerwerk ist mit dunklen Balken durchsetzt und hier und da von Kletterpflanzen überwuchert, die bis in den zweiten Stock reichen, darüber beginnt das steile Mansarddach. An der einen Seite hat die Pension sogar ein stattliches Türmchen oder etwas in der Art. Ich stehe lange da und betrachte das in Dunkel gehüllte Haus.

»Komm«, sagt meine Tante. »Du hast noch Zeit genug zu gucken.«

»Das ist ja ein Schloss!«, bringe ich mühsam hervor.

»Ach woher denn? Ein normales Haus aus der deutschen Zeit. Die stehen hier überall«, meint sie achselzuckend.

»Aber es ist riesig!«

»Schon ziemlich groß. Aber innen kleiner, als es von außen wirkt.«

»Und wieso heißt es *Hohes Kliff*?«, frage ich.

»Dreh dich um, dann weißt du es.«

Ich fahre herum und ziehe vor Überraschung pfeifend die Luft ein. Der kleine Parkplatz vor der Pension liegt an einer Straße, auf deren anderer Seite hinter einer Schutzplanke das Nichts beginnt. Erst auf den zweiten Blick erkenne ich das schwache Funkeln des Mondlichts auf den fernen Wellen.

»Auf geht's«, drängelt meine Tante. »Ich mach dir was zu essen.«

»Ich habe keinen Hunger. Das ist wirklich hoch hier.«

»Freilich.«

»Sieht toll aus.«

»Ja, für Leute von auswärts vielleicht. Aber es ist ein Kreuz mit diesem Kliff.«

»Wieso denn?«

»Weil die See sich jedes Jahr ein Stückchen Festland einverleibt. Die Dünung schwemmt die Steilküste aus, trotz aller Befestigungen, das ist nämlich kein massives Gestein hier. Als ich klein war, standen noch Bäume auf der anderen Straßenseite, da waren es noch etliche Meter bis zur Kante. Jetzt ist kaum noch etwas übrig. Am Ende verschwindet die Straße mitsamt der Pension in den Wellen.«

»Wann denn?«, frage ich gespannt. »Noch diesen Monat? Kann ich mir das ansehen?«

»Sei doch nicht so dumm«, prustet meine Tante los. »So schnell geht das nicht. Ich werde das nicht mehr erleben, du vielleicht schon ... Schwer zu sagen.«

Ich sage erst einmal nichts und schiebe nur die Unterlippe vor. Leberwurst hat Mama mich immer genannt, wenn ich dieses Gesicht aufgesetzt habe. Dabei geht es mir gar nicht darum, dass die Pension diesen Monat nicht im Meer versinkt, sondern darum, dass ich nicht so dumm sein soll. Ich bin nicht dumm, und sie hat kein Recht, so mit mir zu reden! Nach einer Weile zucke ich die Schultern. Ich bleibe ja sowieso nicht lange hier, was juckt es mich da, was sie sagt? Sobald Mama aufwacht, bin ich weg. Vielleicht schon übermorgen. Morgen früh rufe ich gleich im Krankenhaus an.

»Gibt es keinen Strand?«, frage ich schließlich.

»Doch, wieso? Unten. Ein Stück weiter ist die Treppe.«

»Och, eine Treppe …«, sage ich enttäuscht, weil ich gern an den Strand gegangen wäre.

Ich war erst ein einziges Mal am Meer. Da war ich sieben. Damals bin ich mit Mama über den ersten Mai nach Sopot gefahren, und es war herrlich, obwohl es ein bisschen geregnet hat. Dafür hatte ich Mama die ganze Zeit für mich, sie hat überhaupt nicht mit ihren Chefs im Verlag telefoniert. Wir sind lange in Regenjacken am Strand entlangspaziert, haben Steine und Muscheln gesammelt, und am Abend hat Mama mir aus einem Buch vorgelesen und »Schiffe versenken« mit mir gespielt.

»Hat sie viele Stufen?«

»Schon. Und sie ist ziemlich steil. Weshalb fragst … Ach, na klar.« Meine Tante tätschelt mir den Arm.

Jetzt ist bei ihr angekommen, dass lange steile Treppen

für mich erst einmal nicht zu bewältigen sind. Erst einmal. Aber das ist nur eine Frage der Zeit. Ich beiße die Zähne zusammen, drehe mich um und humple zum Eingang des *Hohen Kliffs*.

»Und ich bin nicht dumm«, rufe ich noch über die Schulter in Richtung meiner Tante, aber sie geht nicht darauf ein.

Sie überholt mich, meine Tasche unterm Arm, steigt die wenigen Stufen zur steinernen Veranda mit dem steilen Dach hinauf und zieht einen Schlüsselbund aus ihrer Tasche.

»Den Vordereingang benutze ich nur während der Saison«, erklärt sie, während sie langsam hinaufgeht. »Wir werden dann immer durch den Garten gehen.«

»Okay.« Ich bin schon neben ihr und versuche, nicht zu laut zu schnaufen, weil die Veranda ziemlich hoch ist und ich ein bisschen außer Atem bin.

»Dort sind zwar auch Stufen, aber nicht so viele«, sagt meine Tante und findet den richtigen Schlüssel am Bund.

Für den Bruchteil einer Sekunde sehe ich ihn im Mondlicht klar vor mir. Er ist groß und altertümlich mit einem fächerförmigen Griff. Meine Tante steckt ihn in das Schloss unterhalb der mächtigen Messingklinke und dreht zweimal um. Geräuschlos schwingt der rechte Türflügel nach innen auf. Dabei war ich sicher, er würde quietschen – das war eine typische Quietschetür.

»Komm«, sagt meine Tante und ist schon in der Finsternis drinnen verschwunden.

Ein paar Sekunden später geht in der Diele das Licht an.

Ich atme tief durch, packe meine Krücke und trete über die Schwelle, hinein ins *Hohe Kliff*.

Die blaue Tür

Im trüben Licht der kleinen kristallbehängten Wandleuchte neben der Tür erscheint die Eingangshalle zwar groß, aber auch etwas bedrückend. Die Wände sind sandgrau, der Putz ist alles andere als einheitlich. Linker Hand ist ein Raum mit dem Empfangstresen aus glänzendem dunklem Holz zu erkennen. Geradeaus führt eine breite Treppe ins Obergeschoss, rechts geht es in einen langen Flur. Als ich in ihn hineinschaue, sehe ich Türen zu beiden Seiten abgehen, bestimmt mehr als zehn.

»Das sind die Zimmer. Zwölf im Parterre«, sagt meine Tante mit gedämpfter Stimme.

»Aha. Und wieso flüsterst du?«

»Die Leute schlafen.«

»Die Leute?«

»Ja, die Gäste. Die Saison ist zwar schon fast vorbei,

aber ein paar Familien haben wir noch. Komm. Und sei leise.«

Sie tritt durch die mächtige Flügeltür links und knipst das Licht an. Ich versuche, die Krücke nicht zu laut auf dem Holzboden aufzusetzen, während ich ihr folge.

»Das ist das Zimmer vom Foto«, bemerke ich.

»Ja. Der Speisesaal.« Sie stellt meine Tasche neben einem langen Tisch ab und knöpft sich die braune Jacke auf.

»Hier hat sich wirklich kaum etwas verändert.«

Ich war noch nie in so einem Raum, so etwas kenne ich höchstens aus Filmen, und da auch eher aus den Historienschinken. Er macht mächtig Eindruck auf mich, obwohl auch im schummrigen Licht des Kronleuchters zu sehen ist, dass er schon bessere Zeiten erlebt hat. Die Wände sind hüfthoch mit dunklem Holz vertäfelt, darüber folgt ein cremefarbener Anstrich. Dort hängen alte Bilder und Stiche. Und jede Menge gerahmter Schwarzweißfotos. An einer Wand steht zwischen den hohen Fenstern eine stattliche Anrichte, die selbst wie ein Schlösschen mit Balkons und Türmchen aussieht. Auf den Türen sind Schnitzereien, ein Hirsch und verschiedenes Obst, in der Mitte, hinter den Regalböden, ist ein stumpfer Spiegel angebracht. An der anderen

Seite des Raumes, direkt gegenüber der Anrichte, ist wirklich und wahrhaftig ein Kamin. Auf seinem breiten Sims stehen eine Uhr und zwei ausgestopfte Füchse. Die Füchse sehen ein wenig gerupft und verängstigt aus. Über ihnen hängt ein großes Bild hinter Glas. Ich trete ein bisschen näher, um es besser betrachten zu können. Es ist alt, eigentlich gar kein Bild, sondern eine farbige Zeichnung. Sie zeigt das Haus, in dem wir uns gerade befinden, vor der Veranda parkt ein vorsintflutliches schwarzes Auto ohne Dach, vorn sitzt ein Chauffeur mit schwarzer Kappe, hinten eine elegante Dame mit Hut und Schirm, neben ihr ein Herr mit auffällig runden Brillengläsern. Auf der Veranda steht lachend eine dicke Frau im langen Rock, riesige Bierkrüge in beiden Händen. Über dem Haus steht auf einer Schärpe, die von zwei pausbackigen Engeln gehalten wird, in altertümlichen Buchstaben

Hohes Kliff.

»Das ist das *Hohe Kliff*«, sage ich.

»Ja, dieses Plakat hängt schon immer hier.«

»Und was steht da? In dieser Schrift?«

»*Hohes Kliff*. Soweit ich weiß, waren hier schon vor dem

Krieg eine Pension und ein Restaurant. Es hieß so wie heute, nur wurde damals hier noch Deutsch gesprochen.«

»Und du hast auch ein Restaurant?« Ich sehe sie erstaunt an.

»Nein, das rechnet sich nicht. In der Saison gibt es Frühstück, Mittag- und Abendessen, aber ich hole alles fertig aus einem Ferienheim in Rewal. Die Stasiowa wärmt es dann nur noch auf und richtet es in der Küche an.«

»Die Stasiowa?«

»Eine Nachbarin. Ich beschäftige sie den Sommer über. Sie wohnt nicht weit von hier. Und sie vermietet auch an Touristen, hat aber nur drei Zimmer. Weil ihr Haus nicht so groß ist, verdient sie bei mir etwas dazu. Komm, wir gehen in die Küche. Ich mach dir schnell was zu essen, dann zeig ich dir dein Zimmer.«

Sie geht durch den Speisesaal und öffnet die Tür zum anschließenden Raum. Ich humple ihr hinterher und blicke seufzend noch einmal zurück, aber morgen ist ja auch noch ein Tag, um sich alles in Ruhe anzuschauen. Hinter der Tür liegt ein kleiner Gang mit drei Türen – eine mit Glaseinsatz geradeaus, zwei Flügeltüren rechts und links.

»Und da? Was ist da?«, frage ich und zeige auf die linke Tür.

»Das war mal das Arbeitszimmer deines Großvaters. Da habe ich mir mein Büro eingerichtet. Gegenüber ist der Lagerraum mit dem Service.«

»Dem Service?«

»Ja, mit Tellern und Bechern. Weißt du nicht, was ein Tafelservice ist?«

Durch die Glastür gehen wir in die Küche. Das ist mit Abstand die größte und schrägste Küche, die ich je gesehen habe. Der Boden ist mit gesprungenen blauen und weißen Fliesen im Schachbrettmuster ausgelegt. Die blassblau gemusterte Außenwand hat zwei hohe Fenster, an der gegenüberliegenden Wand steht eine Anrichte, noch größer als die im Speisesaal. Dafür ist diese hier nicht so kunstvoll geschnitzt und ganz mit weißer Ölfarbe gestrichen. Mitten in der Küche steht ein schwerer Tisch, ebenfalls weiß, dahinter ist eine Reihe leidlich moderner Küchenschränke zu erkennen. Es sind bestimmt doppelt so viele, wie wir in unserer Warschauer Wohnung hatten. In einer Ecke steht ein weißgekachelter, riesiger Ofen. Das muss die alte Küche sein, aber in diesen Dimensionen kenne ich das nicht mal aus dem Fernsehen. An der Wand zwischen

Ofen und Anrichte sehe ich eine gusseiserne Spüle. Ich nehme mal an, dass es eine Spüle ist, darüber ist ja ein Hahn, aber sie hat nichts mit den Spülen zu tun, die mir bisher in meinem Leben begegnet sind. Sie wächst muschelförmig aus der Wand.

»Hammer!«, sage ich mit unverhohlener Begeisterung.

»Was für ein Hammer?« Meine Tante zündet die Flamme an einem der beiden Gasherde zwischen den Küchenschränken an und stellt den Teekessel darauf.

»Na, deine Küche ist der Hammer! Die ist echt gigantisch! Mit Kachelofen und allem … Funktioniert die Spüle da?«, frage ich und deute auf die Eisenmuschel.

»Ja. Aber die benutzt kein Mensch. Viel zu unhandlich. Da drüben ist eine normale.«

»Die alte ist super, wie ein Springbrunnen. Und wo hast du deinen Kühlschrank?«

»Kühlschrank und -truhe sind in der Speisekammer, da hinten.« Sie winkt zu einer weißen Tür in der Ecke neben dem Fenster. »Setz dich. Ich hau dir ein paar Eier in die Pfanne. Du magst doch Rührei?«

»Ja. Aber ohne Glibber.«

Ich setze mich an den ölweißen Tisch, dessen grobe Platte übersät ist mit Schrammen und Kerben. Meine

Tante holt einen Teller aus der Anrichte und stellt ihn mir hin. Aus dem Unterschrank zieht sie eine Pfanne, Eier und Schinken sind in der Speisekammer. Kurz darauf erfüllt ein köstlicher Geruch die Küche – erst jetzt fällt mir auf, wie hungrig ich bin. Schon dampft ein stattlicher Rühreiberg auf meinem Teller, daneben stehen ein Brotkorb und ein Becher Tee.
»Superlecker«, sage ich mit vollem Mund und schaufle das Rührei in mich hinein wie ein Radbagger.
Und es schmeckt wirklich. Das Brot übrigens auch, mit Knusperkruste, genau wie ich es mag. Meine Tante lächelt matt, stützt sich mit den Ellbogen auf dem Tisch ab und reibt sich die Schläfen.
»Hast du Kopfschmerzen?«, frage ich.
»Ich bin müde. Es ist schon nach drei Uhr, sonst schlafe ich um diese Zeit, weil ich früh um sechs wieder rausmuss.«
»O Mann. Ich etwa auch?«
»Nein, du nicht. Die Stasiowa kommt um halb sieben, dann hole ich Brot, Aufschnitt und Milch für das Frühstück. Frühstück gibt es ab acht.«
»Und was muss ich machen?«
»Erst einmal gar nichts. Das überlegen wir dann. Bist du fertig?«

»Ja. Danke.«

Sie stellt das Geschirr in die Spüle. Dann gehen wir zurück in den Speisesaal, sie nimmt meine Tasche mit und will weiter in die Eingangshalle.

»Ich habe die Zwölf für dich vorbereitet«, sagt meine Tante. »Im Parterre. Aber da kannst du höchstens bis Oktober wohnen, weil nur der linke Flügel mit Speisesaal und Küche beheizt wird, der rechte nicht, und die Zimmer im Parterre sind im rechten. Bis Oktober lässt es sich in der Zwölf sicher aushalten, danach wird es zu kalt. Dann müsstest du in die Achtzehn im Obergeschoss umziehen. Das war das Zimmer deiner Mutter. Ich weiß nicht, ob du ...«

»Ich kann doch gleich dort wohnen. Das krieg ich schon hin«, sage ich mit Blick auf die breite Treppe.

»Sicher?«

»Klar, ist kein Ding.«

Schritt für Schritt arbeite ich mich die Stufen hinauf, meine Tante geht langsam vor mir her. Mein Knie funkt, aber ich beiße die Zähne zusammen und mache keinen Mucks. Wie ein kleines Kind muss ich jede Stufe einzeln nehmen. Das macht mich furchtbar wütend. Auf dem Treppenabsatz oben angekommen, bin ich schweißgebadet.

»Vielleicht wäre es doch besser, wenn du erst mal in der Zwölf wohnst«, meint meine Tante.

»Alles cool«, entgegne ich.

Das Obergeschoss hat einen breiten Flur, auf dem Boden liegt ein abgewetzter fadenscheiniger Läufer, die Wände sind mit den gleichen Holzpaneelen verkleidet wie der Speisesaal. Eine schmalere Treppe führt ins zweite Obergeschoss, der rechte Flur ist kürzer als der linke – dessen Ende liegt im Dunkeln.

»Hier gibt es zehn Zimmer und ein Bad. Gegenüber noch mal zwei Zimmer und ein großes Bad. Das hast du für dich allein, die Neunzehn ist leer.«

»Und wo ist dein Zimmer?«

»Hier.« Meine Tante zeigt auf die Tür direkt gegenüber der Treppe. »Ich bin nur ein paar Meter von dir entfernt, ruf einfach, wenn du etwas brauchst.«

»Und was ist da oben?«

»Im zweiten Stock gibt es noch mal acht Gästezimmer. Darüber sind die Speicher.«

»Die?«, frage ich erstaunt. »Gibt es mehrere?«

»Ja, zwei übereinander. Vater wollte einmal Zimmer daraus machen, aber wir hatten kein Geld für die Renovierung. Irgendwann vielleicht. Komm jetzt.«

Sie führt mich in den kürzeren Flur.

»Und was ist in dem Turm?«, frage ich.

»Im Turm? Ach so, im Anbau. Unten ein kleiner Lagerraum, darüber ein Zimmer und oben der Speicher.«

»Oh, könnte ich denn nicht in dem Zimmer wohnen?«

»Der Anbau wird nicht beheizt. Hier ist es.« Agata steht vor einer Tür, zieht einen Schlüssel aus der Tasche und steckt ihn in das Schlüsselloch unter der Klinke.

»Oh, eine blaue Tür! Die ist anders als die anderen.«

»Nicht so laut.«

»Warum?«

»Weil die Leute schlafen.«

»Und warum ist sie blau?«

»Krystyna ... Deine Mutter hat sie so gestrichen. Ich habe dir doch gesagt, dass das ihr Zimmer war. Die Neunzehn war meines.«

»Warum hat sie sie angestrichen?«

»Weil sie öfter Unsinn im Kopf hatte. Vater hat sich damals aufgeregt über sie. Dein Großvater.«

»Ich weiß. Mir gefällt die blaue Tür.«

Ich folge meiner Tante ins Zimmer meiner Mutter, das ab heute mein Zimmer ist. Es sieht anders aus, als ich erwartet hatte. Die Wände sind hellgelb, vor dem Fenster hängen schlichte, rotgemusterte Vorhänge.

Keine alten Möbel und keine Holzpaneele. Dafür eine orangefarbene Schrankwand – das heißt, nur die Türen sind orange, der Rest ist weiß. Das Bett ist auch weiß und ziemlich flach, aus der Wand ragen zwei metallene Kugellampen. Darüber hängt ein gerahmtes dunkelblaues Plakat mit dem gelben Schriftzug FAMA '79 und vielen bunten Sternen. Auf dem Fußboden liegt ein alter brauner Teppich mit unregelmäßigen orangefarbenen und roten Kreisen, vor dem Fenster steht ein weißer Schreibtisch, daneben eine Kommode. Dem Fenster gegenüber steht ein komischer zotteliger Sessel auf einem Bein, daneben eine Kugellampe. Besonders groß ist das Zimmer nicht, aber größer als mein altes in Warschau.

»Hier«, sagt meine Tante und reicht mir den Schlüssel. »Das Bett ist frisch bezogen, im Bad hängt ein sauberes Handtuch. Die Schränke sind leer, da kannst du deine Sachen einräumen. Morgen, jetzt wird geschlafen.«

»Damals, als das noch Mamas Zimmer war … Hat es da genauso ausgesehen?«

»So ungefähr. Sie hatte mehr Plakate, und auf den Regalen standen alle möglichen Sachen und Bücher. Kommst du klar?«

»Sicher.«

»Das Bad ist links.«

»Finde ich schon.«

»Wenn du was trinken willst …«

»Ich habe noch ein Sprite im Rucksack, von der Fahrt. Ich komme schon klar, ehrlich.«

»Na dann, gute Nacht.«

»Gute Nacht.«

Zehn, vielleicht auch zwölf Minuten später liege ich schon mit geputzten Zähnen unter der Decke. Ich knipse das Licht aus, und es wird dunkel, aber nicht zu sehr – durch die farbigen Vorhänge schimmert fahles Licht herein. Es dämmert schon. Ich schaue an die Decke, an die meine Mama geschaut hat, als sie so alt war wie ich. Komisch, sich das vorzustellen – sowohl dass sie an dieselbe Decke geschaut hat als auch dass sie so alt war wie ich. Damals gab es mich noch gar nicht, es wusste noch nicht mal jemand, dass es mich geben würde. Ein grässlicher Gedanke. Gleich morgen früh rufe ich im Krankenhaus an. Ich habe Mamas altes Handy von zu Hause mitgenommen, und die Zwiebel hat mir geholfen, eine Karte dafür zu kaufen. Jetzt muss ich nur noch meine Tante bitten, mir etwas Geld fürs Aufladen zu geben. Man wird doch wohl irgendwo in diesem Brzeg sein Handy aufladen können?! Klar, bestimmt kann man das …

Draußen werden die ersten Vögel wach – fremde Vögel, andere als in Warschau. Noch nie habe ich so ein Gezwitscher gehört. Auf dem Flur quietscht etwas. Schnell schaue ich zur blauen Tür. Mama hat sie auch von innen in derselben Farbe gestrichen wie außen. Es quietscht nicht noch einmal. Ich lausche noch eine Weile und schließe die Augen. Mein Herz klopft aufgeregt, aber ein paar Sekunden später bin ich eingeschlafen.

Der erste Tag in Brzeg

Es ist schon fast elf, als ich die Treppe hinuntersteige. Ich habe geschlafen wie ein Toter. Bei Tageslicht ist das *Hohe Kliff* immer noch eindrucksvoll, es sieht aber viel schäbiger aus. Die Treppenstufen sind ausgetreten, die Wände vergilbt. Alles ist ziemlich abgenutzt – der dunkle Empfangstresen, an dessen Kanten das hellere Holz unter der Politur hervorschaut, der blankgescheuerte Treppenhandlauf über dem lückenhaften Sprossengeländer, die Decke mit dem rissigen Putz und den alten Wasserflecken. Auf der Treppe begegne ich einer Frau mit Strohhut. Sie schaut mich teilnahmslos an und wendet den Blick gleich wieder ab. Das kommt von der Krücke und meinem Gehumpel. Die Leute weichen jetzt meinem Blick aus, wenn ich sie anschaue. Sie glotzen nur, wenn sie denken, dass ich es nicht mitbekomme. Ich habe mich sogar schon einigermaßen daran gewöhnt, aber ein bisschen unangenehm ist es mir trotzdem – ich bin doch noch derselbe Łukasz wie vor einem Jahr.

»Guten Tag«, sage ich laut zu der Frau.

Sie tut ganz überrascht und lächelt nervös.

»Guten Tag.«

Dann biegt sie in den Flur ein und verschwindet um die Ecke.

Meine Tante ist im Speisesaal. Sie räumt auf. Eine Weile stehe ich in der Tür und sehe ihr zu. Sie hat mich noch nicht bemerkt. Mit gleichmäßigen Bewegungen wischt sie die Tische ab, zupft die Servietten in der Mitte zurecht und stellt die Vase wieder an ihren Platz. Nein, sie hat überhaupt nichts von meiner Mutter. Kein bisschen.

»Hallo!«, rufe ich eine Spur zu laut.

Nervös fährt sie herum und sieht mich über die Schulter an.

»Hast du mich erschreckt«, sagt sie, dabei habe ich das selber gesehen. »Guten Tag. Hast du gut geschlafen?«

»Ja.«

»Ich habe dir ein Frühstück in der Küche stehen lassen, unter dem Teller auf der Anrichte. Makrelenbrötchen. Magst du Fisch?«

»Fisch schon, bloß keine Gräten.«
»Die sollten ohne Gräten sein. Fisch ist gesund. In der Kanne neben dem Herd ist Tee für dich.«
»Ist gut, danke.« Ich gehe weiter in die Küche.
»Kommst du klar?«, fragt meine Tante.
»Klar. Ich bin doch nicht behindert«, sage ich leichthin, wie man das so sagt.
Nur stimmt das nicht so ganz. Vorläufig jedenfalls. Maciek, ein Physiotherapeut aus dem Krankenhaus, hat gesagt, ich könnte irgendwann wieder fast normal laufen, wenn ich regelmäßig übe, ohne Krücken. Es wäre nur eine Frage der Zeit.
Nach dem Frühstück wasche ich ordentlich meinen Teller ab, stelle ihn auf den Abtropf und gehe zurück in den Speisesaal. Meine Tante ist nicht mehr da. In aller Ruhe begutachte ich die Anrichte mit den Jagdszenen und das Kristallgeschirr im Innern, dann wende ich mich den Bildern und Stichen an den Wänden zu. Auf allen ist entweder das *Hohe Kliff* zu sehen oder ein Städtchen mit Strand, das wohl Brzeg sein wird. Das Holz im Kamin liegt offenbar schon sehr lange da, es ist ganz vertrocknet und eingestaubt. Meine Tante feuert ihn wohl nicht mehr an. Komisch, wenn ich einen Kamin hätte, würde ich dort jeden Tag Feuer

machen. Ich weiß nicht, was ich als Nächstes tun soll. In mein Zimmer gehen? Ich habe hier nirgends einen Fernseher bemerkt, aber irgendwo muss doch einer sein. Ob sie hier wohl Kabelanschluss haben oder eine Satellitenschüssel? Ich beschließe, an den Rand des Kliffs zu gehen und mir Meer und Strand anzuschauen.

Als ich gerade in der Eingangshalle bin, kommen ein Junge und ein Mädchen aus dem Flur gegenüber. Hand in Hand gehen sie zur Eingangstür. Der Junge ignoriert mich einfach, das Mädchen trägt ein gleichgültiges Lächeln zur Schau. Sie gehen raus. Ich warte einen Moment und folge ihnen. Als ich die Klinke herunterdrücke, höre ich die Stimme meiner Tante hinter mir:

»Łukasz, wo willst du hin?«

»Raus«, antworte ich, schaue mich um und frage: »Das darf ich doch wohl?«

»Sicher darfst du das. Nur … Gut, pass auf dich auf.«

»Klar. Tante?«

»Was denn?«

»Könntest du mir einen Zehner leihen, dass ich das Telefon aufladen kann?«

»Das Telefon?«

»Das Handy. Ich wollte im Krankenhaus anrufen und fragen, wie es Mama geht.«

Sie blickt mich eine Weile über den Brillenrand hinweg an und seufzt schließlich: »Du kannst vom Büro aus anrufen. Da steht ein Telefon.«

»Aber ... Ich würde lieber das Handy nehmen. Und ich brauche ja sowieso ein Handy, dass ich mal anrufen kann oder so. Hast du denn keins?«

»Doch.« Sie überlegt kurz und sagt dann: »Ich verdiene nicht so viel wie deine Mutter.«

»Meine Mutter?«, wiederhole ich dümmlich, weil ich nicht verstehe, was sie von mir will.

»Nur während der Saison kommt Geld rein. Drei Monate. Mit dem, was ich in dieser Zeit verdiene, muss ich Herbst, Winter und Frühjahr bestreiten. Und das Haus in Schuss halten.«

Ich kapiere immer noch nicht, wieso sie mir das erzählt, dann wird es mir endlich klar, und ich spüre, wie mir das Blut in die Wangen schießt.

»Ich will überhaupt kein Geld von dir!«, rufe ich fast. »Ich wollte mir nur einen Zehner fürs Aufladen leihen, dass ich Mama anrufen kann!«

»Du weißt doch, dass du nicht mit ihr sprechen kannst.«

»Ja! Aber ich will fragen, wie es ihr geht. Und ob sie aufgewacht ist. Vielleicht hat sich etwas geändert!«

»Sobald sich etwas ändert, ruft der Arzt mich an. Ich habe ihm meine Nummer gegeben. Aber wenn du unbedingt willst, kannst du vom Arbeitszimmer aus telefonieren. Einverstanden?«

Ich schaue ihr in die Augen, wende mich dann ab, gehe auf die Veranda und bleibe am Treppengeländer stehen. So ein Theater wegen einem Zehner! Es kann ihr nicht nur um die zehn Złoty gehen. Sie will einfach nicht, dass ich ein Telefon habe und jemanden anrufen kann. Bin ich hier im Gefängnis, oder was?

»Łukasz.« Sie ist schon auf der Veranda, ich habe sie gar nicht kommen hören. »Hier.«

Sie hält mir einen Zehn-Złoty-Schein hin. Ich starre ihn an und schüttle dann den Kopf.

»Nicht nötig«, murmle ich. »Ich komme schon klar.«

»Nun nimm ihn schon. Hier.«

Nach ein paar Sekunden nehme ich ihr den Zehner ab und stecke ihn in meine Hosentasche.

»Danke. Aber nur geliehen. Wenn Mama aufwacht, geben wir dir alles zurück«, sage ich.

Meine Tante sieht mich über ihre Brille hinweg an, nickt und geht zurück zur Eingangstür.

»Weißt du zufällig, wo ich hier mein Guthaben aufladen kann?«, frage ich hastig.

»Nein. Am Kiosk vielleicht? Da links runter, etwa hundert Meter. Der Kiosk ist an der Ecke Piaskowa-Morska, gleich neben der Bushaltestelle.«
Eine halbe Stunde später bin ich zurück an der Pension. Dieses Brzeg ist ein winziges Kaff, zwei Straßen und eine Kreuzung. Lebensmittelladen, Kiosk, Souvenirshop und der Backfischverkauf im roten Klinkergebäude des alten Bahnhofs. Der Strand ist auch nicht besonders groß, das habe ich mir von oben genau angesehen, vielleicht sechs Meter vom Felsen bis zum Meer. Jetzt lässt es sich hier ja noch irgendwie aushalten bei den Temperaturen und den vielen Touristen. Aber im Herbst oder im Winter? Da dreht man ja durch vor Langeweile! Wie viele Leute hier wohl leben?
An die Schutzplanke gelehnt, rufe ich im Krankenhaus an. Alles unverändert. Die Schwestern erkenne ich schon an der Stimme – heute war die Lockige dran. Ganz nett, aber ich mag die Kleine lieber, die immer gleich weiß, wie ich heiße, auch wenn ich mich nicht mit Namen melde. Der Spaziergang hat mich geschlaucht, der Krückengriff rutscht mir schon aus der Hand. Ich gehe zurück ins *Hohe Kliff*.
»Warst du erfolgreich?«, fragt meine Tante, als sie mich sieht.

»Ja. Schrecklich klein, dieses Brzeg.«

»Na ja, besonders groß ist es nicht.«

»Wie viele Menschen leben hier? Also ständig?«

»Ich weiß nicht genau. So um die fünfzig. Es gibt auch ein paar Kinder in deinem Alter.«

»So? Und wo ist die Schule?«

»In Kamień, wo wir aus dem Zug ausgestiegen sind.«

»Mhm.«

Die fahren sicher mit dem Bus. Ich weiß nicht genau, wie weit es bis Kamień ist, weil ich gestern im Auto eingeschlafen bin. Meine Tante knöpft sich die Jacke zu, dieselbe, die sie gestern anhatte, und sie fährt sich prüfend übers Haar, das mit Klammern eng am Kopf gehalten wird.

»Gehst du wohin?«, frage ich.

»Ins Heim, Mittagessen holen. Willst du mitfahren?«

»Nein, morgen vielleicht. Ich bin müde. Ich schau mich im Haus um. Wenn das okay ist.«

»Du wohnst hier, du kannst tun und lassen, was du willst.«

Sie nimmt sich ihre Tasche und angelt die Autoschlüssel heraus.

Ich gehe an ihr vorbei zu der breiten Treppe. Da legt sie mir die Hand auf den Unterarm und sagt zum ersten

Mal den Satz, den ich in den kommenden Tagen noch mindestens hundertmal von ihr hören werde:
»Aber immer erst anklopfen, bevor du irgendwo reingehst.«
»Anklopfen?«, frage ich erstaunt.
»An die Türen. Man kann nie wissen, was die Gäste treiben und wo sie gerade sind. Denk daran, immer anzuklopfen, bevor du in diesem Haus eine Tür öffnest.«
Ich ziehe die Brauen hoch und verdrehe die Augen, aber genau genommen bin ich ja hier auch nur ein Gast – sie ist hier zu Hause.
»Geht klar«, antworte ich und gehe nach oben.
»Immer anklopfen!«, sagt sie noch einmal.
Ohne mich noch einmal umzudrehen, steige ich die Treppe hinauf ins Obergeschoss, Stufe für Stufe.

Das Haus ist schon interessant, aber nicht so spannend, wie es mir gestern Nacht vorkam. Die meisten Zimmer sind abgeschlossen – ich weiß nicht, ob sie belegt sind oder leer stehen. Ich schaue ins Zimmer meiner Tante. Eigentlich ist es eine kleine Wohnung: ein Schlafzimmer mit einer Art kleinem Salon und anliegendem Bad.

Sie hat auch einen Fernseher. Einen schwarzen Kasten mit kleinem Bildschirm, höchstens halb so groß wie unser Plasmabildschirm in Warschau. Als ich ihn anstelle, zeigt sich, dass er nur fünf Kanäle hat. Wie kann man so leben? Ich schalte ihn wieder aus und gehe die Treppe hinunter. Die Zimmer im Parterre sind auch abgeschlossen. Dann entdecke ich den Lagerraum im Türmchen – auch nichts Besonderes, bloß Regale voller Handtücher und frischer Bettwäsche. Ich gehe zurück in den Speisesaal, schaue mir das Arbeitszimmer an, Geschirrraum, Küche und Vorratskammer. Hinter der Küche gibt es noch einen Flur mit einer Tür zum Garten und einer zum Keller. Der Keller sieht vielversprechend aus, da gibt es bestimmt eine Menge zu entdecken, aber die steinernen Stufen sind hoch, und die Treppe ist sehr steil. Da komme ich nicht runter. Also kehre ich zurück in den Speisesaal und setze mich in den Sessel neben dem Kamin. Ich kriege hier garantiert noch eine Meise vor lauter Langeweile.

In den nächsten Tagen scheint sich meine Prophezeiung voll zu bewahrheiten – mir fällt nichts ein, womit ich

meine Zeit totschlagen könnte. Am 30. August reisen die meisten Gäste ab, meine Tante wirbelt pausenlos, wäscht Berge von Bettwäsche und Handtüchern und rennt nur noch an mir vorbei. Die Stasiowa, eine rotwangige Oma, sieht eigentlich ganz nett aus, nur hat sie es offenbar nicht so mit dem Reden – jedenfalls nicht mit mir. Sie brummelt höchstens, wenn ich ihr guten Tag sage, und einmal, als ich sie gefragt habe, ob sie gerne in Brzeg wohnt – nur so, um etwas zu fragen –, hat sie mich bloß komisch angeschaut und ist wortlos abgedreht. Rückblickend kommt mir die Zwiebel vor wie die größte Spaßkanone. Mit der konnte man wenigstens reden und ab und zu sogar lachen, die hatte wenigstens Humor.
Ich rufe jeden Tag im Krankenhaus an, Mama schläft immer noch. Die Zwiebel rufe ich auch an, dann erzählt sie mir, was im Haus so passiert. Einmal probiere ich es auch bei Krzysiek aus meiner Warschauer Schule, der vor dem Unfall mein bester Kumpel war, aber wir haben uns nicht so richtig was zu sagen. Das ist seltsam, wir haben uns früher nämlich ständig angerufen und einander die Ohren abgequatscht. Brzeg kenne ich inzwischen auswendig, nur am Strand war ich noch nicht, aber ich komme die lange Holztreppe einfach

nicht hinunter, ich habe es probiert. Und selbst wenn ich es schaffen würde, könnte ich mit der Krücke nicht im Sand laufen. Ich trainiere meine Beine wie Maciek es wollte, aber das kann man ja auch nicht die ganze Zeit tun. Außerdem hat er betont, dass es sogar schlimmer werden kann, wenn man es übertreibt.
Den Rücken zum Meer, stehe ich an der Schutzplanke und betrachte das Haus. Die Speicher habe ich mir noch nicht angeschaut. Wenn meine Tante recht hat, müsste dort jede Menge spannendes Gerümpel zu finden sein. Auch Mamas Sachen und ihre Bücher ... Vielleicht komme ich da irgendwie hoch? Zeit genug habe ich ja. Entschlossen stoße ich mich von der Planke ab und humple, die Krücke fest im Griff, auf die Veranda zu. Da höre ich ein Geräusch, das immer lauter wird. Das kenne ich doch. Ein Skateboard! Zwei sogar. Sie kommen vom Kiosk her. Ich laufe in Richtung der Kreuzung Piaskowa-Morska und stehe kurz darauf Mona, Floh und Biss Aug in Auge gegenüber.

Mona, Floh und Biss

Als Erstes kommt ein Mädchen mit schwarzem T-Shirt, schwarzen Jeans und langen dunklen Locken unter einer Baseballcap um die Kurve. Die Straße ist abschüssig, also saust sie auf mich zu, leicht gebückt, beide Füße auf dem Brett. Dem Anschein nach ist sie so alt wie ich, etwas jünger vielleicht. Ihr dicht auf den Fersen ist ein schlaksiger Typ in breiten kurzen Skaterhosen und einem Hemd in Übergröße, das wie ein Umhang hinter ihm herflattert. Auch er hat eine Baseballcap auf, der gerade Schirm ist zur Seite gedreht. Als er das Mädchen einholt, geht es weiter in die Knie, um weniger Luftwiderstand zu haben, und schiebt an. Eine Sekunde später kommt hinter dem Kiosk ... Mannomann, so ein fettes Kind habe ich noch nie gesehen. Der Junge ist mindestens einen halben Kopf größer als ich und bestimmt zwei- oder dreimal so breit. Sein Gesicht glänzt vor

Schweiß, auf dem gigantischen grauen T-Shirt zeichnen sich dunkle Flecken unter den Achseln ab. Wie der Schlaksige trägt er Skaterhosen und eine schwarzweißkarierte Baseballcap. Das Board biegt sich unter seiner Last bedrohlich durch, es kratzt in der Mitte fast auf dem Asphalt. Der Dicke stößt sich mit dem Fuß kräftig von der Straße ab und gewinnt an Fahrt. Rums, rums – sein Fuß in dem weißen Sportschuh kracht mit solcher Wucht auf die Fahrbahn, dass das *Hohe Kliff* erzittert! Ohne Witz, ich bin mir sicher, im Geschirrraum hinter dem Speisesaal klirren gerade die Teller und Gläser. Und das graue T-Shirt muss mindestens so groß sein wie mein Bettbezug …
Das Mädchen ist höchstens noch zwei Meter von mir entfernt. Sie dreht das Brett, um mich zu umkurven, der Schlaks hinter ihr will auf der anderen Seite an mir vorbei. Ich kralle mich in den Krückengriff und weiß nicht, ob ich einen Schritt nach vorn gehen soll oder einen nach hinten. Das Mädchen rauscht an mir vorbei, ihr Fahrtwind zaust mir die Haare.
»Weg da!«, brüllt der Dickwanst mich an. »Weg, aus der Bahn!«
Er versucht zu bremsen, aber er hat zu viel Schub, und er ist zu schnell. Ich fahre die Krücke aus und versu-

che wegzuspringen, aber der Griff rutscht mir aus der schweißnassen Hand, ich strauchle und falle auf den Asphalt. Verzweifelt mit den Armen rudernd, will der Dicke noch irgendwie ausweichen. Das Hinterteil des Skateboards schabt über die Fahrbahn, aber zu spät – es bleibt an meiner Krücke hängen, und der Junge geht mit ohrenbetäubendem Lärm knapp neben mir zu Boden. Das Mädchen schaut über die Schulter zurück und macht einen lupenreinen U-Turn, der andere Junge auch. Sie kommen direkt neben dem Dicken zum Stehen.

»Bist du okay, Marek?«, fragt das Mädchen. »Hast du dir weh getan?«

»Fette Bruchlandung, Floh!«, lacht der Schlaks. »Da ist bestimmt das halbe Kliff ins Meer gerauscht.«

»Was lachst du so dämlich, du Überbiss?«, giftet der dicke Junge auf dem Boden mit einer erstaunlich dünnen Stimme. »Ich hab mir den Ellbogen gebrochen!«

»Du blutest«, stellt das Mädchen fest.

»Blut?«, quietscht der Dicke und versucht seinen Ellbogen zu begutachten, was ihm einige Mühe bereitet.

Ich greife nach der Krücke, stütze mich ab und versuche aufzustehen. Plötzlich durchzuckt mein linkes Bein, das mit dem steifen Knie, ein Schmerzblitz, dass mir rote Flecken vor den Augen tanzen. Ich stöhne laut auf.

»He du, alles in Ordnung?«, fragt mich das Mädchen.

»Hör auf!«, schreit Floh und rappelt sich hoch. »Wegen dir blute ich jetzt, du Opfer!«

Ich hole tief Luft, warte eine halbe Sekunde und stemme mich hoch in die Senkrechte. Ich bin schweißgebadet. Wieso muss ich, sobald mir dieses Bein weh tut, immer gleich schwitzen wie bescheuert?

»Und?«, fragt Floh mich wütend.

»Ich wollte nicht …«, murmle ich.

»Was wolltest du nicht, du Spast? Was hast du auf der Straße zu suchen?«

»Lass ihn«, sagt das Mädchen zu ihm. »Du siehst doch, dass er hinkt.«

»Er hinkt? Wieso sitzt er dann nicht zu Hause, sondern hängt hier rum?«

Ich stütze mich auf die Krücke und versuche in Richtung Haus zu kommen. Mir ist schon klar, dass ich den Mund halten sollte, aber ich kann mich nicht beherrschen:

»Lieber hinken als fett sein.«

Die Augen des Jungen verengen sich zu schmalen Schlitzen, er wird puterrot und zischt durch die Zähne:

»Das wird dir noch leidtun …«

Ich will an ihm vorbei, aber der Dicke stellt sich mir in den Weg.

»Wohin so eilig? Ich bin noch nicht fertig mit dir!«

»Hör auf, Marek.« Das Mädchen zieht ihn am Ärmel. »Komm, wir gehen.«

»Wir haben noch was zu klären. Halt du dich da raus, Mona.«

Wieder tackert sich der Schmerzblitz durch mein Bein. Ich krümme mich zusammen und kneife kurz die Augen zu.

»Och, gleich fängt er an zu heulen«, ruft Floh. »Na, was ist, heulst du jetzt, Hinkefuß? Heulst du uns was vor?«

»Ich weine überhaupt nicht! Lass mich in Frieden!«, sage ich zu ihm mit möglichst fester Stimme.

Der Schlaks schaut mich an, sagt aber nichts. Ich kenne diesen Blick – teilnahmslos und interessiert zugleich. So schauen sich die Leute durch ihre Autofenster Unfälle an, wenn sie am Ort des Geschehens vorbeifahren.

»Und? Ist der Urlaub schön hier?«, fragt der Dicke halblaut und kommt mir noch etwas näher. »Gefällt es dir in Brzeg? Ja? Das wird sich gleich ändern.«

»Der ist hier nicht im Urlaub«, sagt plötzlich der schlaksige Junge. »Ich weiß, wer er ist.«
»Wer denn?«, fragt Mona.
»Er ist zu der irren Agata gezogen. Familie. Und seine Mutter hat sich mit dem Auto totgefahren. Haben meine Eltern gesagt.«
»Sie ist nicht tot!« Wütend starre ich den Jungen an, vor Aufregung überschlägt sich meine Stimme. »Sie liegt nur im Krankenhaus! Aber bald kommt sie raus.«
»Aba bald tommt si laus«, äfft mich der Dicke nach. »Wo kommst du denn her, Hinkefuß?«
»Aus Warschau kommt er«, antwortet der Schlaks eilfertig für mich.
»Aus Warschau! Ach Gottchen, aus der großen Hauptstadt!«, flachst Floh und reißt theatralisch die Augen auf. »Aber jetzt kommst du nicht mehr aus Warschau, was?«
»Lass mich!« Ich versuche, an ihm vorbeizukommen. Da schnellt mit einer Geschwindigkeit, die man dem Fettwanst gar nicht zugetraut hätte, sein Fuß vor und kickt meine Krücke weg. Sie schwingt zur Seite, rutscht mir aus der Hand und fällt scheppernd zu Boden. Ich stehe gerade auf dem rechten Bein, deshalb kann ich wundersamerweise das Gleichgewicht halten, aber als

ich für den Bruchteil einer Sekunde das linke Bein belaste, durchzuckt mich wieder der Blitz und mir entfährt ein spitzer Schrei.

»Der piepst wie eine Tussi«, grölt Floh. »Habt ihr gehört? Wie eine Tussi! Komm, pieps uns noch einen, Hinkefuß!«

»Hör auf, Marek!«, sagt Mona.

»Łukasz!«, ruft plötzlich meine Tante aus dem Hintergrund. »Was ist da los?«

Ich schaue zum Haus und sehe sie auf der Veranda stehen. Das hat mir gerade noch gefehlt. Meine Tante kommt hastig die Treppe herunter.

»Wir hauen ab«, ruft Floh, senkt dann seinen Blick, um mir in die Augen schauen zu können, und zischt: »Wir sind noch nicht fertig miteinander, Hinkefuß. Lass dich besser nicht mehr draußen blicken.«

»Lasst ihn in Frieden. Wird's bald?!«, ruft meine Tante und kommt in großen Schritten auf uns zu. »Marek, ich kenne deine Eltern!«

»Die hat sie doch nicht alle«, brummelt Floh, bringt sein Skateboard in Position und stellt den linken Fuß darauf. »Genau wie du. Aber ich krieg dich schon noch, so viel ist mal klar. Und dann hilft dir deine irre Agata auch nicht mehr. Mona, Biss – Abflug!«

Er stößt sich ab und rollt davon, Biss ihm nach. Mona schaut mich noch kurz mit gerunzelter Stirne an, schüttelt kaum merklich den Kopf und verschwindet dann ebenfalls.

»Wenn ich euch hier noch einmal sehe, sag ich es euren Eltern!«, ruft Tante Agata ihnen nach und fragt: »Haben sie dir auch nichts getan?«

Ich versuche, die Krücke aufzuheben. Aber meine Tante ist schneller und gibt sie mir. Wortlos nehme ich sie ihr ab und mache mich auf zur Veranda.

»Łukasz, ist alles in Ordnung? Was wollten sie von dir?«

»Nichts«, sage ich leise und steige auf die erste Stufe. »Wieso hast du dich eingemischt?«

»Wie meinst du das?« Sie sieht mich verständnislos an. »Ich habe doch gesehen, wie …«

»Jetzt habe ich ganz bestimmt keine Ruhe mehr vor ihm!«, falle ich ihr wütend ins Wort. »Ich hatte nicht um Hilfe gebeten!«

Ich steige die Treppe schneller hinauf, als ich sollte, aber ich beiße die Zähne zusammen und ignoriere die Schmerzen. Ohne mich noch einmal umzusehen, humple ich durch die Halle, steige die Innentreppe hoch und werfe die blaue Tür hinter mir zu. Die irre

Agata! Bestimmt ist sie verrückt, dumm ist sie auf jeden Fall. Kapiert sie denn nicht, dass Weiber und erst recht Tanten nichts ausrichten können, wenn es Zoff unter Männern gibt, sondern alles nur schlimmer machen? Jetzt steh ich da wie das letzte Mamasöhnchen! Gerettet von Tantchen! Ich hätte das schon selber hingekriegt, ich bin schon mit ganz anderen fertig geworden in der Schule oder im Sommerlager. Damals konnte ich allerdings noch normal laufen und rennen. Ich hatte ein normales Zuhause, iPhone, Laptop und den Plasmafernseher im Wohnzimmer … Mama hätte sich nie so aufgeführt, nie im Leben!

Ich setze mich aufs Bett und werfe die Krücke auf den Boden. Ich will nicht hier sein! Mama soll jetzt aufwachen, sie soll aus diesem blöden Krankenhaus raus und mich zu sich nach Hause holen. Ich brauche kein iPhone, keinen Laptop und auch keinen Plasmafernseher im Wohnzimmer! Ich will nur, dass Mama aufwacht, die Schmerzen weg sind und alles wieder ist wie früher!

Und was, wenn Mama gar nicht mehr aufwacht? Nein, das geht nicht. Da bin ich mir eine Million Prozent sicher. Ich kann nicht erklären, wieso, ich weiß es einfach. Und ich habe immer das komische Gefühl, dass Mama

die ganze Zeit bei mir ist, als ob sie an mich denkt. Wenn ich die Augen ganz fest zukneife, kann ich sie spüren.
Ich lasse mich auf den Rücken fallen und betrachte die vergilbte Zimmerdecke. Bestimmt wäre es eine Erleichterung, wenn ich jetzt losheulen könnte, aber ich kann nicht. Da passieren so schreckliche Dinge, und ich kann nicht einmal darüber weinen. Früher, als ich klein war, brauchte ich mich bloß irgendwo zu stoßen oder mir das Knie aufzuschürfen, und schon habe ich gebrüllt wie am Spieß. Und jetzt? Jetzt gelingt es mir nicht, dabei hatte ich wohl noch nie so viel Grund zu weinen wie gerade jetzt.
An der Decke ist ein Wasserfleck. Er hat einen hellbraunen Saum, der am Rand ganz deutlich zu sehen ist, zur Mitte hin aber sanft in immer hellere Töne übergeht. Wie ein Kontinent auf einer alten Landkarte. Ich stelle mir vor, ich sitze in einem Raumschiff, in einem interstellaren Shuttle, und beobachte von meiner Flugbahn aus eine fremde Welt. Ich bin oben, die Decke ist unten. Gleich setze ich zur Landung an …
Ich will woanders sein. Ich will, dass dieser Wasserfleck eine andere Welt ist, in der ich mich verstecken kann. Am besten eine unbevölkerte. Mama würde ich mitnehmen, sie müsste dort nicht so viel arbeiten. Wir wür-

den uns ein Baumhaus bauen, ich hätte einen Laser bei meiner Ausrüstung. Damit könnte ich locker durch die dicksten Baumstämme schneiden, sogar durch Stein. In unserem Raumschiff hätten wir auch ein Genlabor, in dem ich neue, praktische Obst- und Gemüsesorten züchten würde, zum Beispiel Erdbeeren, groß wie Wassermelonen, oder Kokosnüsse mit Schraubverschluss, die man auch ohne Machete öffnen kann. Wir würden also diese Erdbeeren essen, Kokosmilch dazu trinken und Fische über dem Feuer braten, und am Abend würden wir »Schiffe versenken« spielen wie früher. Darin bin ich ziemlich gut, das hat Mama immer gesagt. Da gewinne ich fast jedes Mal.

Jemand klopft an die Tür. Nein, nicht jemand, sondern meine Tante. Die größte Klopffanatikerin unter der Sonne, sie hat wirklich eine Macke, was das Klopfen angeht. Ich rühre mich nicht. Vielleicht geht sie wieder.

»Łukasz?«, höre ich sie vom Flur.

Ich antworte nicht. Sie drückt die Klinke herunter, und die Tür geht auf. Ich hätte den Schlüssel umdrehen sollen.

»Darf ich?«, fragt sie und schaut ins Zimmer.

Was soll ich da sagen? Dass sie nicht darf? Ohne ein Wort

schaue ich wieder zu dem fremden Kontinent an der Decke hinauf. Erst jetzt fällt mir auf, dass er wie ein breiter Pfeil aussieht, mit der Spitze zur blauen Tür.
Meine Tante steht in der Tür und sagt eine ganze Weile nichts. Die irre Agata. Kein Wunder, dass sie so genannt wird. Sie zieht sich an, als wäre sie einem Vorkriegsfilm entsprungen, wo hat sie nur diese Schuhe her? Nie im Leben würde Mama so was tragen. Sie hatte fast immer Schuhe mit Absätzen an und hat sich überhaupt hübsch angezogen. Wie alt sie wohl ist, diese Agata? Wenn sie die Schwester meiner Mutter ist, kann sie nicht so viel älter sein als sie. Und auf dem Foto, wo sie beide mit ihren weißen Schleifen und den Zöpfen am Tisch saßen, sahen sie fast gleichaltrig aus. Aber jetzt? Sie könnte genauso gut meine Oma sein. Mama würde neben ihr aussehen wie ihre Tochter.
»Es gibt gleich Mittagessen«, sagt meine Tante.
»Ich habe keinen Hunger«, brumme ich.
Kann sie mit mir eigentlich nur übers Essen sprechen? Frühstück, Mittag, Abendessen – wenn sie mal was zu mir sagt, dann immer nur wegen so was. Ich schaue sie an, sie steht in der Tür, nestelt an einem ihrer Blusenknöpfe herum und sieht mich über ihre Brille hinweg mit zusammengezogenen Brauen an.

Wieso hat sie mich überhaupt mit zu sich genommen?

»Ich will nicht hier sein«, sage ich. »Ich will zurück zur Zwiebel und dauernd ihr Dämpfkraut essen.«

»Du weißt doch, dass du nicht zurückkannst.«

»Ich kann alles! Du bist nicht meine Mutter, du hast mir nicht zu sagen, was ich kann und was nicht!«, rufe ich, setze mich auf und funkle sie böse an.

Eine Weile starrt sie mich erstaunt an, dann verzieht sie das Gesicht und schiebt sich mit dem Zeigefinger die Brille auf die Nase.

»Ich kann nicht reden mit dir.«

»Dann lass es«, entgegne ich achselzuckend. »Auch egal.«

»Du bist genau wie dein Vater«, sagt sie, macht auf der Stelle kehrt, geht aus dem Zimmer und schließt hinter sich die Tür.

Ich starre sie noch lange mit offenem Mund an. Wie mein Vater? Sie kannte meinen Vater? Wieso hat sie mir nichts davon erzählt? So schnell ich kann, steige ich aus dem Bett, packe meine Krücke und humple ihr nach.

Papa, das Messer und die Jacke

»Warte! Tante Agata!«, rufe ich und reiße die blaue Tür auf.

Sie ist nicht mehr da. Ich trete in den Flur, lausche, kann aber nicht herausfinden, wo sie hingegangen ist. Im zweiten Obergeschoss lacht jemand, eine Frau. Eine Tür schlägt zu. Wenn sie gesagt hat, dass es Essen gibt, ist sie bestimmt in die Küche gegangen. Ich steige die Treppe hinunter und humple in den Speisesaal. Die Stasiowa, die jetzt nur noch zu den Mahlzeiten kommt, deckt einen langen Tisch für die Gäste. Sieben Gäste sind noch in der Pension.

»Frau Stasiowa, war meine Tante gerade hier?«, frage ich. Erst kommt es mir so vor, als hätte sie mich gar nicht gehört, aber dann deutet sie wortlos mit dem Kinn in Richtung Küche. Ich greife meine Krücke von neuem und mache mich auf den Weg.

Meine Tante steht vor den Küchenschränken und gießt Suppe aus einer riesigen grüngeblümten Thermoskanne in eine Porzellanschale.

»Warum hast du mir das nicht gesagt?«, platze ich gleich heraus.

»Was nicht gesagt?«, fragt sie erstaunt über die Schulter zurück.

»Dass du meinen Vater gekannt hast!«

Sie wendet sich wieder der Suppe zu und stellt die Thermoskanne in die Spüle.

»Ich dachte, das weißt du.«

»Ich weiß überhaupt nichts. Mama hat mir nichts über ihn erzählt.«

»Da hatte sie wohl ihre Gründe.« Meine Tante stellt die Suppenterrine auf den Tisch und holt eine Kelle aus der Anrichtenschublade.

»Wasch dir die Hände.«

»Jetzt erzähl mir doch!«

»Was soll ich dir erzählen?«

»Na, über meinen Vater!«

Sie legt die Kelle in die Terrine, stützt sich auf der Tischkante ab und sieht mich über den Brillenrand hinweg an. Ich platze fast vor Neugierde, und sie schaut mich nur an!

»Was soll ich dir denn erzählen?«, fragt sie schließlich.
»Alles! Wie war er? Wie hieß er?«
»Er hieß Łukasz«, sagt meine Tante, nimmt die Terrine und trägt sie in den Speisesaal, aus dem schon die Stimmen der versammelten Gäste zu hören sind.
»So wie ich?« Blöde Frage. »Und was noch? Was noch? Weißt du, wo er wohnt? Hast du seine Nummer? Kann ich ihn anrufen?«
Meine Tante geht an mir vorbei und verschwindet in dem kleinen Flur zum Speisesaal. Ich weiß nicht, ob ich ihr folgen oder hier warten soll. Wenn sie glaubt, ich würde jetzt meine Suppe essen, hat sie sich aber geschnitten! Kurz darauf kommt sie mit einer großen dunkelblauen Wärmetasche zurück und packt die Styroporbehälter mit dem Hauptgang aus.
»Also was jetzt? Tante Agata!«, rufe ich.
»Wir reden nach dem Essen«, antwortet sie und schichtet Frikadellen und Kartoffeln auf Platten. »Hier lege ich was für dich zurück.«
Sie schiebt einen Behälter beiseite, und ich lasse die Schultern hängen. Die hantiert jetzt tatsächlich mit diesen ollen Buletten, anstatt mir die vielleicht wichtigste Frage meines Lebens zu beantworten! Ich hole

tief Luft, um ihr klarzumachen, was ich davon halte, lasse es aber gleich wieder bleiben, denn wenn sie böse auf mich ist, wird sie mir bestimmt nichts erzählen. Also setze ich mich an den Tisch, wild entschlossen, nicht eher wieder aufzustehen, bis sie mir alles erzählt hat.

Sie trägt die Platten in den Speisesaal, kommt zurück, packt runde Plastikdosen mit Rohkostsalat aus und füllt ihn um in Schüsseln. Trägt sie raus. Kommt wieder rein, holt den Trinkkompott, gießt ihn aus der Thermos- in eine Glaskanne. Ich kriege hier noch eine Meise! Was kommt als Nächstes? Will sie vielleicht noch einen Kuchen backen? Sie trägt die Kanne in den Speisesaal. Und kommt schrecklich lange nicht wieder. Sie wird doch jetzt nicht mit den Gästen zusammen essen?! Das macht sie sonst nie, ich gehe gleich und schaue … Da kommt sie in die Küche, einen vollen Suppenteller in der Hand. Sie stellt ihn vor mich hin und gibt mir einen Löffel.

»Iss«, sagt sie und setzt sich mir gegenüber.

»Tante Agata!«, flehe ich sie an. »Jetzt erzähl doch …«

Da kommt die Stasiowa in die Küche.

»Die Rothaarige sagt, ihr fehlt Salz. Aber das Salz ist aus.«

»Wieso aus? Auf der Anrichte stehen zwei Salzstreuer.«

»Die sind leer.«

»Wieso leer? Beide?«, fragt meine Tante ungläubig.

»Nun ja, leer«, nickt die Stasiowa düster.

»Moment.« Meine Tante steht auf, geht in die Speisekammer und holt ein Plastiktütchen mit Salz. »Füllen Sie bitte nach.«

Die Stasiowa nimmt das Salz und geht. Seufzend nimmt meine Tante wieder Platz.

»Nun iss schon, sie wird kalt.«

Brav nehme ich meinen Löffel und probiere von der Suppe. Borschtsch mit Roter Bete. Ich hasse Rote Bete. Mit einem leisen Seufzer fange ich an zu essen.

»Erzählst du mir jetzt was?«, frage ich zwischen zwei Löffeln Suppe.

»Was willst du denn wissen?«

»Wer war mein Vater?«

»Dein Vater ...«, fängt sie an, aber da kommt die Stasiowa schon wieder in die Küche.

Das ist ja der reinste Taubenschlag hier!

»Ich hab sie nachgefüllt.«

»Gut«, sagt meine Tante, steht auf, nimmt das Salztütchen und bringt es zurück in die Speisekammer.

Die Stasiowa steht neben der Anrichte, die Hände vor dem Bauch gefaltet. Meine Tante kommt zurück und setzt sich an den Tisch.

»Danke, Stasiowa«, sagt sie.

Die Stasiowa steht immer noch da.

»Ist noch etwas?«, fragt meine Tante.

»Der von dieser Blonden aus der Fünf, wissen Sie?«, fängt die Stasiowa an.

»Ja?«

»Der, der geschimpft hat, dass sie das Meer von ihrem Fenster aus gar nicht sehen können.«

»Ich weiß, wer, Stasiowa. Was ist mit ihm?«

»Er will einen Nachschlag.«

»Einen Nachschlag wovon?«

»Eine zweite Frikadelle.«

»Dann soll er doch eine nehmen.«

»Es ist aber keine mehr da«, sagt die Stasiowa seelenruhig, und ich spüre, dass ich gleich in die Luft gehe.

»Wieso keine mehr da?«, fragt meine Tante erstaunt. »Ich habe doch zwei zusätzliche gebracht.«

»Aber der Graue, wissen Sie, der aus der Acht.«

»Ich weiß. Was ist mit dem?«

»Der, der sich auf seine Brille gesetzt hat, auf dem Sessel am Kamin.«

»Ich weiß, wer. Sagen Sie doch, worum es geht.«

»Na, der hat schon zwei Frikadellen gegessen. Und jetzt will der aus der Fünf noch eine, weil er gesehen hat, dass der zwei hatte.«

»Aber dann müsste doch noch …«

»Eben nicht, weil die Dünne, wissen Sie … Die Schwarzgefärbte.«

Meine Tante schließt für einen Moment die Augen und seufzt leise.

»Was ist mit der Schwarzen?«

»Sie hat sich auch eine zweite Frikadelle genommen. Aber nicht gegessen, in die Serviette gepackt. Sie hat geglaubt, ich gucke nicht, hab ich aber doch. In die Tasche gesteckt hat sie die.«

Meine Tante vergräbt das Gesicht in den Händen und sagt:

»Stasiowa, ich halt das nicht mehr aus.«

»Ich weiß auch nicht«, meint die Stasiowa ungerührt. »Was ist nun mit dem aus der Fünf?«

»Geben Sie ihm halt meine Frikadelle!«, schreie ich fast. »Da steht sie.«

»Aber das ist dein Mittagessen …«, setzt meine Tante an, bricht aber ab und sagt: »Außer, ich hau dir ein paar Eier in die Pfanne.«

»Super, ich liebe Eier!«, rufe ich.
»Im Kühlschrank müsste noch Kefir sein, von gestern«, denkt meine Tante laut nach. »Du könntest Kartoffeln mit Spiegelei und Kefir essen …«
»Spitzenidee!«, falle ich ihr ins Wort.
»Also, was jetzt?«, fragt die Stasiowa.
»Sie nehmen die Frikadelle von Łukasz.«
»Das kann ich schon machen, warum nicht. Und was, wenn sie noch eine wollen?«
»Dann sagen Sie, es gibt keine mehr.«
»Das kann ich schon sagen, warum nicht. Aber ich bin dann nicht schuld, wenn was ist, ich schicke sie dann zu Ihnen mit der Beschwerde.«
»Schicken Sie sie nur«, nickt meine Tante und massiert sich die Schläfen.
»Nur, dass es nicht heißt, ich hätte es nicht gesagt«, erklärt die Stasiowa und bewegt sich endlich von der Anrichte weg.
Sie öffnet den Styroporbehälter und pflückt sich meine Frikadelle heraus.
»Stasiowa, ich glaub es nicht! Mit den Fingern?!«, kreischt meine Tante.
»Wozu denn dafür das Besteck einschmieren?«, entgegnet die Stasiowa achselzuckend.

Sie trägt die Frikadelle zur Anrichte und holt einen Teller heraus. Darauf legt sie sie ab, wischt sich die Hand in die Schürze und geht endlich in Richtung Speisesaal.
»Wenn die Saison nur bald um wäre«, murmelt meine Tante halblaut.
»Ich bin fertig!«, rufe ich und schiebe den leeren Suppenteller von mir. »Jetzt erzählst du mir was über Papa.«
»Warte, ich kümmere mich um die Eier.«
Das macht sie doch mit Absicht! Fassungslos schaue ich zu, wie sie den Kefir und zwei Eier aus der Speisekammer holt und sie am Pfannenrand aufschlägt.
»Spiegelei oder Rührei?«, fragt sie.
»Egal!«
Die Gäste sind fertig mit dem Mittagessen, und die Stasiowa bringt das schmutzige Geschirr in die Küche. Meine Tante häuft mir die Kartoffeln aus dem Behälter auf den Teller, verteilt das Ei aus der Pfanne darüber und stellt mir einen Becher Kefir hin.
»Ich mache heute den Abwasch, Stasiowa«, sagt sie. »Sie können gehen.«
»Gehen kann ich schon, warum nicht«, antwortet die Stasiowa. »Aber eigentlich ist der Abwasch meine Sache …«

»Heute brauchen Sie sich nicht um den Abwasch zu kümmern«, sage ich schnell. »Ich helfe mit.«
Die Stasiowa sieht mich nicht einmal an. Sie bindet sich die Schürze ab und hängt sie an den Nagel neben der Anrichte. Dann hebt sie ihre Tasche vom Fensterbrett und verschwindet durch die Tür zum Garten. Ich stochere in meinem Spiegelei herum. Das Eigelb platzt auf und sickert zwischen die Kartoffeln. Ich zerquetsche das Ganze zu einer Pampe. Meine Tante hat Wasser aufgesetzt, sie kocht einen Tee für mich und für sich einen Kaffee. Was zu viel ist, ist zu viel. Jetzt werde ich ganz bestimmt nicht mehr nach Papa fragen. Eigentlich sollte ich aufstehen und sie hier sitzen lassen. Aber ein bisschen schade um die Eierkartoffeln und den Kefir wäre es doch, sie sind nämlich ganz lecker.
Meine Tante kommt mit zwei Bechern zurück zum Tisch.
»Viel kann ich dir auch nicht erzählen, ich kannte ihn ja nicht besonders gut«, sagt sie und setzt sich an den Tisch.
»Wer ist er?«, frage ich, schlucke den letzten Bissen hinunter und schütte den Rest Kefir hinterher. »War lecker, danke.«
»Nichts Besonderes. Morgen bekommst du was Or-

dentliches, versprochen.« Sie nippt an ihrem Kaffee, stellt ihn wieder ab und fährt endlich fort: »Dein Vater war zum Arbeiten hierhergekommen.«

»Zum Arbeiten? Hierher? Nach Brzeg?«

»Nein, zu uns. Ins *Hohe Kliff*.«

»Und woher kam er?«, frage ich.

»Das weiß ich nicht. So wie ich es mitbekommen habe, war dein Vater viel unterwegs und hat mal hier, mal da gearbeitet.«

»Und was hat er hier gemacht?«

»Er hat den Pavillon im Garten instand gesetzt. Früher war das der Stall, der Holzschuppen und die Rumpelkammer.«

Der Pavillon! Den hatte ich ganz vergessen, da war ich noch gar nicht!

»Dann war er Bauarbeiter?«

»Nicht so richtig. Er hat gesagt, er studiert noch, dabei war er für meinen Geschmack ein bisschen zu alt dafür.«

»Und was hat er studiert?«

»Das weiß ich nicht.«

»Und wie sah er aus?«

»Groß war er. Dunkles Haar. Du siehst ihm ähnlich. Er war sehr dickköpfig und hat kaum mal gelacht. Ich habe nie so richtig verstanden, was deine Mutter an ihm gefunden hat, aber in solchen Dingen hilft einem der Verstand ja auch nicht weiter. Wir wohnten hier zu dritt, unser Vater war damals schon tot. Also waren da nur noch Mutter, Krystyna und ich. Wir haben das *Hohe Kliff* allein betrieben.«

»Und was war dann?«

»Deine Mutter hat sich mit ihm getroffen, und unsere Mutter, also deine Großmutter, war damit gar nicht einverstanden. Insgesamt hat er einen knappen Monat hier gewohnt. Aber deine Mutter war schrecklich verliebt in ihn, er hat um ihre Hand angehalten, und sie wollten heiraten, also konnte deine Großmutter nichts dagegen tun, auch wenn es ihr nicht passte.«

»Und was ist dann passiert?«

»Das weiß ich nicht. An dem Tag, als sie zum Standesamt fahren sollten, ist er einfach verschwunden. Besonders seltsam war, dass er nicht einmal seine Sachen mitgenommen hat, auch nicht seine Papiere. Nichts. Als hätte er sich in Luft aufgelöst. Er ging ins Obergeschoss in Krystynas Zimmer, um sich für die Trauung anzuziehen – danach hat ihn niemand mehr gesehen.«

»Das ist ja total verrückt!«, rufe ich. »Ist denn die Polizei gekommen?«

»Ja. Mutter wollte sie nicht rufen, aber Krystyna hat darauf bestanden. Sie haben seine Papiere mitgenommen, auch ein paar von seinen Sachen. Die Nachbarn wurden befragt. Große Aufregung überall. Aber sie haben ihn nicht gefunden und auch nichts in Erfahrung bringen können.«

»Und dann?«, frage ich gespannt.

»Deine Mutter hat nur noch geweint. Sie hat ihr Zimmer kaum noch verlassen. Und dann stellte sich heraus, dass du … Dass du unterwegs warst. Sie hat sich furchtbar mit Mutter zerstritten, die beiden haben sich schlimme Sachen an den Kopf geworfen. Krystyna glaubte, dein Vater wäre abgehauen, weil deine Großmutter so gemein zu ihm war, aber das war sicher nicht der Grund. Aber sie ließ damals überhaupt nicht mit sich reden. Sie war wütend auf Mutter und böse mit mir, weil ich nicht auf ihrer Seite stand. Vielleicht hatte sie sogar recht, ich weiß es nicht mehr … Dann hat sie die Koffer gepackt und ist abgerauscht. Ich habe sie erst in Warschau im Krankenhaus wiedergesehen, nachdem die Bank bei mir angerufen hatte.«

»Die Bank?«, frage ich verblüfft. »Welche Bank?«

»Die, bei der deine Mutter den Kredit für die Wohnung aufgenommen hatte. Der Kredit war gesichert, sie hatte in den Unterlagen meinen Namen und meine Telefonnummer angegeben, damit sie mich verständigen, falls es Schwierigkeiten gibt. Deshalb kam ich auch erst so spät – sie haben mich erst im August angerufen, vor ein paar Wochen. Das war alles. Möchtest du noch etwas wissen?«

»Ja!«, antworte ich sofort. »Ich möchte wissen …«

Wo soll ich anfangen? Ich möchte wissen, ob mein Papa toll war. Ich möchte wissen, was er gesagt und gedacht hat. Ob er sich gefreut hat, dass er mein Papa wird, ob er es überhaupt gewusst hat. Geduldig schaut mich meine Tante über ihre Brille hinweg an, ich starre hilflos auf meinen leeren Teller.

»Ich möchte wissen, was er mochte«, sage ich schließlich.

»Was er mochte?«, fragt meine Tante. »Wie meinst du das?«

»Na, überhaupt.«

»Ich weiß nicht.« Sie zuckt mit den Schultern. »Ich habe ja schon gesagt, dass ich ihn nicht so gut kannte. Ich weiß nicht mal mehr, worüber wir uns unterhalten haben, ich habe wohl auch nie länger mit ihm gesprochen.«

Ich runzle die Stirn und werfe ihr einen enttäuschten

Blick zu. Daraufhin setzt sie eine betrübte Miene auf und sagt nach einer Weile:

»Er mochte gern rote Grütze. Ich weiß noch, wie er das sagte. Unsere Mutter konnte sehr leckere Grütze kochen. Mit Kirschen und Erdbeeren, die gab es damals noch im Garten. Die mochte er sehr gern und wollte immer noch eine zweite Portion.«

Mein Papa hieß Łukasz, so wie ich. Er war groß, hatte schwarzes Haar und lachte selten. Er konnte aus einem Stall eine Wohnung machen. Und er mochte rote Grütze. Das ist alles, was ich von ihm weiß. Nicht besonders viel. Aber immerhin, schließlich wusste ich zwölf Jahre lang überhaupt nichts. Wenn ich ihn auch noch sehen könnte …

»Tante Agata, hast du nicht vielleicht ein Foto von ihm?«

Sie schüttelt den Kopf und denkt kurz nach.

»Aber weißt du was? Die Polizei hat damals nicht alle Sachen von ihm mitgenommen. Ich weiß noch, dass irgendwelche Bücher und eine Jacke hiergeblieben sind. Wenn Krystyna die nicht eingepackt hat, sind sie bestimmt noch oben auf dem Speicher. Dort hat Mutter alles aufgehoben. Es sind sogar noch unsere Schulhefte und die Ranzen da, die habe ich vor kurzem erst gesehen.«

Ich springe abrupt auf, ohne an mein Bein zu denken. Der Blitz zuckt durch mein Knie, und ich lasse einen kurzen Schrei los.

»Łukasz!« Sofort ist Tante Agata bei mir. »Sei vorsichtig!«

Ich ziehe scharf die Luft ein und warte, bis der Schmerz vorüber ist. Das dauert nicht mehr so lange wie noch vor ein paar Monaten, es lässt sich inzwischen aushalten.

»Alles gut«, presse ich hervor und sage dann mit festerer Stimme: »Gehen wir.«

»Morgen gehen wir. Du ruhst dich jetzt erst mal aus. Ich habe furchtbar viel zu tun. Ich muss noch den Abwasch machen, und um sechs werden die Vier und die Vierundzwanzig frei. Da muss ich die Betten abziehen und putzen.«

»Ich kann dir doch helfen! Wenigstens mit dem Abwasch.«

»Gut.« Meine Tante lächelt mich mit Mamas Lächeln an.

An diesem Nachmittag komme ich zu dem Schluss, dass ich sie wohl doch ein bisschen mag.

Am nächsten Tag steigen wir beide gleich nach dem Frühstück auf den Speicher. Irgendwie komme ich die schmalen knarrenden Stiegen hinauf. Der Speicher ist riesig, verstaubt, vollgestellt mit alten Möbeln, Kartons, Körben und Koffern. Sonnenlicht sickert durch die stumpfen Scheiben der kleinen Dachluken, in den Strahlen tanzen Millionen wirbelnder Staubkörner. Ich schaue mir die Kleider an, die Mama und Agata als Kinder getragen haben. Nicht zu fassen, dass meine Mutter in diese kleinen Kleider gepasst haben soll, aber als meine Tante mir dann die Hosen zeigt, bin ich erst richtig baff. Mama hat sie anscheinend selbst genäht – die Hosenbeine werden nach unten hin immer weiter, und sie sind mit bunten Blumen und etwas wie Mercedes-Sternen bestickt. Meine Tante erklärt mir, das sei das Peace-Zeichen, das Symbol der Hippies. Meine Mama war ein Hippie? Meine Mama, die in grauen oder schwarzen Kleidern und auf Schuhen mit Absätzen zur Arbeit geht? Das will mir nicht in den Kopf. Dann zeigt mir Tante Agata die alten Puppen, mit denen sie früher gespielt haben. Die Haare wachsen ihnen büschelweise aus dem Kopf, und sie sind ganz steif. Sie können weder Knie noch Ellbogen abknicken. Zwei der Puppen schließen die Augen, wenn man sie hinlegt. Ehrlich gesagt, kommen sie mir vor wie Zombies. Wie kann man mit so was spielen? Ein Teddy wäre mir lieber – natürlich nur, wenn ich noch klein wäre und noch mit Puppen spielen würde. Wir finden auch die Bücher meiner Mutter, lauter Mädchengeschichten. Aber Papas Sachen sind nicht da.

»Seltsam«, sagt meine Tante. »Ich bin mir sicher, dass Mutter sie nicht weggeworfen hat. Vielleicht hat Krystyna alles mitgenommen?«

Wenn ja, dann weiß ich nichts davon. Meine Tante steht auf, klopft sich den Rock aus und überlegt.

»Es sei denn … Warte mal.«

Sie geht zu einer Leiter, die am Schornstein lehnt, trägt sie in die Mitte des Raumes und legt sie an einem Deckenbalken an. Ich schaue nur zu, weil ich nicht recht weiß … Na klar! Sie hat doch gesagt, dass der Speicher zwei Etagen hat! Sie steigt die Leiter hinauf, hebt eine Klappe an, und in der Decke zeigt sich eine rechteckige Öffnung zur nächsten Etage. Völlig ausgeschlossen, dass ich da hochkomme. Meine Tante verschwindet nach oben, ich kann ihre Schritte auf den Dielen hören, die Balken knarren, und durch die Ritzen rieselt Staub herunter. Es dauert ewig lang. Sie rückt irgendwelchen Kram hin und her und schleift etwas über den Boden.

»Da ist es!«, ruft sie schließlich.
Ihr Kopf erscheint in der Öffnung. Die eingestaubten Sonnenstrahlen, die durch die Dachluken aus der oberen Etage einfallen, leuchten sie von hinten an und bekränzen ihren Kopf mit einem goldenen Heiligenschein wirrer Haare. Dunkle Schmutzstreifen zieren ihre Wangen, die Brille sitzt schief im Gesicht. Lustig sieht sie aus, besonders mit dieser Triumphmiene.
»Fang auf!«, ruft sie und wirft ein weiches schweres Bündel in meine Arme.
Die Jacke! Papas Jacke! Sie hat Knöpfe, das Leder ist abgewetzt und etwas rissig. Und ihre Farbe ist die der Kastanien, die ich mit Mama im Herbst vor zwei Jahren im Skaryszew-Park gesammelt habe. Sie riecht nach Tabak und Staub. Mein Vater hat diese Jacke getragen. Mein Herz klopft wie wild, als ich langsam in die Ärmel schlüpfe und sie anziehe. Sie ist mir viel zu groß. Aber ich wachse ja noch. Als ich die Hände in die Taschen stecke, ertasten meine Finger einen länglichen metallenen Gegenstand. Ein Taschenmesser! Leicht angerostet, aber noch ziemlich gut. Der Griff ist aus hellblauem metallisch glänzendem Kunststoff. Papas Messer! Schnell suche ich auch noch die anderen Taschen ab. Darin finden sich zerknüllte Papierchen, ein

Taschentuch, ein Stück Schnur und ein paar Schrauben. Nichts Besonderes. Aber das Taschenmesser ist wirklich ein Ding! Ich stecke es wieder ein und stelle den Kragen der Lederjacke auf.

»Łukasz! Die kannst du doch so nicht anziehen! Die ist doch ganz schmutzig!« Meine Tante steigt vorsichtig die Leiter hinunter.

»Überhaupt nicht. Sie ist nicht mal staubig.«

»Weil Mutter sie in einen Koffer gepackt hatte. Aber sie hat so viele Jahre auf dem Speicher gelegen, da kann alles Mögliche drin sein. Motten oder sonst ein Ungeziefer.«

»Da ist gar nichts drin. Sie ist perfekt.«

Meine Tante mustert mich über ihre Brille hinweg lächelnd von Kopf bis Fuß.

»Sie steht dir gut«, sagt sie schließlich. »Du siehst ganz aus wie dein Vater.«

Ich lächle zurück und bin mir jetzt sicher, dass ich sie wirklich mag.

Keine Stunde später bin ich allerdings schon wieder anderer Ansicht, und die Ereignisse überschlagen sich.

Günstiger umziehen

»Sie müssen außenrum fahren!« Meine Tante wirbelt über den Parkplatz, auf dem ein Lastwagen steht. »Das muss alles in den Pavillon im Garten!«

Ich trete auf die Veranda und sehe mir den Laster an. »Günstiger umziehen« steht in großen Buchstaben auf der Seite, dabei zieht meine Tante doch gar nicht um. Die bringen sicher neue Möbel für die Gästezimmer, ist ja auch höchste Zeit. Ich habe mir ein paar Zimmer angeschaut – das olle Zeug, das da rumsteht, ist eigentlich gar nicht mehr zu gebrauchen, finde ich.

Der Laster setzt zurück und fährt um das Haus herum, während Tante Agata in den Garten sprintet. Ich lehne meine Krücke gegen die Brüstung, ziehe Papas Jacke fester um die Schultern und schaue über das aufgewühlte Meer. Ein kühler Wind ist aufgekommen. Der Himmel ist wolkenverhangen, er hat dieselbe Farbe wie die Wellen. Man kann nicht erkennen, wo das Wasser aufhört und der Himmel anfängt, da ist nur diese endlose silberne Einöde hinter dem gelben Geländer am Rand des Kliffs. Der Sommer ist vorbei. Ich ziehe den Kopf ein und drücke meine Nase tiefer in den Kragen der Jacke.

»Ich hab dir doch gesagt, du sollst dich nicht mehr draußen blicken lassen, du Krücke!« Erschrocken zucke ich zurück, als ich wenige Meter von mir entfernt Flohs Fistelstimme höre.

Er hat in den Büschen bei der Einfahrt zu dem kleinen Parkplatz gesessen. Er hat mich abgepasst. Instinktiv greife ich nach der Krücke.

»Ich bin gar nicht draußen«, antworte ich, ohne lange nachzudenken.

Das war ein Fehler. Ich hätte etwas sagen müssen wie: Ich geh raus, wann es mir passt. Oder ihn gleich beschimpfen. Oder, das wäre am besten gewesen, gar nicht reagieren. Was ich jetzt gesagt habe, klingt, als wollte ich mich entschuldigen oder rechtfertigen. Als hätte ich Angst vor ihm. Habe ich ja eigentlich auch ein bisschen. Aber das hätte ich nicht zeigen dürfen, jetzt bin ich untendurch, und er hat mich auf dem Kieker.

»Komm raus da!«, kläfft er und stiert mich aus seinem fetten Gesicht böse an.
Heute trägt er einen Kapuzenpulli und dieselbe Baseballcap wie gestern. Der Pulli sieht aus wie XXXXL – wenn ich ihn über einen Besenstiel spannen würde, hätte ich ein gemütliches Zelt.
»Hau ab, du Fettsack«, sage ich.
»Hau doch selber ab, du Krücke!«, quietscht er und ballt die Fäuste. »Komm bloß raus, dann wirst du schon sehen.«
»Nichts werde ich sehen«, antworte ich möglichst verächtlich. »Du stehst ja immer im Bild, du Fleischberg.«
»Ich mach dich fertig! Ich mach dich so was von fertig! Wart's bloß ab! Du ... du Krückenkrüppel!«, schreit Floh in den höchsten Tönen.
Von der Veranda herab sehe ich ihn mir in Ruhe an. Einen Vorteil habe ich. Ich kenne jetzt seinen wunden Punkt – er schämt sich dafür, dass er so dick ist. Und außerdem regt er sich zu schnell auf. Andererseits macht ihn das auch wieder unberechenbar und gefährlich. Wer sich aufregt, denkt nicht mehr vernünftig nach. Ich weiß das genau, weil ich selber hin und wieder Schwierigkeiten hatte, mich zusammenzureißen.

Mama hat manchmal gesagt, ich wäre ein furchtbarer Wüterich.
»Geh weg. Bevor Greenpeace kommt und dich mit den anderen gestrandeten Walfischen ins Meer zieht«, sage ich aufreizend langsam, obwohl ich weiß, dass ich ihn nicht noch mehr aufziehen sollte.
»Ich mach dich fertig!«, schäumt er. »Ich schlag dich mit deinem eigenen Krückstock zusammen!«
»Walfisch«, entgegne ich seelenruhig.
»Du bist tot!«, brüllt er.
»Walfisch«, erwidere ich.
Floh wird so rot im Gesicht, als ob er gleich platzt. Noch sitzt er hinter seinem Busch, er wird mich ja nicht auf der Veranda meines eigenen Hauses verdreschen. Aber wenn ich es übertreibe, dreht er vielleicht noch völlig durch und …
»Du … du …«, fängt er an und schnappt nach Luft.
»Wahaaaalfiiiiiisch«, antworte ich ihm auf Walisch, so wie Nemos Freundin Dorie im Film.
Floh schäumt wie eine kräftig geschüttelte Cola, und ich verliere langsam den Spaß an der Sache. Hier wird sich nichts mehr bewegen, wir können uns noch den ganzen Tag gegenseitig Beleidigungen um die Ohren hauen. Wir wissen beide, dass ich nicht runterkommen

werde und er das *Hohe Kliff* nicht betritt. Ich will mich gerade umdrehen und ins Haus gehen, als Floh doch noch eine Idee hat. Er packt blitzschnell einen Stein, holt aus und wirft ihn in meine Richtung. Der Stein saust über den Parkplatz und trifft mich am Fuß. Nur ganz leicht, ich habe ihn fast nicht gespürt, aber Floh bückt sich schon nach dem nächsten Stein, einem größeren diesmal.

»Du bist doch nicht ganz sauber!«, rufe ich und mache einen Schritt zurück in Richtung Tür.

»Und jetzt?«, fragt Floh mit einem schiefen Grinsen und lässt den Stein in seinen Wurstfingern hüpfen.

»Ich sag's!«, rufe ich zurück.

»Ab ins Haus! Aber zackig«, brüllt er. »Und dass ich dich nicht mehr draußen erwische!«

Er holt weit aus. Sicher blufft er nur, aber davon will ich mich lieber nicht überzeugen. Mit gespielter Gelassenheit öffne ich die Tür und gehe in die Pension. Dieses Duell habe ich verloren. Flohs Gelächter sitzt mir im Nacken. Mama soll endlich aufwachen und mich hier rausholen!

Durch den Speisesaal humple ich ins Arbeitszimmer, um im Krankenhaus anzurufen, weil mein Guthaben schon wieder aufgebraucht ist und ich meine Tante nicht um Geld bitten möchte. Ich kann mit einer Pflegerin sprechen, diesmal ist es wieder die mit den Locken. Sie klingt etwas gelangweilt. Nichts Neues von Mama. Ich seufze einmal tief und lege auf. Und jetzt? Es ist noch nicht mal zwölf. Im Flur fällt mir der Möbelwagen wieder ein. Den will ich mir anschauen. Durch die Küche und den Hinterausgang gehe ich in den Garten. Die Männer in den roten Arbeitsanzügen laden gerade ein weißes Sofa aus, meine Tante tigert nervös um sie herum und erteilt kluge Ratschläge – wo sie am besten anfassen und wie sie die Möbel drehen sollen. Die Männer sehen nicht gerade begeistert aus. Das könnte noch lustig werden. Auf meine Krücke gestützt, rücke ich näher heran. Plötzlich geht mir auf, dass ich dieses Sofa kenne und dass ich schon oft darauf gesessen habe. Ich brauche noch einen Moment, um zu verstehen, was da eigentlich vor sich geht – mit großen Augen lese ich »Günstiger umziehen« und kapiere endlich, dass nicht meine Tante umzieht, sondern ich. Der Laster hat unsere Möbel und unsere Sachen aus Warschau hierhergebracht.

»Łukasz, beruhige dich.« Meine Tante versucht, mir die Hand auf den Arm zu legen, aber ich schüttle sie ab.
»Dazu hattest du kein Recht!«, rufe ich. »Mama kriegt dich deswegen dran, wenn sie aufwacht, du wirst schon sehen!«
»Łukasz ...«
»Die Sachen gehören nicht dir, sondern uns! Was ist denn, wenn Mama aufwacht, nach Hause kommt und sieht, dass nichts mehr da ist?!«
»Łukasz, du ...«
»Warum hast du unsere Möbel weggeholt? Wer hat dir das erlaubt?«, brülle ich mit weitaufgerissenen Augen, um die Tränen zurückzuhalten.
»Łukasz!«, sagt meine Tante jetzt streng. »Sei nicht hysterisch!«
»Ich bin nicht hysterisch!!!«, brülle ich. »Warum hast du dir unsere Sachen aus unserer Wohnung geholt?«
»Weil es die Wohnung nicht mehr gibt! Die Bank will sie zwangsversteigern, verstehst du?«, erklärt sie. »Ich musste die Sachen holen, die der Gerichtsvollzieher nicht mitgenommen hat.«
»Gerichtsvollzieher? Was heißt, die Wohnung gibt es nicht mehr? Was hast du da gemacht?«, stammle ich fassungslos.

»Łukasz, die Raten waren zu hoch. Seit deine Mutter im Krankenhaus ist, bekommt sie nicht mehr genug Geld, sie zu bezahlen.«

»Aber Mama arbeitet ja! Ich bin doch nicht doof! Wenn jemand arbeitet und krank wird, dann kriegt er Urlaub und verdient immer noch Geld, das weiß ich!«, erwidere ich hitzig.

»Deine Mutter war nicht festangestellt, sie war freiberuflich tätig und … Wenn du größer bist, wirst du das verstehen. Sie bekommt Geld von der Sozialversicherung, aber das reicht nicht, um die Kredite für die Wohnung, das Auto und die anderen Sachen zu bedienen, die sie für euch gekauft hat.«

»Das ist nicht wahr!«

»Łukasz, das sind doch eure Möbel. Ich stelle sie hier bloß unter. Wenn Krystyna … Wir richten dir hier dein Zimmer ein. Dann hast du dein Bett und deine Schränkchen. Und den Schreibtisch! Den kannst du gut gebrauchen, wenn du in die Schule gehst.«

»In welche Schule?«, frage ich, und mein Magen friert zu einem Eisbällchen zusammen.

»Na, in die Schule. In Kamień, da gibt es eine Mittelschule. Alle Kinder aus Brzeg gehen nach Kamień in die Schule.«

»Ich bin nicht aus Brzeg«, sage ich langsam.
»Im Moment schon. Und du musst zur Schule gehen.«
Meine Tante schaut mich mit zusammengezogenen Brauen über ihre Brille hinweg an, und ich spüre, wie mir die erste Träne über die Wange rinnt. Gleich fange ich an zu heulen, vor ohnmächtiger Wut. Und sie denkt bestimmt, ich heule, weil ich noch so klein bin! Den Triumph gönne ich ihr nicht. Schnell wende ich mich ab, der Blitz im Knie hat nur darauf gewartet, er fährt mir bis in die Hüfte hinauf, aber ich beiße die Zähne zusammen und mache keinen Mucks. Ich packe meine Krücke und gehe zurück ins Haus. Meine Tante bleibt im Garten zurück, wo fremde Männer in roten Anzügen unsere Sachen aufstapeln. Gerade als ich noch einmal zurückschaue, wirft einer der Männer von der Ladefläche einen blauen Müllsack auf den Boden. Er reißt auf, und Mamas Schuhe liegen im Gras verstreut. Mama hat viele Schuhe. Sie standen alle auf speziellen Holzregalen in der Garderobe. Mama hat sie immer sehr pfleglich behandelt. Nie im Leben hätte sie alle zusammen in einen Müllsack geworfen! Ich knalle die Tür zu, so laut ich kann, und humple in mein Zimmer hinter der blauen Tür.

Diesmal denke ich aber daran, den Schlüssel umzudrehen.
Hier komme ich nicht mehr raus, um nichts in der Welt. Ich werde hier drin verhungern, und meiner Tante wird es leidtun, aber dann ist es natürlich zu spät. Ich lege mich aufs Bett und hefte meinen Blick an die Wasserfleckenkarte oben an der Decke. Da hat sich etwas verändert … Stirnrunzelnd schaue ich genauer hin. Letztes Mal hatte mich der Fleck an einen Kontinent oder einen Pfeil erinnert, diesmal sieht er eher aus wie ein Blitz. Ich könnte schwören, dass er anders ausgesehen hat. Egal.
Am liebsten würde ich abhauen von hier und nach Warschau fahren. Zu Mama, oder sogar zur Zwiebel. Da hatte ich es besser. Aber wie komme ich hier weg? Tante Agata schnappt mich doch, bevor ich bis zur Haltestelle gehumpelt bin. Ganz zu schweigen davon, dass ich keine Fahrkarte habe. Wenn sie glaubt, ich würde in diese blöde Mittelschule in diesem blöden Kamień gehen, dann hat sie sich aber geschnitten! Ich habe ja schon eine Schule. In Warschau. Aber hier … Plötzlich wird mir klar, dass die Kinder auf den Skateboards und dieser fette Floh sicher auch nach Kamień in die Schule gehen. Dass ich mit ihnen im Bus fahren muss – jeden

Tag. »Du bist tot, ich mach dich fertig.« Das hat er gesagt. Ich schließe die Augen, so fest ich kann, und habe das Gefühl, als stürze ich aus großer Höhe hinab. Vom Rand des Kliffs mitten hinein in die eisigen brüllenden grünen Wellen.

»Łukasz? Darf ich?«, höre ich die Stimme meiner Tante vor der Tür.

Die kalten grünen Wellen unter mir verwandeln sich in Zorneswellen, die im Nu über mir zusammenschlagen. Kann sie mich nicht einfach mal in Ruhe lassen? Ich setze mich im Bett auf und starre an die blaue Tür. Gut, dass ich daran gedacht habe, abzuschließen. Sie klopft.

»Łukasz?«

Meine blöde Tante mit ihrem ewigen blöden Geklopfe. Anklopfen, immer anklopfen, merk dir das ... Nein, tu ich nicht!

Ich hätte Lust, etwas gegen die Tür zu schleudern. Mit voller Wucht. Einen Stuhl zum Beispiel.

»Łukasz? Darf ich?«, fragt meine Tante.

Ich stemme mich hoch und hüpfe auf einem Bein zur Tür.

»Bist du da? Łukasz?«

Sie klopft. Sie klopft schon wieder. Da steht sie auf der

anderen Seite der Tür und lauscht. Spioniert mich aus. Und plötzlich hebe ich – obwohl ich weiß, dass das kindisch ist – den Arm, krümme den Zeigefinger und klopfe auf meiner Seite an die Tür. Richtig stark, dass es weh tut. Ich klopfe und klopfe, wie ein Specht.

»Łukasz, was …« Meine Tante drückt die Klinke herunter, aber die Tür ist ja abgeschlossen. »Mach auf, was soll das denn?«

Aber ich sage nichts, sondern klopfe nur noch lauter. Immer weiter und immer schneller.

»Du benimmst dich wie ein kleines Kind!« Jetzt rüttelt sie an der Klinke. »Mach die Tür auf!«

Ich sage immer noch nichts, sondern beiße mir auf die Unterlippe und klopfe, so schnell und so laut ich kann, an meine eigene Tür. Ich kann gar nicht mehr aufhören, selbst wenn ich es wollte. Wie lange das so geht, weiß ich nicht. Meine Tante sagt etwas zu mir, aber ich höre nicht hin, ich bin gerade nicht ansprechbar. Ich klopfe an die blaue Tür, und meine ganze Wut, meine ganze Ohnmacht konzentriert sich in meiner Faust und sickert in das Holz ein, Tropfen für Tropfen, Schlag für Schlag. Ich kann es spüren, meine Hand kribbelt schon.

»Łukasz!«

Jetzt wechsle ich das Tempo und klopfe eine Melodie, ich weiß selbst nicht, was für ein Lied das ist. Tuck – tuck, tuck. Tuck – tuck, tuck. Bamm! Ein Schlag mit der flachen Hand, dann klopfe ich wieder. Tuck – tuck, tuck. Tuck – tuck, tuck. Bamm! Bamm! Bamm!
Und plötzlich, im Bruchteil einer Sekunde, ändert sich etwas. Ich kann nicht einmal genau sagen, was. Das Geräusch, das meine Klopfhand auf dem Holz hervorruft, klingt anders, dumpfer als noch gerade eben. Die Luft verdichtet sich, meine Haare sind plötzlich elektrisch aufgeladen. Die Stimme meiner Tante ist wie abgeschnitten. Irritiert höre ich auf zu klopfen und lasse die Faust sinken. Ich lege mein Ohr an die blaue Tür. Stille. Oder vielmehr ein Rauschen. Als rauschte das Meer oder der Wind in den Baumkronen. Vielleicht kommt das von draußen? Durch das Fenster kann ich die Äste der Bäume im Garten sehen. Sie bewegen sich kaum. Das kommt nicht von draußen …
Ich ziehe den Kopf zurück und betrachte aufmerksam die Tür. Dann strecke ich den Arm aus und schließe die Finger um die Klinke. Langsam drücke ich sie herunter, da fällt mir wieder ein, dass ich abgeschlossen hatte. Gerade möchte ich nach dem Schlüssel greifen, da klinkt der Schnapper aus und die Tür öffnet sich einen Spalt-

breit. Helles mildes Licht strömt ins Zimmer, und das Rauschen ist jetzt lauter. Für einen Moment bin ich wie erstarrt, dann ziehe ich langsam die blaue Tür heran, bis sie weit offen steht.

Die Silberwelt

Hinter der blauen Tür liegt nicht der düstere Korridor im ersten Obergeschoss der Pension *Hohes Kliff*. Da liegt überhaupt kein Gang. Hinter der blauen Tür liegt eine Wiese. Oder eher ein Garten. Aber so einen Garten habe ich in meinem ganzen Leben noch nicht gesehen.
Ich trete in den Türrahmen, stehe auf der Schwelle und starre mit aufgerissenen Augen auf die Weite, die sich da vor mir auftut. Sie wird von zartem, weichem Gras bedeckt. Es ist grün, aber von einem gänzlich anderen Grün als gewöhnlicher Rasen. Es geht fast ins Türkise, Himmelblaue mit einer feinen Spur von Silber. Die himmelblaue Wiese breitet sich jenseits der Schwelle aus, da, wo eigentlich der Fußboden mit dem abgewetzten roten Läufer sein sollte. Ich lasse den Blick schweifen. Jenseits der Wiese wachsen Bäume und Sträucher. Auch ihre Blätter sind silbrig türkis. Selbst von hier

aus ist zu erkennen, dass sie anders geformt sind als gewöhnliches Laub. Sie sind nicht länglich, sondern rund wie Münzen. Die grauen, samtig schimmernden Stämme sind gewunden wie Korkenzieher, ihre Äste erinnern an Spiralfedern. Und über den Baumkronen …
Über den Kronen spannt sich ein Himmel, an dem eine Sonne scheint. Sie ist drei- oder viermal so groß wie unsere Sonne, aber sie strahlt leicht silbern und weit weniger stark als in der Mittagszeit üblich. Und es ist gerade früher Nachmittag. Der Himmel ist veilchenblau, hier und da schweben kleine graue Federwolken.
Was ist das?! Und wo? Ich halte mich am Türrahmen fest und strecke den Kopf aus dem Zimmer. Die Türöffnung ist von außen in keine Wand eingelassen! Nicht einmal einen Rahmen gibt es – da steht einfach eine rechteckige Öffnung im türkisen Gras … Die Luft ist trocken und warm. Sie erinnert mich entfernt an die Luft auf dem Speicher an einem Sommertag, nur riecht es nicht staubig, sondern ein bisschen nach etwas, das mich an Puder denken lässt, wie meine Mutter ihn verwendet. Schnell zucke ich wieder zurück ins Zimmer, die Augen unverwandt auf den Garten gerichtet.
Ich bin verrückt geworden. Kein Wunder nach allem, was passiert ist. Oder vielleicht von dem Unfall? Viel-

leicht hat mein Kopf etwas abbekommen, und die Ärzte haben es nicht bemerkt? Was ich da sehe, kann ja überhaupt nicht sein.
Knapp über dem silbrig türkisen Gras fliegt ein Vogel. Nein, doch kein Vogel. Stirnrunzelnd betrachte ich ihn. Er erinnert entfernt an eine Libelle mit seinen vier länglichen durchsichtigen irisierenden Flügeln. Gemächlich schwebt er einen halben Meter über dem Rasen dahin. Sein Flügelschlag ist deutlich langsamer als der eines Insekts. Der Körper des Schlangenvogels ist von silbrig grauen Federn bedeckt, die schillern wie Perlmutt. Sein Kopf endet in einem kurzen gekrümmten gelblichen Schnabel, fast wie bei einem Papagei, und die Augen ... haben etwas von einem Hamster oder Meerschweinchen: nicht besonders groß, blau und mit gehörigem Abstand zueinander. Der Vogel schaut sich um, taucht ab und verschwindet im Gras. Nach einer Weile steigt er wieder auf, in den Krallen eine Art silberner Getreideähre. Er fliegt davon. Kurz darauf ist er meinem Blickfeld entschwunden.
Ich bin verrückt geworden. Es ist wie im Film. Oder ... vielleicht ist die blaue Tür ja auch ein Tor zu einer anderen Welt. Wie im Märchen. Oder eben im Film. Eine Parallelwelt.

Die bläulichen Bäume mit den runden Blättern rauschen in der Ferne, das silbrige Gras säuselt im Wind, der nach dem Puder meiner Mutter riecht und die Schäfchenwolken sanft am veilchenblauen Himmel dahinziehen lässt. Ich muss schlucken und mich an der Klinke festhalten. Das ist zu viel für mich, es reicht.
Mit einem Ruck ziehe ich die Tür zu. Leise klackend rastet der Schnapper ein. Ich lehne mich mit dem Rücken gegen die Tür. Mein Herz hämmert …
»Łukasz, jetzt sei doch nicht so stur!«, höre ich plötzlich die Stimme meiner Tante ganz nah an meinem Ohr.
Vor Schreck mache ich einen Satz weg von der Tür. Dabei stütze ich mich unwillkürlich auf mein linkes Bein, und der Blitz schlägt mit solcher Macht ein, dass mir schwarz wird vor Augen.
Wieder rüttelt meine Tante an der Klinke.
»Mensch, Łukasz! Machst du jetzt endlich auf, oder nicht?«, schreit sie. »Na gut! Dann hol ich jetzt den Zweitschlüssel von unten. Aber ich warne dich, du tätest gut daran, es nicht so weit kommen zu lassen!«
Ich ringe nach Luft, zähle in Gedanken die Sekunden und warte, dass der Schmerz nachlässt. Eins, zwei, drei, vier … Er ist weg, bevor ich bei der Fünfzehn bin. Nicht schlecht.

Ich drücke die Klinke herunter – die Tür ist verschlossen. Als ich den Schlüssel herumdrehe, lässt sie sich öffnen, dahinter liegt der Flur des *Hohen Kliffs.* Einen Moment lang bedaure ich das. Der silberne Garten war schön, das wird mir erst jetzt bewusst. Schade, dass ich nicht hineingegangen bin. Vielleicht habe ich ihn mir ja auch bloß eingebildet. Und wenn nicht, ist unklar, ob es mir noch einmal gelingen wird, den Zugang zu ihm zu öffnen. Aber wenn es einmal geklappt hat, klappt es sicher auch ein zweites Mal. Ich werde es ausprobieren, aber nicht jetzt, denn ich höre schon meine Tante wieder die Treppe heraufkommen.

Als ich abends im Bett liege, muss ich immer wieder zur blauen Tür schauen. Zu gerne würde ich jetzt gleich versuchen, sie noch einmal in jene Welt zu öffnen, aber ich kann um diese Zeit schlecht anfangen zu klopfen – da stünde meine Tante sofort auf der Matte. Ich bin in Gedanken alles genau durchgegangen, eigentlich habe ich den ganzen Tag an nichts anderes gedacht: Es muss mit dem Klopfen zu tun haben. Man muss lange genug und mit der richtigen Technik klopfen. Vielleicht lag es auch an der Melodie, die ich geklopft habe? Wer weiß. Zum Glück kann ich mich noch genau daran erinnern. Morgen probiere ich es aus. Meine Tante hat nämlich gesagt, sie würde nachmittags nach Kamień fahren, meine Schule klarmachen und irgendwas mit der Bank. Soll sie doch, ist mir egal. Wenn ich recht habe und morgen die Tür zur Silberwelt wieder aufbekomme, habe ich meinen Fluchtweg aus Brzeg.

Am Vormittag reisen die letzten Gäste ab. Die Stasiowa hilft meiner Tante, die Zimmer zu putzen. Ich weiß nicht, wohin mit mir, drücke mich im Flur herum und warte nur darauf, dass sie fertig und aus dem Haus sind.

»Stasiowa, stecken Sie die Bettwäsche in die Waschmaschine«, kommandiert meine Tante. »Ich kümmere mich ums Bad.«

»Kann ich schon machen, warum nicht. Aber eigentlich haben wir vereinbart, dass das Bad meine Sache ist.«

»Dann ist heute eben ihr Bonus-Tag«, antwortet meine Tante. »Ich putze für Sie.«

»Wie Sie wollen. Aber dass es nachher nicht heißt, dass,

wenn ich das Bad nicht geputzt habe, kriege ich auch weniger.«

»Habe ich jemals so etwas zu Ihnen gesagt?«

»Irgendwann ist immer das erste Mal«, verkündet die Stasiowa und kommt in den Flur.

»Guten Tag«, sage ich zu ihr mit meinem strahlendsten Lächeln.

»Gut für die einen, schlechter für die anderen«, antwortet sie bitter und trägt ihren Armvoll Bettwäsche hinunter in die Halle.

Mir kommt es so vor, als gäbe es nur unsympathische Menschen in diesem Brzeg. Ich mag gar nicht glauben, dass so ein lieber feiner Mensch wie meine Mama hier geboren und aufgewachsen ist! Vielleicht mag mich die Stasiowa einfach nicht? Aber wieso? Sie kennt mich doch überhaupt nicht und weiß nicht, wie ich bin.

Ich steige die Treppe hinunter und setze mich in den Kaminsessel im Speisesaal. Draußen ist alles grau in grau, es nieselt, dabei war noch vor zwei Tagen Sommer und alle haben am Strand in der Sonne gebraten. Ich war noch nie am Meer zum Ende der Saison, aber ich hätte nicht gedacht, dass das von einem Tag auf den anderen geht. Es wird doch sicher noch ein paar warme Sonnentage geben. Ich glaubte, es würden zwar weniger Leute, aber ein paar blieben bestimmt noch, wir haben doch gerade mal Anfang September. Aber heute Morgen habe ich gehört, wie die Stasiowa meiner Tante gesagt hat, unsere Gäste seien die letzten im ganzen Ort gewesen. Jetzt sind also nur noch die Bewohner hier. Und ich natürlich. Ich spiele ein bisschen Solitär auf meinem Handy, habe aber bald keine Lust mehr. Auf dem Ding ist kein anderes Spiel drauf, eine furchtbar alte Möhre. Ich kann mich nicht erinnern, dass Mama es überhaupt benutzt hat. Zuletzt hatte sie ein iPhone, genau wie ich, nur in Weiß.

»Ich koch dir ein Mittagessen«, sagt meine Tante, als sie in den Speisesaal kommt.

»Ich hab keinen Hunger so kurz nach dem Frühstück.«

»Dann bereite ich was vor, und du wärmst es dir in der Küche auf. Ich weiß nicht, wann ich wieder hier bin.«

»Okay«, sage ich gleichgültig.

Heute Nachmittag habe ich mit Sicherheit Besseres vor, als zu essen.

Eine halbe Stunde später verlässt meine Tante das Haus. Durch ein Fenster im Speisesaal beobachte ich, wie sie mit dem Lieferwagen auf die Straße einbiegt und davonfährt. Zum ersten Mal bin ich ganz alleine im

Hohen Kliff. Bei dem Gedanken an all die leeren Zimmer, Flure, Speicher, Kammern und Keller wird mir kurz etwas mulmig. Aber ich habe keine Zeit, mich damit aufzuhalten. Ich packe meine Krücke, humple zum Sessel zurück und nehme Papas Jacke von der Lehne. Nachdem ich sie angezogen habe, mache ich mich auf zur Halle, kurz darauf bin ich oben. Ich öffne die blaue Tür und betrachte sie eingehend. Sie sieht eigentlich aus wie eine ganz gewöhnliche alte Holztür, die jemand blau angestrichen hat, und das nicht besonders gründlich. Allein die blaue Farbe unterscheidet sie von den anderen Türen im *Hohen Kliff*, die sind nämlich alle bloß lackiert. Bis auf die Tür zur Speisekammer, die ist weiß gestrichen. An der Farbe wird es also eher nicht liegen. Woran dann? Nachdenklich nehme ich Angeln, Klinke und Türrahmen in den Blick. Auch hier fällt mir nichts Besonderes auf, die Erleuchtung bleibt aus. Ich gehe ins Zimmer, ziehe die Tür hinter mir zu und stelle mich davor. Gleich wird sich zeigen, ob das, was ich gestern gesehen habe, nur Einbildung war oder nicht. Ich hole tief Luft, schlucke einmal und rücke Papas Lederjacke zurecht. Mein Handy schalte ich auf Stoppuhr, um später nachvollziehen zu können, wie lange es dauert, bis sich der Zugang öffnet – wenn er es denn wieder tut. Es ist ja keineswegs ausgeschlossen, dass ich tatsächlich verrückt geworden bin. Obwohl ich mir ein bisschen blöd dabei vorkomme, hebe ich die Hand und klopfe gegen das blaugestrichene Holz. Erst ganz normal und regelmäßig, dann im Rhythmus der gestrigen Melodie. Es kommt mir vor, als würde ich schon ewig klopfen, aber nichts geschieht. Ein Blick auf die Stoppuhr verrät mir, dass gerade mal eine Minute vergangen ist! Gestern habe ich garantiert länger geklopft. Seufzend stelle ich die Stoppuhr wieder auf null und beginne von vorn. Immer wieder werfe ich einen Blick auf das Display, aber die Sekundenanzeige springt quälend langsam um. Eine Minute, zwei. Drei Minuten. Vier – mein Arm tut schon weh wie verrückt. Ich probiere einen Rhythmuswechsel und noch mal die Melodie. Tuck – tuck, tuck. Bamm! Tuck – tuck, tuck. Bamm! Minute fünf. Sechs. Nichts passiert! Es bringt nichts ... Das müssen irgendwelche Halluzinationen gewesen sein gestern. Doch bei meinem letzten Klopfer klingt es plötzlich anders zurück! Wie gebannt starre ich mit aufgerissenen Augen die Tür an, dann fällt mir die Stoppuhr wieder ein und ich halte sie rasch an. Sieben Minuten und zehn Sekunden. Meine Schockstarre hat bestimmt drei Sekunden gedauert.

Um den Zugang zu öffnen, braucht man also höchstwahrscheinlich sieben Minuten und sieben Sekunden. Ich stecke mein Handy in die Jackentasche, atme tief durch und drücke die Klinke hinunter. Sofort öffnet sich die Tür. Mit klopfendem Herzen ziehe ich sie zu mir heran und stehe auf der Schwelle zum silberblauen Garten. Das Gras wogt, weich wie ein Katzenfell, leicht im Wind. Im Hintergrund rauschen die runden Blätter der Korkenzieherbäume, aber sie sind gar nicht so weit entfernt, wie es mir gestern vorkam. Es ist ein bisschen wärmer hier als in unserer Welt. Ich nehme einen tiefen Atemzug von der Puderluft. Zu gerne würde ich in diesen Garten gehen und das Gras berühren. Aber was, wenn ich dann nicht mehr zurückkann? Ich werfe einen Blick ins Zimmer. Gestern habe ich mit der Tür auch den Zugang zum Garten geschlossen. Was, wenn meine Tante wiederkommt, sieht, dass ich nicht in meinem Zimmer bin, und die Tür zuzieht? Dann bin ich in der Silberwelt gefangen! Einerseits hätte ich nichts dagegen, dortzubleiben, sie sieht erst einmal ganz in Ordnung aus. Aber ob sich dort auch etwas Essbares findet? Außerdem wohne ich zwar nicht besonders gerne im *Hohen Kliff*, aber Mama könnte ja jeden Moment aufwachen. Ich kann sie nicht zurücklassen. Vielleicht stelle ich einen Stuhl in die Tür. Nein, das bringt auch nichts. Den schiebt meine Tante einfach weg, wenn sie will. Nachdenklich betrachte ich die Tür. Das Schloss! Es reicht doch, den Schlüssel bei geöffneter Tür einmal umzudrehen, dann geht sie nicht mehr zu, weil der Riegel übersteht. Ich drehe den Schlüssel um, stecke ihn in meine Jackentasche und lehne dann die Tür zur Probe an. Der Metallriegel stößt gegen den Rahmen und hält sie damit offen. Ich kann mir ein zufriedenes Lächeln nicht verkneifen. Gut, erstes Problem gelöst. Muss ich noch etwas mitnehmen? Eine Waffe? Ein Messer vielleicht? Aber dafür müsste ich zurück in die Küche, und dazu habe ich weder Lust noch Zeit. Das Taschenmesser! Ich habe doch Papas Messer! Gleich hole ich es aus der Tasche, klappe die Klinge aus und sehe sie mir an. Sie ist zehn, höchstens zwölf Zentimeter lang und trotz der Rostflecken ziemlich scharf. Damit kann ich mich im Notfall bestens verteidigen. Das Taschenmesser genügt mir. Außerdem gehe ich sowieso nur kurz in den Garten, nur für ein paar Minuten. Eine kurze Erkundungstour und dann wieder zurück. Ich schließe die Finger fest um den Krückengriff, atme tief durch und trete dann über die Schwelle ins sanft wogende kniehohe Gras.

Ein warmer Wind fährt mir durchs Haar. Warm ist es hier, aber nicht heiß. Ich schaue zum Himmel hinauf, an dem wieder der große fahle Sonnenball steht. Dann werfe ich einen Blick zurück. Da hängt einfach eine rechteckige Öffnung in der Luft, durch die mein Zimmer zu sehen ist. Kein Türrahmen, nichts. Seltsam. Vorsichtig gehe ich außen herum. Die rechteckige Öffnung hat keine Tiefe. Wenn ich danebenstehe und ein Auge zukneife, ist sie verschwunden. Nun schaue ich von der Rückseite hinein – die Öffnung ist wieder da, nur ist dahinter jetzt nicht mehr mein Zimmer, sondern der Flur des *Hohen Kliffs*. Ein paar Sekunden lang starre ich hinein und strecke dann zögernd die Hand aus. Meine Hand dringt problemlos und ohne jeden Widerstand in die Öffnung ein, ich spüre nur den Temperaturunterschied – im Flur ist es kühler als hier. Hm. Und was würde ich nun in der Öffnung sehen, wenn ich jetzt in den Flur ginge? Mein Zimmer oder den Garten? Keine Ahnung, das finde ich später heraus. Erst einmal schaue ich mich hier um. Nur wenige Meter von mir entfernt wachsen die ersten Korkenzieherbäume – auf dieser Seite sind sie nicht so weit weg. Ich stehe auf einer Art Lichtung, nur dass sie sehr symmetrisch wirkt, fast quadratisch. Die sonderbaren feinen Grashalme zu meinen Füßen sind lang und dünn, kaum dicker als ein Haar. Und sie wachsen dicht an dicht, wie auf einem Pelz. Komisch. Vorsichtig beuge ich mich hinunter, bis ich sie berühren kann. Sie fühlen sich an wie Haare, die geschmeidig nachgeben und meine Finger umschmeicheln, wenn ich darüberstreiche. Auch leise knisternde Entladungen kann ich spüren. Wie wenn ich meine Haare berühre, nachdem ich mir einen Wollpullover über den Kopf gezogen habe! Wie sich wohl die Bäume anfühlen? Es wird schon nichts passieren, wenn ich die paar Meter laufe und es ausprobiere. Der Fuß meiner Krücke versinkt im Gras, aber der Boden darunter ist fest und elastisch.

Das Rauschen der runden Blätter wird lauter, als ich mich unter die Krone des nächstgelegenen Baumes begebe. Seine glatte, von schillernden Schuppen bedeckte Rinde funkelt im Sonnenlicht. Ich fahre mit der Hand darüber. Das Bläterrauschen nimmt abermals zu, und ein schwacher Schauder läuft über den Stamm. Sofort ziehe ich meine Hand zurück, aber es passiert nichts weiter. Das Grasfell steht zwischen den Bäumen genauso dicht wie auf der quadratischen Lichtung. Ein Weg ist nirgends in Sicht. Plötzlich habe ich große Lust mich hinzulegen und mein Gesicht in das Fell zu graben. Ich schließe die Augen und atme die warme duftende Puderluft tief ein. Dieser sonderbare Garten mit seinem Gras, seinen Bäumen und seiner riesigen Sonne ist bestimmt der schönste Ort, den ich in meinem Leben gesehen habe. Wenn Mama das sehen könnte …

Irgendwo ganz in der Nähe ist auf einmal ein leises Summen zu vernehmen. Schnell öffne ich die Augen und schaue in die Richtung, aus der es kam. Zwischen den Baumstämmen schwebt dieser komische Schlangenvogel, den ich gestern schon gesehen hatte. Aber ich bin mir nicht sicher, ob es wieder derselbe ist. Er beobachtet mich! Als ich ihn anschaue, versteckt er sich hinter einem Baumstamm. Gefährlich sieht er nicht aus.

»He!«, rufe ich ihn leise an. »Hab keine Angst.«

Für den Bruchteil einer Sekunde steht er starr in der Luft wie ein Kolibri, dann wendet er sich ab und schießt pfeilschnell davon.

Erst muss ich breit grinsen, dann lache ich laut auf. Ich habe meine eigene geheime Silberwelt, von der niemand sonst weiß!

Der rechteckige Durchgang zum Flur des *Hohen Kliffs* hängt reglos hinter mir in der Luft. Fürs Erste soll das genügen. Aber ich komme wieder, vielleicht schon morgen. Sobald meine Tante aus dem Haus ist. Dann nehme ich Essen und Trinken mit und mache hier ein Picknick. Und der komische Vogel bekommt auch etwas, ein Stück Brötchen oder so. Vielleicht lässt er sich ja zähmen.

Auf die Krücke gestützt, trete ich durch die Öffnung und stehe im Flur des *Hohen Kliffs*. Als ich mich umdrehe, ist nur noch mein Zimmer da. Der Garten ist verschwunden. Ich trete über die Schwelle – von meinem Zimmer aus sehe ich nur noch den Flur. Der Zugang hat sich geschlossen. Ich ziehe den Schlüssel aus der Tasche und lasse den Riegel wieder einschnappen. Zur Sicherheit schließe ich die Tür und öffne sie gleich wieder: der Flur. Also ist der Zugang nach meiner Rückkehr automatisch zu. Super.

»Łukasz?«, höre ich die Stimme meiner Tante von unten. »Ich bin wieder da. Wo bist du denn?«

»Hier«, rufe ich zurück.

»Ich habe dir ein Hemd, eine Jacke und einen Rucksack für die Schule gekauft. Komm runter und schau dir die Sachen an.«

»Ich komme.«

Einen Rucksack für die Schule! Ich muss grinsen. Sie kann mir gar nichts, sie wird mich nicht dazu bringen, auf diese Schule in Kamień zu gehen, nie im Leben. Ich kann mich jederzeit vor ihr verstecken. Zum ersten Mal, seit ich in dieses große alte Gemäuer gekommen bin, habe ich richtig gute Laune. Ich ziehe Papas Jacke aus, hänge sie über die Stuhllehne und gehe runter ins Parterre. In der Halle werfe ich einen Blick in den Flur mit den Gästezimmern. Wie viele Türen gibt es in diesem Haus? Jede Menge. Lassen die sich auch in andere Welten öffnen? Vielleicht geht das ja mit sämtlichen Türen im *Hohen Kliff*. Oder vielleicht sogar mit allen Türen auf der ganzen Welt – wenn du nur richtig anklopfst, tun sie sich auf und dahinter erscheint etwas anderes als sonst. Das muss ich überprüfen!

Türen zu anderen Welten

»Ich war in der Schule«, erklärt meine Tante, als wir uns am weißen Tisch in der Küche zum Mittagessen niederlassen. »Kommende Woche kannst du schon hingehen, wenn ich noch die restlichen Papiere zusammenbekomme.«

»Was für Papiere?«, frage ich und tunke meinen Löffel in die Brühe.

»Von deiner alten Schule. Du weißt nicht zufällig, wo die sein könnten?«

»Keine Ahnung«, sage ich genüsslich.

Dabei stimmt das nicht ganz. Mama hatte alle Papiere immer an einem Ort aufbewahrt – in der untersten Schublade der Fernsehkommode. Das weiß ich genau, weil sie mir immer wieder gesagt hat, ich solle die Finger davon lassen. Aber das war ja in Warschau. Wer weiß schon, wo diese Papiere jetzt gelandet sind?

»Sie müssen in einem der Kartons sein«, seufzt meine Tante. »Die Umzugsfirma hat sie so schlampig beschriftet. Du weißt nicht zufällig, ob sie die Papiere im Wohnzimmer hatte? Oder im Schlafzimmer?«

»Lecker, die Suppe«, sage ich, weil ich nicht gerne lüge, ihr aber auch nicht helfen möchte.

»Hat sie dir das nicht gesagt?«, hakt meine Tante nach. »Bestimmt hat sie das. Ich würde es sagen.«

»Ja? Warum hast du eigentlich keine Kinder?«, frage ich und wechsle geschickt das Thema.

Meine Tante mustert mich über ihre Brille hinweg und wendet sich dann wieder ihrer Brühe zu.

»Das hat sich so ergeben.«

»Aber warum?«

»Weil ich nicht geheiratet habe. Iss jetzt.«

»Ich esse ja. Aber warum hast du nicht geheiratet?«

»Das ist meine Sache«, sagt sie kurz angebunden. Iss jetzt.«

»Mach ich doch. Wolltest du denn nicht?«

»Was wollte ich nicht?«

»Heiraten und Kinder kriegen?«

»Ich wollte schon.« Sie stellt ihren leeren Suppenteller in die Spüle. »Heute gibt es Gulasch als Hauptgericht. Magst du Gulasch?«

»Wenn keine Fettklumpen drin sind, schon. Wenn du wolltest, warum hast du es dann nicht getan?«

»Weil niemand mir einen Antrag gemacht hat. Und jetzt ist Schluss damit.«

»Womit? Mit der Brühe?«

»Nein, mit dem Thema. Bist du fertig?«

»Fast. Warum hat dir niemand einen Antrag gemacht?«

»Łukasz!«

»Was denn? Ist doch nur eine Frage. Das wäre doch besser für dich gewesen, oder? Wenn du einen Mann hättest, könntet ihr zusammen die Pension führen, und die Kinder würden euch auch noch helfen. Dann müsstest du nicht die Stasiowa bezahlen und so. Hab ich recht?«

»Ich weiß nicht.« Sie stellt mir einen Teller Gulasch hin. »Willst du gar nichts über die Schule wissen? Wir sind auch dorthin gegangen, deine Mutter und ich.«

»Eher nicht«, sage ich, schiebe den leeren Suppenteller weg und mache mich an das Gulasch.

»Sie ist wirklich sehr schön. Nicht so groß und in einer alten Villa untergebracht.«

»So wie das *Hohe Kliff*?«

»So ähnlich.«

»Und wie soll ich bitte schön da hinkommen, zu dieser Schule?«, frage ich, stopfe mir eine übervolle Gabel Gulasch in den Mund und fahre mit vollem Mund fort: »Nur falls du glaubst, dass ich den Bus nehme – daraus wird schon mal nichts.«

»Ich weiß, das wäre schwierig für dich. Ich werde dich fahren. Mit dem Lieferwagen.«

Na prima! Meine Tante will mich mit ihrer Rostlaube zur Schule fahren! Vielleicht bringt sie mich noch an der Hand ins Klassenzimmer? Da sterb ich ja, so peinlich ist das!

»Wenn alles glattgeht, hast du nur vier Fehltage«, erklärt meine Tante.

»Nur vier? Na, da fang ich ja vor Freude gleich an zu heulen«, murmle ich über meinem Teller.

»Was hast du gesagt?«

»Nichts. Ich muss überhaupt nicht zur Schule. Ich bin ein Jahr lang nicht gegangen und bin trotzdem versetzt worden.«

»Ja, aber da hattest du Unterricht im Krankenhaus.«

»Da ist immer eine Lehrerin zu mir gekommen. Das könnte sie hier doch auch. Natürlich nicht dieselbe, eine andere. Ich bin ja gut in der Schule. Überall Zweien und Dreien, und in Bio eine Eins.«

Meine Tante setzt sich mir gegenüber. Sie denkt einen Moment nach und fragt dann: »Magst du Biologie?«
»Ja«, brumme ich und spieße ein Stück Fleisch auf meine Gabel. »Wenn ich größer bin, mache ich was mit Gentechnik und Klonen.«
»Klonen?«
»Ja. Weißt du etwa nicht, was Klonen ist? Da nimmt man ein Teilchen und zieht sich daraus einen neuen Organismus oder ein Stück davon. Genau gleich, nur besser. Oder man setzt zwei Teile von verschiedenen Organismen zusammen, dann entstehen ganz neue Arten. So mache ich dann alle möglichen Verbesserungen am Menschen und anderswo. Wenn dann jemand einen Unfall hat, kann ich ihn in null Komma nichts reparieren. Er kriegt zum Beispiel neue Beine von mir. Oder Arme. Und ich werde dafür sorgen, dass niemand mehr alt und krank wird!«
Meine Tante seufzt einmal tief, lässt den Kopf hängen und kratzt an der Tischkante herum. Ich bin fertig mit meinem Gulasch und schiebe den Teller weg. Keine Ahnung, warum, aber ich bin stinksauer auf sie.
»Du solltest mit anderen Kindern in die Schule gehen. Du kannst dich ja wieder bewegen. Das wird dir guttun«, sagt sie nach einer Weile.

»Mir würde am allerbesten tun, wieder nach Hause zu kommen!«, rufe ich und werfe die Gabel auf meinen Teller.

»Beruhige dich!«

»Mama wacht auf und holt mich hier weg! Ich gehe hier nicht in irgendeine blöde Schule! Du kannst mich nicht dazu zwingen!«

»Doch, wenn es sein muss …«

»Das werden wir ja sehen!«

»Das werden wir«, antwortet meine Tante ganz ruhig, und mir wird klar, dass sie mich wirklich zwingen könnte.

»Dann lauf ich weg«, drohe ich ihr.

»Wohin denn? Und wie?«

»Du wirst schon sehen. Und dann wird es dir leidtun. Aber dann ist es zu spät!«

Sie sieht mich eine Weile mit zusammengekniffenem Mund an, zuckt schließlich die Schultern und fährt sich mit der Hand durchs Gesicht.

»Łukasz, ich weiß doch, dass das schwer für dich ist.«

»Nichts weißt du!«

»Deine Mutter ist meine Schwester.«

»Und wie lange habt ihr euch nicht gesehen? Zwölf Jahre?«

»Das heißt nicht, dass sie mir nichts bedeutet. Ich habe es sehr bedauert, dass sie den Kontakt abgebrochen hat.«

»Das wundert mich kein bisschen!«, rufe ich und springe auf.

Natürlich habe ich wieder nicht an mein Knie gedacht, der Blitz reißt es mir schier entzwei. Gleich tritt mir der kalte Schweiß auf die Stirn, und Brühe und Gulasch kommen mir wieder hoch. Meine Tante ist auch schon aufgesprungen und stützt mich.

»Mir geht es gut«, knurre ich und schüttle ihre Hand ab.

Der Schmerz ebbt schon ab, hallt aber noch etwas nach. Als wären aus dem Blitz nun sprühende Funken geworden. Ich atme gleichmäßig durch die Nase und warte darauf, dass es vorübergeht. Das tut es aber nicht. Also packe ich die Krücke, humple auf mein Zimmer und versuche, das linke Bein nicht zu belasten.

»Ich bring dir noch einen Tee und ein Stück Kuchen hoch«, sagt meine Tante leise.

»Brauch ich nicht! Ich hab noch nie so viel gegessen wie hier. Immer nur essen, essen«, werfe ich ihr an den Kopf, ohne sie anzusehen. »Lass mich in Frieden!«

Heute werde ich nicht noch mal in den Silbergarten

gehen. Ich muss mich hinlegen und ausruhen. Aber morgen …

Als ich nach dem Aufstehen hinunter in den Speisesaal gehe, finde ich dort einen Zettel, den meine Tante an die leere Blumenvase auf dem großen Tisch gelehnt hat.

»Bin nach Stettin gefahren etwas erledigen. Die Stasiowa schaut um 15 Uhr vorbei. Bin um 18 Uhr zurück. Agata.«

Ein ganzer Tag für mich allein! Ich bin schon fast wieder auf der Treppe, da fällt mir ein, dass es im Parterre ja auch jede Menge Türen gibt – ich wollte doch noch ein paar andere ausprobieren. Da kann ich auch hier unten anfangen. Ich gehe in den Flur mit den vielen Gästezimmern und stelle mich vor die erste Tür auf der rechten Seite, auf der eine Eins aus Messing prangt. Die Tür ist natürlich abgeschlossen, aber wenn ich mich nicht irre, spielt das keine Rolle. Die blaue Tür war ja beim ersten Mal auch zugeschlossen und hat sich trotzdem in die Silberwelt geöffnet.

Ich ziehe das Handy aus der Tasche, um die Uhrzeit zu

kontrollieren, und klopfe dann den »Zugangscode«, wie ich meine Klopftechnik getauft habe. Nach exakt sieben Minuten und sieben Sekunden ändert sich das Klopfgeräusch mit einem Mal. Es scheint zu funktionieren! Ich drücke die Klinke herunter und öffne die Tür. Und dahinter …

Hinter der Tür zu Zimmer Nr. 1 ist kein Zimmer. Oder doch, aber nicht das, das da sein sollte. Es ist viel größer als ein Doppelzimmer mit Beistellbett. Hier könnte bequem eine ganze Fußballmannschaft unterkommen. Die steinernen Wände glänzen metallisch im Licht, das durch drei hohe schmale Fenster einfällt, vor denen steile Dächer und etwas Himmel zu sehen ist. Der Himmel sieht ganz normal aus, himmelblau eben. Er ist genau wie in unserer Welt. Ich schaue mich in dem Zimmer um. Das einzige Möbelstück darin sieht aus wie ein Friseursessel, nur dass er aus Holz ist und viel zu groß. Ich bräuchte einen Hocker, um hinaufzukommen. An einer der Wände ist eine riesige blankpolierte Metallplatte angebracht, das soll bestimmt ein Spiegel sein. Oder Schmuck. Ich stecke den Kopf ins Zimmer, halte mich aber noch am Türrahmen fest. Auf der rechten Seite erkenne ich eine aus mächtigen Holzbalken gezimmerte Tür. Die Angeln sind aus schwarzem Metall geschmiedet, ihre fein zulaufenden Enden erinnern mich an Pfeilspitzen. Und die Klinke ... Die schmiedeeiserne Klinke sieht aus wie ein S. Außer ihrer übertriebenen Größe ist sie nicht weiter auffällig.

Plötzlich gibt es vor der Holztür Radau. Eine tiefe dröhnende Stimme brüllt etwas in einer groben Sprache, die ich nicht verstehe. Es klingt ein bisschen wie Deutsch. Dann bewegt sich die große Klinke, und die Tür öffnet sich mit einem entsetzlichen Quietschen einen Spaltbreit. Geräuschvoll ziehe ich die Luft ein und springe zurück in den Flur des *Hohen Kliffs*. Als in dem sonderbaren Steinzimmer ein offenbar erstaunter, kehliger Schrei ertönt, werfe ich die Tür mit der Eins ins Schloss.

Das war garantiert nicht die Silberwelt. Ich versuche, ruhig zu atmen, und denke laut nach, weil ich es so am besten kann:

»Noch mal der Reihe nach. Die blaue Tür führt in den silbernen Garten. Diese hier ... Keine Ahnung, was das war. Jedenfalls etwas anderes, eine andere Welt, auch wenn sie starke Ähnlichkeit mit der Erde hatte. Egal, da geh ich bestimmt nicht noch mal rein. Auf jeden Fall war es eine andere Welt. Ist das nun eine Frage der Klopftechnik oder der Tür? Wieso führt dieser Zugang in eine ganz andere … Gegend? Wirklichkeit! Das trifft es am besten. Aber ich habe doch genauso geklopft wie an die blaue Tür. Obwohl ich natürlich keine Maschine bin, da gibt es sicher kleine Unterschiede. Also liegt es nicht am Klopfen! Jede Tür kann sich in eine andere Wirklichkeit öffnen! Das muss ich gleich noch mal überprüfen!«

Auf meine Krücke gestützt, humple ich zur nächsten Tür. Zimmer Nr. 3. Warum nicht? Ich reibe mir meine schmerzende Hand, hole das Handy hervor und stelle die Stoppuhr. Ein Spezialhandschuh aus dickem steifem Leder wäre jetzt ganz praktisch. Oder mit einem harten Überzug. Ich hole tief Luft und klopfe an die Tür Nr. 3.

Sieben Minuten sind eigentlich nicht besonders lang. Aber, ganz ehrlich, sieben Minuten Klopfen fühlen sich an wie eine Million Jahre. Trotzdem setze ich zwischendurch nicht ab und schaue geduldig auf meine Stoppuhr. Sieben Minuten und fünf Sekunden. Sechs Sekunden. Sieben …

Da schlägt etwas von der anderen Seite leicht gegen die Tür. Ich beuge mich vor und lausche. Nun rauscht es, kurz darauf kommt wieder der Schlag. Jetzt sehe ich, wie unten eine Flüssigkeit über die Schwelle sickert. Aber wenn diese Wirklichkeit ganz unter Wasser stünde, müsste es doch durch alle Ritzen drücken. Ich muss diese Tür öffnen, wenigstens einen Spaltbreit, und sie dann wieder zuschlagen, um den Zugang zu versiegeln. Ich lege die Hand auf die Klinke und drücke mich ganz eng an den Rahmen, damit ich einen kurzen Blick hineinwerfen kann. Dann öffne ich die Tür.

Hinter der Schwelle liegt ein Meer. Am dunklen Himmel steht eine grelle Sonne, kleiner und heller als die unsere. Sie ist von einem bläulichen Feuerring umgeben, es sieht aus, als züngelten Tausende Gasflämmchen um sie herum. Die Wasseroberfläche runzelt und wölbt sich anders als das Meer auf unserer Erde. Das Wasser ist zähflüssig wie Öl, es schimmert im Sonnenschein in allen Regenbogenfarben. Plötzlich kommt eine Ölwelle auf mich zugerollt, mir wird ganz schwindelig, und ich bemerke erst jetzt, dass die Luft in dieser Wirklichkeit seltsam riecht. Bestimmt ist es gar keine Luft, sondern irgendein Gasgemisch, das man besser nicht einatmet. Es enthält keinen Sauerstoff! Die Welle ist nur noch einen Meter von mir entfernt. Sie bäumt sich auf, ihre Ausläufer greifen nach mir wie die Tentakel eines ausgehungerten durchsichtigen Kraken. Rote Kreise tanzen vor meinen Augen, mit letzter Kraft ziehe ich die Tür zu, kurz bevor mich die Welle erfasst. Das Rauschen des Ölwassers ist sofort verstummt, ich lehne mich mit dem Rücken gegen die Wand neben der Tür zur Nr. 3 und schnappe nach Luft. Immer noch dreht sich alles, außerdem wird mir übel. In Gedanken zähle ich bis fünfzig, und mein Magen beruhigt sich wieder. Jetzt habe ich erst mal genug von diesen Experimenten.

Auf meine Krücke gestützt, humple ich die Treppe hinauf in mein Zimmer.

Also lässt sich jede Tür in eine andere Welt öffnen. Eine andere Wirklichkeit. Oder eine andere Dimension? Man muss bloß richtig anklopfen. Aber ist das nicht viel zu simpel? Vielleicht funktioniert es bloß im *Hohen Kliff*? Vielleicht ist dieses Gebäude eine Art, keine Ahnung, Knotenpunkt? Vielleicht überlagern sich hier verschiedene Dimensionen? Aber wieso ausgerechnet hier, in dieser alten abgewrackten Pension?

Ich setze mich an den Schreibtisch und betrachte, das Kinn in die Hände gestützt, die Bäume vor dem Fenster.

Und wenn es doch nicht nur im *Hohen Kliff* funktioniert, sondern bei allen Türen auf der ganzen Welt?

Dann hätte das doch schon längst jemand herausgefunden, das wäre doch schon ewig bekannt …

Aber ist schon mal jemand auf die Idee gekommen, sieben Minuten und sieben Sekunden lang ununterbrochen an eine Tür zu klopfen? Wohl kaum. Auch wenn man an eine verschlossene Tür klopft, weil man vielleicht den Schlüssel vergessen hat und drinnen jemand schläft, macht man das nicht pausenlos und nicht so lange. Man trommelt dagegen, ruft und lauscht zwischendurch.

Vielleicht hat es ja auch schon jemand herausgefunden, aber niemandem etwas erzählt? So wie ich. Er hat das Geheimnis für sich behalten. Vielleicht ist er auch in einer gefährlichen Welt gelandet, so wie die mit der giftigen Luft und dem endlosen Ölmeer, und konnte keinem mehr davon erzählen. Ich hatte Glück – ich habe den Silbergarten entdeckt, einen schönen, guten Ort. Da bin ich mir sicher. Dort kann mir nichts Schlimmes passieren.

Die Stasiowa kommt, wie meine Tante geschrieben hat, um drei und bringt mir das Mittagessen. Ohne ein

Wort wartet sie, bis ich aufgegessen habe, wäscht ab und verschwindet wieder. Und ich verschwinde in mein Zimmer und öffne den Zugang. Heute dauert es nicht mehr so lang, nur noch sechs Minuten. Ich lege mich ins fellige Gras, das sanft um meinen Kopf schnurrt, und schaue in den veilchenblauen Himmel. Ich spüre, dass ich ganz bei mir bin. Mir geht es so gut wie seit vielen Monaten nicht mehr, ich fühle mich prächtig. Dabei hat sich doch überhaupt nichts verändert. Es dauert eine ganze Weile, bis mir aufgeht, dass es da doch eine Veränderung gibt. Die Funken in meinem linken Knie sprühen nicht mehr so stark. Ich kann es zwar immer noch nicht beugen, aber es tut fast nicht mehr weh.

Ich mache jetzt täglich Ausflüge in die silberblaue Welt. Seltsamerweise öffnet sich der Zugang mit jedem Mal leichter und schneller. Am Donnerstag muss ich fünf Minuten lang klopfen, am Freitag kaum vier, und am Samstag ist er schon nach zwei Minuten offen. Jedes Mal bleibe ich ein bisschen länger dort. Ich würde gern den Schlangenvogel zähmen, aber er lässt sich nicht anfassen, obwohl er immer gleich auftaucht und einmal sogar einen halben Keks auffrisst, den ich im Gras für ihn liegen lasse.

Am Sonntag schließt sich meine Tante im Pavillon ein und packt unsere Kartons aus. Das interessiert mich nicht die Bohne.

Es dauert gerade mal eine Minute, bis sich der Zugang zur Silberwelt auftut. Diesmal habe ich einen schwarzen Filzstift aus dem Büro dabei, so traue ich mich tiefer in den Wald hinein, weil ich unterwegs die Baumstämme markieren kann. Ich will herausfinden, was hinter den Bäumen ist, es gibt doch bestimmt weitere Lichtungen oder vielleicht noch spannendere Sachen.

Nach einer knappen Stunde sehe ich, dass ich richtig lag mit meiner Vermutung – vor mir schlängelt sich ein schmaler Trampelpfad durch das Gras zwischen den Bäumen.

Der Scheinder

Neben einem Baum bleibe ich stehen, um mir den Weg genauer anzusehen. Er ist mit runden Kieseln gepflastert, verborgen unter hohem Gras. Allem Anschein nach ist er sehr alt – die Steine sind moosbewachsen und von trockenem Laub bedeckt. Aber wenn da ein Weg ist, dann muss ihn jemand angelegt und benutzt haben. Jemand, der hier im Silberwald lebt oder früher mal gelebt hat. Ich bin also nicht der Erste hier, vielleicht bin ich nicht einmal der Einzige. Sollte ich dann nicht besser zu der Lichtung zurückkehren? Aber was kann es andererseits schaden herauszufinden, wohin der Weg führt? Ich werde mich ja nicht verlaufen, ich kann jederzeit umkehren, und er bringt mich wieder zurück. Mit meinem Stift male ich einen Pfeil auf den nächsten Baumstamm, der mir den Rückweg anzeigen soll, und betrete dann den Pfad. Der wird garantiert nicht mehr benutzt, meine Spuren sind im Moos deutlich zu erkennen. Ich humple mit meiner Krücke vor mich hin. Der Weg windet sich zwischen den Bäumen hindurch, hin und wieder versperrt durch einen umgestürzten Stamm, der von hellblauen Büschen mit länglichen dreieckigen Blättern überwuchert wird. Ich umgehe diese Hindernisse und folge dann wieder dem Weg. Und wenn es gar keiner ist? Vielleicht verläuft er sich irgendwann genauso plötzlich im Gras, wie er aufgetaucht ist? Vielleicht ist das ein Naturphänomen? Ich kenne diese Wirklichkeit ja gar nicht. Die Kiesel sind vollkommen glatt, sie liegen wie Schuppen auf einem Fischleib. Oder einer Schlange. Von beiden Seiten wachsen nun dichte hohe Büsche über den Weg, die sich von allen bisherigen unterscheiden. Ihre gewundenen Zweige biegen sich unter der Last kleiner silberner Kugelbeeren. Ein kurzer Blick genügt, um zu erkennen, dass das Gebüsch sich rechts und links des Weges noch weiter fortsetzt, bis es zwischen den Bäumen verschwindet. Wenn ich den Weg weitergehen möchte, muss ich mich in die Büsche schlagen, sie zu umgehen kommt gar nicht in Frage. Ich schaue auf mein Handy. Es ist schon bald zwei, meine Tante sitzt bestimmt noch im Pavillon. Bis zum Mittagessen habe ich noch eine

Stunde Zeit, aber der Weg hierher hat mich schon fast vierzig Minuten gekostet. Ich sollte umkehren. In diesem Moment kommt ein leichter Wind auf. Er wiegt die Zweige der Büsche, die Silberbeeren klirren gegeneinander, und eine Klangkaskade erfüllt den Wald, als schüttelte jemand Tausende von Glöckchen. Mit schief gelegtem Kopf lausche ich lächelnd dem zarten Geklingel. Was soll denn passieren, wenn ich noch ein paar Meter weitergehe? Vorsichtig arbeite ich mich durch die klingenden Büsche. Der Strauchgürtel ist zwar dicht, hört aber bald wieder auf. Nach ein paar Schritten lichtet er sich bereits, ich bleibe wie angewurzelt stehen und halte den Atem an. Vor mir liegt ein sanft abfallendes Tal. Der Weg ist jetzt breiter, alle dreißig Meter steht eine Straßenlaterne, und in vielleicht hundert Metern Entfernung erkenne ich … eine Stadt. Ein Städtchen, genauer gesagt, vielleicht sogar ein Dorf. Der gepflasterte Weg wird zur Hauptstraße, an der sich kleine Häuser mit steilen Dächern drängen. Die roten Ziegeldächer glänzen leicht silbern, die Mauern sind grau. An manchen Stellen schillern sie in der Sonne, als wären sie mit zerstoßenen Christbaumkugeln verkleidet. Ich atme tief durch und nehme das Städtchen aus meinem Versteck hinter den Büschen genau in den

Blick. Wer lebt dort? Wahrscheinlich niemand … Die Straße ist genauso bemoost wie der Waldweg, die kleinen Häuser haben verstaubte blinde Fensterscheiben. Kein Schornstein raucht, die Straßenlaternen stehen schief gebeugt. Eine liegt sogar schon neben der Straße. Eine Geisterstadt. Aber ich muss sie mir unbedingt aus der Nähe ansehen. Bis zum Essen bin ich wieder im *Hohen Kliff*, und selbst wenn nicht, wird meine Tante auch bloß denken, ich wäre spazieren gegangen, während sie im Pavillon Kartons ausgepackt hat. Das dauert keine Viertelstunde, ein kurzer Rundgang und dann wieder zurück.

Ich gehe auf die Häuser zu. Was mich da wohl erwartet? Vielleicht irgendwelche Schätze? Vielleicht entdecke ich kostbare Antiquitäten? Die könnte ich mitnehmen und verkaufen, dann würde die Bank uns die Wohnung zurückgeben! Ich könnte wieder bei der Zwiebel wohnen … Oder ich würde ausländische Spezialisten dafür bezahlen, dass sie Mama aufwecken! Irgendwo muss es solche Leute doch geben! Es geht immer steiler bergab, ich komme unwillkürlich ins Laufen und aus dem Gleichgewicht. Als ich mich mit der Krücke abstützen will, rutsche ich ab, stehe voll auf dem linken Fuß und werde, obwohl es hier nicht ganz so schmerzhaft ist wie in unserer Welt, vom Blitz ins Knie getroffen. Mit einem kurzen Aufschrei verlagere ich das Gewicht auf den rechten Fuß und suche Halt an einem Laternenpfahl direkt neben mir. Mit einem ohrenbetäubenden Knirschen kippt er zur Seite und geht mit mir zu Boden. Eine ganze Weile liege ich mit zusammengekniffenen Augen da und warte, dass der Schmerz nachlässt. Endlich wird es ein wenig besser, er klingt aber nicht gänzlich ab. Wie komme ich jetzt wieder zurück? Wie soll ich überhaupt aufstehen? Das klingt vielleicht, als wäre es kein Hexenwerk. Aber probiert mal, mit einem steifen Bein aufzustehen, das bei der leisesten Regung von einem sengenden Blitz durchzuckt werden kann. Ich zwinge mich dazu, ruhiger zu atmen, bis es mir gelingt, das Ende der Krücke zwischen zwei Steinen festzuklemmen und mich so hochzudrücken. Und jetzt? Ich muss mich kurz setzen und verschnaufen, ich kann unmöglich gleich wieder den Berg hinauf und in den Wald zurückgehen. Das erste Haus ist nicht mehr weit weg. Ich wische mir den Schweiß von der Stirn, klopfe Papas Jacke aus und hole für alle Fälle das Taschenmesser heraus. Mit ausgeklappter Klinge nähere ich mich vorsichtig den kleinen Häusern.

Zuerst kommen ganz normale Wohnhäuser. Auf den Fensterscheiben liegt eine dicke Staubschicht, die Türschwellen sind von Gras überwuchert. Wie lange mögen sie schon leer stehen? Ich habe keine Ahnung. Ein Jahr? Fünf Jahre? Oder vielleicht auch hundert, zweihundert? Bei uns verwandeln sich leerstehende Häuser im Handumdrehen in Ruinen, weil Leute die Scheiben einschlagen und alles mitgehen lassen, was nicht niet- und nagelfest ist. Aber wer sollte hier die verwaisten Häuser zerstören? Hier hat niemand Scheiben eingeworfen oder Türen aufgebrochen. Stellenweise sind ein paar Dächer etwas zusammengesackt, zum Teil bröckelt der Putz von den Wänden aus runden hellgrauen Steinen, das war es aber auch schon.

Die nachfolgenden Häuser haben Schaufenster im Erdgeschoss und darüber schmutzbesprenkelte Schilder. Vor einem bleibe ich stehen und lese mit gerunzelter Stirn: »Streifner«. Was ist denn ein Streifner? Ein Name vielleicht. Das nächste Schild hängt über der Tür zu einem Haus mit kleinen schmalen Fenstern. Es ist verziert mit aufgemalten Zweigen, in denen silberne Kügelchen und geflochtene Bänder hängen. In der Mitte steht in weinroten Buchstaben »Eisendiel«. Und darunter etwas kleiner: »Dracht- und Temallwaren oller Ort«.

Das wird ja immer seltsamer. Das Haus daneben trägt ein Schild mit der Aufschrift »Potz«. Auf das große staubige Schaufenster unter dem Schild ist etwas gemalt, das mir irgendwie bekannt vorkommt. Na klar! Das ist ein Schlangenvogel, einer von der Sorte, die ich auf der Lichtung ganz am Anfang gesehen habe. Ich gehe noch näher heran und drücke mir die Nase an der Scheibe platt. Der Innenraum hinter einer halbdurchsichtigen Trennwand mit runden Öffnungen verschwindet im Dunkeln. Mit Mühe kann ich Regale erkennen, in denen unter einer dicken Staubschicht unförmige Gegenstände liegen. Es reizt mich nicht besonders, dort hineinzugehen. Lieber bleibe ich auf der Straße. Anschließend komme ich an »Anwalzerei« und »Tyrandel« vorbei. Wirklich zu komisch, diese Beschriftungen. Ich nähere mich dem nächsten Häuschen. Es hat kein Obergeschoss, aber das Dach ragt genauso weit auf wie die der Nachbarhäuser. Es sieht noch ramponierter aus als die anderen. Ich sehe mir das Schild über der kleinen schiefen Tür an: »Schneider«. Endlich ein normales Wort! Neben die Aufschrift ist eine Garnrolle gemalt, Fäden winden und wickeln sich um die Buchstaben. Als ich meinen Blick etwas tiefer wandern lasse, fällt mir auf, dass die Tür einen Spaltbreit offen steht. Warum nicht einen Blick hineinwerfen? Ich humple zur Tür und versuche, den linken Fuß nicht zu belasten, denn mein Knie sprüht immer noch Funken. Als ich der Tür einen Schubs gebe, schwingt sie mit einem grässlichen Quietschen auf. Ich sehe mir das Schild noch einmal an. Es ist doch nicht ganz normal. Auf den ersten Blick hatte ich »Schneider« gelesen. Erst jetzt bemerke ich, dass da etwas anderes steht: »Scheinder« lautet die Aufschrift. Und plötzlich fällt mir auf, dass nicht nur die Aufschriften selbst sonderbar sind. Sonderbar ist auch, dass sie allesamt, so absurd sie wirken, wie ganz normale Alltagsworte klingen, auch die Buchstaben sind dieselben wie in unserer Welt. Was hat das zu bedeuten?

Ich stecke das Taschenmesser weg, nehme die Krücke fest in den Griff und trete ein.

Ein langer leerer Ladentisch und ein paar Stühle. Überall Staub, aber weniger als erwartet. In den Regalen liegen haufenweise Garnknäuel. Weshalb sind sie nicht auf Spulen gewickelt?

Auch von den Stühlen, vom Ladentisch und von der Fensterbank hängen Fäden. Sie liegen im Staub auf dem Fußboden. Ich gehe weiter, blicke nach links hinter den Ladentisch, da ballt sich mein Magen zu einer eisigen Kugel zusammen und die Haare stehen mir zu Berge. Hinter dem Tisch, zwischen den Regalen und dem Durchgang ins Hinterzimmer ist jemand! Mir bleibt das Herz stehen, dann hämmert es wie verrückt. Was hat mich nur geritten, dieses Haus zu betreten?!

»Ver… Verzeihung«, bringe ich schließlich über die Lippen.

Die Gestalt verzieht keine Miene. Ich schlucke und blicke zurück zur Tür. Es sind vielleicht sechs Schritte. Wieder schaue ich die Gestalt neben den Regalen an. Die Gestalt? Oder ist das … Ich trete näher an den Ladentisch und betrachte sie mit gerunzelter Stirn. Das ist kein Mensch, sondern eine Puppe. Eine Schneiderpuppe im schwarzen verstaubten Anzug mit einem breitkrempigen schwarzen Hut, der das halbe Gesicht verdeckt.

Die Augen sind nicht zu erkennen, nur das graue spitze Kinn. Und ich habe mich so erschreckt! Mit einem Seufzer der Erleichterung stütze ich mich auf dem Ladentisch ab. Unter meinen Fingern kann ich die Fäden spüren. Im ersten Moment geschieht überhaupt nichts. Aber plötzlich beginnen sie sich zu regen. Es ist nur ein leichtes Zittern, vielleicht habe ich es mir nur eingebildet, aber ich zucke instinktiv zurück und starre auf das Garnknäuel auf dem Ladentisch. Tatsächlich! Die Fäden schlängeln sich sanft, wie schlanke Wasserpflanzen am Grunde eines Sees!

»Dassssss ist aber schschschön, dassssss du vorbeischschschausssssst«, höre ich es neben mir wispern, und ich fahre mit einem entsetzten Aufschrei zurück.

Ich stoße gegen einen der Stühle vor dem Ladentisch, die Krücke fällt mir aus der Hand, ich gehe zu Boden. Darauf hat der Blitz in meinem Knie nur gewartet – er schlägt heftig ein, und ich schreie noch einmal, jetzt aber vor Schmerz.

»Oh ... Ich wollte dich nicht erschschschrecken«, wispert die Gestalt im schwarzen Anzug, beugt sich über den Ladentisch und schaut mich unter ihrer schwarzen Krempe an.

Der Magen schießt mir in die Kehle, die Augen füllen sich mit Tränen. Der Schmerz strahlt vom Knie über den Oberschenkel und die Hüfte bis in den Bauch hinein. Ich schnappe nach Luft, aber es dreht sich alles. Der Ladentisch, der schwarze Mann, die Regale mit den Garnknäueln – alles wirbelt um mich herum, bis ich in einer dunklen klebrigen Leere versinke, als wäre ich in die Ölwellen des schwarzen Ozeans hinter der Tür von Zimmer Nr. 3 gefallen.

»Wassss isssst, mein Junge?«, dringt die leise Stimme durch das Dunkel. »Wie fühlsssst du dich?«
Ich bin wieder im Krankenhaus. Gerade bin ich mal wieder operiert worden, jetzt weckt mich der Arzt auf. Zweimal war ich schon unter Narkose, ich hasse das Gefühl beim Aufwachen danach. Den säuerlichen Geschmack im Mund, den schweren Kopf und die Übelkeit. Ich räuspere mich und schlage die Augen auf. Nein, das ist kein Krankenhaus. Ich starre an die graue rissige Decke über mir.
»Jetztztzt bessser?«, zischelt jemand direkt neben mir.
Sofort reiße ich meinen Kopf herum – ein bisschen zu schnell, gleich wird mir wieder schwindlig. Ich schließe für einen Moment die Augen und öffne sie dann wieder. Neben dem Bett, in dem ich liege, sitzt auf einem kleinen Stuhl ein buckliger Mann im schwarzen Anzug. Er sieht mich mit einem schiefen Grinsen an, dass mir ganz kalt wird. Scharf ziehe ich die Luft ein. Der Hut liegt jetzt in seinem Schoß. Seine Hände ruhen auf der staubigen Krempe. Ich rücke so weit von ihm ab, wie ich kann.
»Hab keine Angsssst«, wispert der Mann.
Meine Mama würde ihn sicher komisch finden, so

wie Freddy Krueger in diesem Film, vor dem ich panische Angst hatte, als ich klein war. Ich weiß schon seit einer ganzen Weile, dass gewisse Dinge, die Erwachsene komisch finden, Kindern Angst machen. Zirkusclowns zum Beispiel. Ich begreife einfach nicht, wie man über jemanden lachen kann, der sich einen Lachmund und Tränen geschminkt hat. Mir ist das zu gefährlich. Wer ständig lacht und weint, ist zu allem fähig, und du weißt nie, was er im Schilde führt.

Aber der bucklige Mann auf dem zu kleinen Stuhl neben mir sieht weder wie Freddy Krueger aus noch wie ein Clown. Die Haut an seinen Händen und Wangen ist runzlig grau. Sein Gesicht ist auffällig hager, die Backenknochen treten hervor. Er hat weder Augenbrauen noch Wimpern, und sein Schädel ist bis auf ein paar angeklebte graue Strähnen, die wie Fäden aussehen, fast vollkommen kahl. Seine großen Ohren stehen vom Kopf ab, das eine sitzt etwas höher als das andere. Der bläuliche Mund sieht aus wie eine Falte, Lippen sind nicht zu erkennen. Sein Kinn sticht wie die Hakennase spitz hervor. Der schlanke graue Hals steckt in einem weiten, ehemals weißen Hemdkragen, der von einem engen Krawattenknoten zusammengehalten wird. Am seltsamsten aber sind seine kleinen Augen, die direkt unter den kräftigen Augenbrauenbogen sitzen. Ihre Pupillen sind nicht größer als ein Stecknadelkopf. Die eigentlich weiße Augenhaut schimmert bei ihm gräulich gelb und hebt sich scharf von seinen dunklen, fast anthrazitfarbenen Lidern ab.

»Du findesssst mich wohl aussssnehmend hässsslich«, wispert der Mann und senkt den Blick auf seine Hände.

Ich betrachte sie ebenfalls. Er hat ungewöhnlich lange schlanke Finger mit deutlich verdickten Gelenken und blauen rissigen Nägeln. Die Handrücken sind mit dunklen Flecken übersät. Er ist einfach alt, mache ich mir klar und werde ein bisschen ruhiger. Das ist einfach ein sehr, sehr alter Mann. Ich habe meine Großeltern nie kennengelernt, alte Leute kenne ich nur vom Sehen. Na ja, die Zwiebel war irgendwie auch ziemlich alt, aber noch nicht so richtig. Ich bin den Anblick alter Leute einfach nicht gewohnt. Das ist bloß ein alter Opa, kein Grund sich zu fürchten. Wenn nur diese Augen nicht wären …

»Nein«, antworte ich und räuspere mich. »Ich weiß nicht. Wer sind Sie?«

»Ach«, der Mann streicht sanft über seine Hutkrempe.

»Ich dachte, dassss weißßßt du, wenn du zu mir kommssssst.«

»Ich …« Vorsichtig setze ich mich auf und lehne mich gegen die Wand, weil der Kurzschluss in meinem Knie immer noch wie wild funkt. »Ich weiß nicht einmal, wo ich genau bin. Ich bin nur rein zufällig in dieser Welt gelandet. Erst habe ich an eine Tür geklopft, und als ich sie geöffnet habe … Dahinter war dann …«

»Oho«, sagt der Mann leise und schaut mir sogleich wieder in die Augen. »Du kommssst von hinter der Tür.«

»Ja. Aus der blauen Tür im *Hohen Kliff.*«

»Ach ja.« Der Mann lässt den Blick wieder auf seine Hände sinken. »Von dort. Ich habe davon gehört. Dann kann ich mich erinnern, welche Welt dasssss issssst.«

»Haben Sie von ihr gehört?«, frage ich und sehe mich rasch um.

Er hat mich wohl in das Hinterzimmer gebracht. Ein enger schmutziger und deprimierender Raum, obwohl unter der dicken Staubschicht noch zu erahnen ist, dass es einmal ein hübsches Zimmer gewesen sein muss. Vor dem kleinen Fenster hängen die Überreste eines ausgeblichenen blau geblümten Vorhangs, auf dem Fensterbrett stehen Blumentöpfe mit verdorrten

Stängeln. Außer dem Bett und dem Stühlchen, auf dem der Scheinder sitzt, gibt es noch ein rundes Tischchen mit einer zerschlissenen Spitzendecke und eine komische Anrichte. Hinter ihren verdreckten geschliffenen Scheiben sind bunte Gläser und eine Karaffe zu erkennen. An der Wand neben der Tür hängt ein großes Bild mit silbernem Rahmen. Es zeigt ein Tal mit einem Städtchen – dem Städtchen, in dem ich gerade bin. Aus den Schornsteinen der Häuser steigt heller Rauch auf, die Sonne strahlt lustig am violetten Himmel, und auf der Straße stehen Frauen in weiten bunten Röcken und Männer in tiefblauen Uniformen. Im Vordergrund ist ein Mädchen mit einem Korb voller Silberbeeren zu sehen, wie sie an den Büschen beim Weg wuchsen. Sie trägt eine Brille mit zierlicher Fassung. Das Bild ist eingestaubt und rissig. Ein Riss zieht sich durch das Gesicht des Mädchens und entstellt ihr Lächeln zu einer traurigen Grimasse.

»Wo haben Sie denn davon gehört?«, frage ich, weil der Mann nichts sagt.

»Von einem, der unssss bessssucht hat, wie du.«

»Und wer war das?« Ich muss hier wegkommen, meine Tante sucht mich sicher längst.

»Ein Junge, aber älter alssss du.«

»Oh! Und was ist aus ihm geworden?«
»Er isssst gegangen.«
»Wieder nach Hause zurück?«
Wieder blickt der Mann auf und starrt mir in die Augen, dass mir ganz anders wird. Ich werde mich verabschieden und gehen. Wo ist meine Krücke?
»Ssssag mal, mein Junge … In deiner Welt, gibt essss da immer noch viele Menschschschen? Hunderte Menschschschen?«
»Ach, Millionen!« Ich muss unwillkürlich lächeln. »Bei uns sind überall Menschen.«
»Wirklich?«
»Ja. Wissen Sie, es tut mir sehr leid, aber ich muss jetzt gehen. Es ist schon spät. Ich komme mal wieder vorbei.«
»Millionen«, überlegt der Scheinder und schaut auf. »Hier gibt essss nur noch mich.«
»Was ist denn mit den anderen passiert?«, frage ich und sehe mich suchend nach meiner Krücke um.
»Millionen Menschschschen …«, wispert der Alte vor sich hin, als hätte er mich gar nicht gehört.
Meine Krücke muss wohl noch vor dem Ladentisch auf dem Boden liegen. Ich schiebe mich vor zur Bettkante, möglichst weit entfernt vom Scheinder, stelle vorsich-

tig die Füße auf den Boden und wische automatisch meine Hand am Hosenbein ab. Das Ding, was auf dem Bett liegt, mag früher einmal eine Matratze gewesen sein, jetzt sieht es aus wie ein zerbröselnder Schwamm, den man lieber nicht anfassen will. Ich weiß nicht, ob ich es ohne Krücke bis zur Tür schaffe.

»Ich muss jetzt wirklich gehen«, erkläre ich.

»Du bisssst in Eile«, wispert der Scheinder.

»Ja. Meine Tante wartet mit dem Mittagessen auf mich. Tante Agata, wissen Sie, ich wohne bei ihr. Vorübergehend. Im *Hohen Kliff.*«

Ich stehe auf und ziehe mich am Fußteil des Bettes hoch. Der Strom fährt mir ins Knie, und ich krümme mich instinktiv zusammen, es ist aber nicht so schlimm. In Gedanken zähle ich und warte, dass es vorübergeht, während der Scheinder mich aufmerksam betrachtet. Es geht aber nicht vorüber, sondern funkt immer stärker. Ich beiße mir auf die Unterlippe.

»Gibt essss etwassss, dassss du dir wünschsssst?«, fragt der Scheinder plötzlich.

»Was?«, frage ich zurück und versuche mit gerunzelter Stirn den Strom in den Griff zu bekommen.

»Wassss wünschsssst du dir?«

»Ich … Ich wünsche mir, dass mir das blöde Knie nicht

mehr weh tut!«, schreie ich, weil die Funken immer heftiger sprühen und mir schon der kalte Schweiß auf die Stirn tritt.

»Oh, dassss lässsst ssssich machen«, wispert der Scheinder mit einem dünnen Lächeln und zusammengekniffenen Augen.

Plötzlich steht er auf, ich weiche unwillkürlich zurück und lasse dadurch den nächsten Blitz in mein Knie fahren. Der Scheinder ist außergewöhnlich groß, das war mir vorhin in dem anderen Raum gar nicht aufgefallen. Jetzt steht er vor mir, ich kralle mich in den hölzernen Bettkasten. Er riecht … Ich brauche einen Moment, um mir klarzumachen, woher ich diesen Geruch kenne, aber dann weiß ich es wieder. Vor zwei Jahren war ich in einem Ferienlager in den Bergen. Wir wohnten in Bungalows. Es war eine ziemliche Pleite, weil es die ganze Zeit regnete und wir nichts zu tun hatten. In den Bungalows gab es Tausendfüßler. Sie versteckten sich in den Fußbodenritzen, unter den Schränken und unter den Betten. Ein paar Jungs machten Jagd auf sie und zerquetschten ihre Opfer dann mit einem Stein auf der Bungalowschwelle. Die toten Tausendfüßler sonderten einen eigentümlichen säuerlichen Geruch ab. Genau wie jetzt der Scheinder, der sich vorbeugt und eine Hand nach meinem Knie ausstreckt.

»Was woll …«, fange ich an und breche mitten im Wort überrascht ab.

In der Hand des Scheinders taucht plötzlich ein Faden auf. Ein silbernes Fädchen, kaum dicker als eine Spinnwebe. Der Alte nimmt es zwischen Daumen und Zeigefinger und bewegt sie dann, als wollte er das Fädchen zu einer kleinen Kugel formen. Mehr und mehr Fäden kommen hervor, er berührt meine Hose und plötzlich …

»Was ist das?«, rufe ich und versuche zurückzuweichen, aber der Scheinder packt mich mit der anderen Hand am Arm, so dass ich nicht vom Fleck komme.

Die Fäden dringen durch den Hosenstoff, durch meine Haut, sie umwickeln mein Hosenbein. Der Schmerz nimmt weiter zu, gleichzeitig fühlt es sich an, als wäre mein Knie gefroren. Schreiend versuche ich mich aus dem Griff des Scheinders zu befreien, da reißt er seine Fadenhand hoch. Für einen kurzen Augenblick straffen sich die Fäden um mein Knie, dann versinken sie sanft in ihm wie ein Fischernetz im Meer. Der Scheinder richtet sich wieder auf und lässt mich los. An seinen Fingerspitzen hängt ein graues Knäuel, das unruhig zuckt und pulsiert, als säße ein Insekt darin fest. Ich kann sogar ein leises Summen hören.

Wieder wird mir schwindelig und ein bisschen flau, aber ich kippe nicht um. Was war das? Der Blitz ist erloschen! Kein Schmerz mehr, nicht eine Spur! Ich lasse das Bett los und stehe ganz frei. Natürlich ist mein linkes Bein immer noch ein wenig kürzer, aber es funkt nicht mehr! Erst jetzt wird mir klar, dass ich den nervigen Hintergrundschmerz die ganze Zeit gespürt habe – auch als ich dachte, er wäre weg, hat er mich immer begleitet. Und jetzt ist er verschwunden! Ich bin erlöst!

Der Scheinder lächelt mich an, verbirgt das Knäuel in seiner Hand und lässt es in eine Tasche seines Jacketts gleiten.

»Wie haben Sie das gemacht?«, frage ich. »Es ist weg!«

»Keine Kunsssst, mein Lieber«, wispert der Scheinder.

»Danke.«

»Ach, nichtsssss zu danken. Bloßßßß einen kleinen Diensssst …«

»Einen Dienst?« Ich sehe ihn fragend an. »Was für einen Dienst?«

»Ich habe dir einen Gefallen getan, jetzt tussssst du mir einen, wassss?«

»Was soll ich denn tun?«

»Eine Winzzzzigkeit.«

Das ist mir nicht geheuer. Was kann dieser komische, verknöcherte Alte von mir wollen?

»Ich muss jetzt aber gehen«, erkläre ich.

»Ich weißßßß. Ich möchte, dassss du etwassss mitnimmssssst.«

»Was soll ich mitnehmen?«

»Ein Andenkssssel.«

»Ein Andenksel? Ein Andenken, meinen Sie.«

»Ja. Dassss du den armen alten Schschscheinder nicht vergisssst.«

»Oh, ich werde Sie bestimmt nicht vergessen! Wie könnte ich?«

»Wenn du dieses … Andenkssssel mitnimmsssst, bin ich mir ssssicher, dassss du mich gewissss nicht vergisssst. Reich mir die Hand.«

Was bleibt mir anderes übrig? Es ist doch nichts dabei, dass der Alte mir ein kleines Andenken mitgeben möchte. Wenn es mir nicht gefällt, kann ich es ja unterwegs wegwerfen. Also halte ich ihm höflich lächelnd meine Hand hin. Der Scheinder hält seine Hand darüber und reibt die Fingerspitzen gegeneinander, als wollte er Salz in eine Suppe streuen. Komischer Kauz. Plötzlich erscheint ein Silberfaden über meiner hohlen

Hand. Er gleitet hinein und kriecht ein Stück, aber das kann ich nur sehen, nicht spüren, denn er ist so leicht wie eine Spinnwebe. Dann kriecht er weiter und wickelt sich blitzschnell um meinen Zeigefinger, wie eine Spiralfeder. Anschließend zieht er sich zusammen, und es sieht aus, als hätte ich einen feinen Silberring angesteckt. Obwohl er wieder etwas locker lässt, kann ich ihn nicht abstreifen.

»Hübsch«, sage ich und muss schlucken. »Danke.«

»Bitte sssehr«, wispert der Scheinder.

»Ich muss jetzt gehen. Aber ich werde mich gewiss an Sie erinnern.«

»Gewissss«, entgegnet er im Flüsterton und starrt mich aus seinen kleinen Pupillen an.

Jetzt weiß ich, was an seinem Blick so unheimlich ist. Der Scheinder blinzelt nicht. Ich rücke Papas Jacke zurecht und versuche, mich in Richtung Tür zu schieben, ohne dem Mann den Rücken zuzuwenden. Er beugt sich hinunter, greift nach seinem Hut, setzt ihn sich auf den kahlen Schädel und folgt mir. In der Stube hebe ich meine Krücke auf. Ich brauche sie zwar nicht mehr, aber man kann ja nie wissen. Vielleicht hat er mich bloß hypnotisiert und der Schmerz ist wieder da, sobald ich das Städtchen verlassen habe.

»Auf Wiedersehen«, sage ich zu ihm.

Der Scheinder steht hinter dem Ladentisch neben den Regalen – genau dort, wo ich ihn angetroffen habe, als ich das Haus betrat. Er senkt seinen Kopf und verharrt ohne jede Regung. Die Hutkrempe verdeckt seine Augen, wieder ist nur das graue spitze Kinn zu sehen. Ich öffne die quietschende, verdreckte Tür und trete unsagbar erleichtert auf die Straße vor dem Haus. Die Sonne am violetten Himmel ist weitergewandert, sie hängt jetzt tief in den Kronen der Bäume auf den Hügeln ringsum. Wie spät es wohl ist? Ich werfe einen Blick auf mein Handy. Schon fünf! Meine Tante wird ausrasten. So schnell ich kann, humple ich die Straße bergauf. Ich weiß nicht, wann ich das letzte Mal so schnell gelaufen bin – es fühlt sich großartig an! Im Vorbeigehen schaue ich in die Schaufenster der Häuser am Straßenrand. »Anwalzerei«, »Potz« … Ich bleibe kurz vor dem Schaufenster stehen. Erst jetzt fällt mir auf, dass es vollständig mit dichten Spinnweben behängt ist. Sogar vom Ladenschild hängen chaotisch ineinander verwobene Spinnennetze herab. Dabei hatte ich doch vorhin durch das Fenster ins Innere geschaut, das wäre mir doch aufgefallen. Achselzuckend setze ich meinen Weg fort. Bald habe ich die Stadt hinter mir und marschiere zwischen den schiefen Laternen auf das Gebüsch mit den Silberbeeren zu. Ich habe für den Rückweg bis jetzt nur ein paar Minuten gebraucht! Es fühlt sich so herrlich an, wieder normal laufen zu können. Na ja, fast normal. Mit der überflüssigen Krücke schiebe ich die Büsche auseinander und zwänge mich hindurch. Die Begegnung mit dem kauzigen Alten war zwar alles andere als angenehm, aber sie hat mein Leben verändert. Es sieht ganz so aus, als wäre die Entdeckung der silberblauen Welt mit das Beste, was mir in meinem Leben passiert ist.

Eine Viertelstunde später bin ich am Ende des Weges angelangt. Ich suche die Baumstämme nach meinen Markierungen ab, kann aber keine finden. Komisch, ich würde mein Kopf darauf verwetten, dass ich meinen Pfeil genau auf diesen Baumstamm gemalt habe. Da höre ich ein leises Geräusch ganz in der Nähe. Ich drehe mich um und sehe zwischen den Bäumen, keinen Meter von mir entfernt, den Schlangenvogel über dem Silbergras. So nah hat er sich noch nie herangetraut. Lächelnd winke ich ihm zu, fest davon überzeugt, dass er sofort das Weite sucht, aber er bleibt da. Achselzuckend wende ich mich wieder dem Baumstamm zu.

»Wo soll ich jetzt langgehen?«, frage ich, ganz in Gedanken.

»Dem Straßenverlauf 500 Meter folgen«, sagt der Vogel mit der Stimme der Navi-Frau. Im ersten Moment bin ich wie erstarrt, dann schlägt mir das Herz bis zum Hals.

Ich fahre herum und sehe, dass er noch näher gekommen ist. Wenn ich wollte, könnte ich ihn berühren. Er starrt mich mit seinen kleinen Perlenaugen an, und mir wird himmelangst. Kopflos renne ich in den Wald hinein. Das Flügelschlagen des Vogels bleibt mir dicht auf den Fersen. Stolpernd haste ich weiter und werfe einen Blick über die Schulter zurück – er ist direkt hinter mir! Plötzlich endet der Wald und ich bin wieder auf der Lichtung. Weiter, weiter! So schnell ich kann, renne ich auf das helle Rechteck zu, hinter dem ich schon mein Zimmer im *Hohen Kliff* erkennen kann. Noch einmal schaue ich zurück – der Vogel ist immer noch hinter mir her! Er kommt näher und näher! Erst jetzt fällt mir auf, wie spitz sein Schnabel ist. Als er ihn öffnet, zeigt sich ein Rüssel, der in einer langen spitzen Nadel endet, genau wie die Spritzen aus dem Krankenhaus. Ich stürme über die Schwelle, greife blind nach der blauen Tür und werfe sie mit voller Wucht hinter mir zu. Sie schlägt so hart gegen den Rahmen, dass kleine Putzkrümel von der Wand rieseln. Mein Herz hämmert wie wild, und ich ringe nach Luft. Nachdem ich die Krücke von mir geworfen habe, warte ich noch ein paar endlos lange Sekunden, bis ich vorsichtig die Klinke herunterdrücke. Vor der Tür liegt der Flur des *Hohen Kliffs.* Erleichtert seufze ich auf und wische mir den Schweiß von der Stirn. Die Nachmittagssonne lässt den Faden an meinem Finger aufblitzen. Ich drehe meine Hand, um ihn mir genauer anzusehen. Vielleicht kann ich ihn mit der Schere aufschneiden? Irgendwie merke ich, dass ich dieses Etwas nicht mehr am Finger tragen möchte. Ich ziehe die Schreibtischschublade auf. War hier nicht irgendwo … Da! Doch bevor ich mit der Kinderschere auch nur in die Nähe des Fingerrings kommen kann, löst sich der Faden schon von selbst. Er springt von meinem Finger wie eine befreite Feder, fällt aber nicht zu Boden. Langgezogen schwebt er in der Luft. Wirklich fast wie eine Spinnwebe, denke ich, während ich ihn mit offenem Mund anstarre. Der Silberfaden wellt sich, rollt sich ein und gleitet langsam durchs Zimmer. Fetziges Ding. Ich bin wie hypnotisiert. Er ändert die Richtung, obwohl sich kein Lüftchen regt, und umkreist mich. Manchmal verliere ich ihn kurz aus den Augen, so dünn ist er. Auf einmal stellt sich das eine Ende leicht auf und bewegt sich erst nach links, dann nach rechts, als wollte es lauschen. Oder schnüffeln.

»Łukasz? Łukasz!«, höre ich meine Tante von unten rufen.

Der Faden erstarrt für einen Augenblick und schießt dann durch die offene Tür in den Flur.

»He!«, rufe ich und versuche, ihn aufzuhalten, aber da ist er schon verschwunden.

Ich stürze in den Flur, kann aber bei dem schummrigen Licht dort unmöglich erkennen, in welche Richtung er geflogen ist. Er ist nicht mehr zu sehen. Also zucke ich nur die Schultern und rufe:

»Ich bin hier oben, Tante Agata! Ich komme schon!«

Der Silberfaden

»Wo hast du gesteckt?!«, keift meine Tante, als ich in den Speisesaal komme.

Sie steht neben dem langen Tisch. Ihre Wangen sind gerötet, die Brille sitzt schief auf der Nase, und die sonst immer streng zurückgekämmten, mit Haarnadeln gebändigten Haare stehen wirr nach allen Seiten ab.

»Nirgends«, antworte ich achselzuckend.

»Wieso nirgends?! Was heißt hier nirgends?! Weißt du, was ich durchgemacht habe?« Sie schießt auf mich zu und packt mich beim Jackenärmel.

»Was hast du denn durchgemacht?«, frage ich und gehe leicht auf Distanz.

»Ganz Brzeg hab ich abgelaufen! Ich bin von Haus zu Haus gerannt wie eine Bekloppte! Niemand hatte dich gesehen!«

»Ich war ja auch gar nicht draußen.«

»Du willst wohl, dass ich einen Herzinfarkt kriege?« Sie lässt sich erschöpft auf einen Stuhl fallen. »Was soll das heißen, du warst nicht draußen? Ich habe alle Zimmer abgesucht! Wo hast du dich versteckt?«

»Versteckt? Ich hab mich gar nicht versteckt.«

»Łukasz! Hast du schon mal daran gedacht … Hast du auch nur eine Sekunde lang daran gedacht …«

»Woran soll ich gedacht haben?«, frage ich und schaue mich nebenher heimlich nach dem Silberfaden um.

»Ich bin verantwortlich für dich, verstehst du?« Sie starrt mich ganz verzweifelt an. »Hast du eine Ahnung, was ich tun würde, wenn dir etwas zustößt?«

Ich starre zurück und zucke die Schultern.

»Zwingt dich ja niemand.«

»Wozu zwingt mich niemand?«

»Mich hierzubehalten. Und wenn Mama erst aufwacht, dann …«

»Und wenn sie nicht aufwacht?«, fragt meine Tante.

»Klar wacht sie auf!« Jetzt bin ich es, der laut wird. »Du willst natürlich, dass sie nicht aufwacht, aber das wird sie! Und dann wird sie es dir schon zeigen! Dann musst du uns unsere Sachen zurückgeben und … und …«

Und was? Ich weiß nicht mehr weiter. Am liebsten würde ich auf der Stelle kehrtmachen und in mein

Zimmer verschwinden. Oder überhaupt einfach weg von hier, bloß möglichst weit weg! Aber wo ist dieser Faden hin?

»Ich hasse dich!«, rufe ich.

»Łukasz …«

»Dass du es nur weißt!«

Ein paar Sekunden lang sieht sie mir stumm in die Augen. Ihr Gesicht wirkt dabei so traurig, dass mir ganz mulmig wird. Soll sie doch lieber wütend auf mich sein. Plötzlich lässt sie den Kopf sinken und schlägt die Hände vors Gesicht. Ich sitze nur da und sehe, wie eine Träne zwischen ihren Fingern hervorrinnt. Dann noch eine und noch eine. Weint sie?

»Tante Agata, was hast du denn?«, frage ich.

Sie antwortet nicht. Ich muss kräftig schlucken, weil mir etwas die Kehle zuschnürt.

»Tante Agata. Hör doch auf«, sage ich und streichle ihr den Arm. »Ich hab das nicht so gemeint.«

Sie schweigt.

»Gut. Dann geh ich halt in diese blöde Schule«, versuche ich es noch einmal.

»Ach, Łukasz. Es geht mir doch gar nicht um die Schule«, antwortet sie schließlich, nimmt die Brille ab und reibt sich die Augen.

»Worum denn dann?«

»Ich kriege das einfach nicht hin.«

»Was kriegst du nicht hin?«, frage ich.

»Ich bin dafür nicht gemacht.«

»Wofür denn?«

»Ich habe keine Ahnung, wie man ein Kind erzieht! Ich komme nicht an dich heran, ich weiß nicht, wie ich mit dir reden soll. Das *Hohe Kliff* zerbröselt mir unter den Fingern, und ich habe in dieser Saison nicht genug verdient, um es instand setzen zu können. Ich habe Angst, dass das Geld nicht bis zum Frühjahr reicht. Und die Heizung? Im Anbau regnet es rein, im Pavillon schimmelt der Fußboden weg, die Einfahrt muss dringend geschottert werden. Ich habe die Nase so voll davon! Seit zwölf Jahren schmeiße ich dieses Haus alleine, und ich kann einfach nicht mehr.«

»Dann hättest du mich eben nicht von der Zwiebel weggeholt«, schiebe ich ohne rechte Überzeugung hinterher, und meine Tante seufzt einmal tief.

»Du weißt doch selbst, dass du dort nicht bleiben konntest. Wenn ich dich nicht geholt hätte, wärst du jetzt irgendwo im Kinderheim. Wäre dir das etwa lieber?«

Statt zu antworten, starre ich finster auf die Tischplatte. Klar bin ich lieber hier als im Kinderheim, blöde Frage.

Meine Tante ist eigentlich gar nicht so übel, wenn ich ehrlich bin. Am meisten stört mich an ihr, dass sie nicht meine Mama ist, und dafür kann sie ja nichts.
»Ich kann dir doch helfen«, sage ich schließlich leise. »Und mach dir nicht so viele Gedanken wegen mir, ich komme schon klar. Ich helfe dir mit dem *Hohen Kliff*, mit dem Schottern zum Beispiel.«
»Łukasz, wie willst du mir denn helfen? Du kannst dich doch kaum bewegen. Glaubst du, ich sehe nicht, was für Schmerzen du in den Beinen hast? Ich müsste mich um dich kümmern, aber ich weiß nicht, wie.«
»Ganz einfach«, antworte ich achselzuckend. »Mama hat sich mein Leben lang um mich gekümmert.«
»Ich bin aber nicht deine Mama.«
»Das stimmt. Aber du bist ihre Schwester, und Schwestern sind sich doch ähnlich, oder? Ihr habt dieselben Gene. Wenn sie es kann, kannst du es auch. Außerdem habe ich keine Schmerzen mehr. Siehst du? Ich habe keine Krücke. Wir kriegen das schon hin.«
Meine Tante setzt ihre Brille wieder auf, schnieft und sieht mich aus geröteten Augen an. Nach einer ganzen Weile fängt sie vorsichtig an zu nicken.
»Müssen wir wohl auch, was? Du hast doch sicher Hunger. Ich mach dir was zu essen.«

»Nein, wirklich nicht. Sonst kann ich mir ja auch selber was holen. Ich weiß nämlich schon, wie man einen Kühlschrank aufmacht, ehrlich wahr. Aber du solltest dich mal besser hinlegen.«

»Bist du sicher?«, fragt meine Tante.

»Aber ja.«

»Dann würde ich mich vielleicht wirklich für ein halbes Stündchen zurückziehen. Ein Stündchen allerhöchstens. Und dann machen wir Abendbrot.«

»Genau, das machen wir!«, nicke ich und lächle ihr zu. »Alles wird gut.«

Aber da liege ich so was von falsch.

Meine Tante schläft oben in ihrem Zimmer, ich sitze unten im Sessel neben dem Kamin. Es nieselt schon wieder, vor den Fenstern des *Hohen Kliffs* versinkt die Welt im Blau der Regenwand. Wenn ich mich langmache, kann ich die Umrisse der Schutzplanke zwischen Straße und Abgrund ausmachen – dahinter beginnt die Nebelwüste. Es ist kühl geworden im Haus, ich wickle mich enger in Papas Jacke. Wann meine Tante wohl die Heizung anstellt?

Wo ist der Faden hingeflogen? Wahrscheinlich nirgendwohin. Bestimmt ist er an einem Bilderrahmen oder am Kronleuchter hängen geblieben und landet früher oder später mit den Spinnweben im Staubsauger. Das soll mich nicht weiter kümmern.

Nie wieder werfe ich einen Blick in die Silberwelt hinter der blauen Tür. Nie im Leben. Was hat mich nur geritten, diesem Weg zu folgen? Andererseits hätte ich immer noch die Schmerzen im Knie, wenn ich nicht dorthin gegangen wäre. Wie die Zwiebel immer gesagt hat: So schlimm es kommt, es hat doch auch sein Gutes. Aber diesen Scheinder will ich nicht noch mal leibhaftig vor mir sehen.

Ich gehe raus auf die Veranda, um mir den Regen anzusehen. Der Stein, den Floh nach mir geworfen hat, liegt immer noch hinter der Brüstung. Ich schiebe ihn mit der Schuhspitze vor, bis er geräuschlos ins hohe Gras fällt. Es ist schrecklich still, kein Auto ist zu hören, kein Gelächter, keine Stimmen, kein Fernseher im Hintergrund. Nicht einmal das Meer. Vielleicht kommt das von dem dichten Nebel, vielleicht verschluckt der alles. Oder ist das hier immer so, wenn die Touristen weg sind? Furchtbar … In Warschau war es nie so still, nicht mal mitten in der Nacht.

Ich gehe wieder rein und schließe die Tür hinter mir. Als sie ins Schloss fällt, dröhnt es wie ein Donnerschlag. Draußen war schon nichts zu hören, aber im *Hohen Kliff* herrscht eine Stille, die … Ich weiß auch nicht, die man mit Händen greifen kann. Und diese ganzen leeren Zimmer, Flure und Speicher … Der Scheinderfaden kann wirklich sonst wo sein. Mir läuft es kalt den Rücken herunter, obwohl ich den Reißverschluss von Papas Lederjacke ganz hochgezogen habe und darunter noch einen dicken Kapuzenpulli trage. Ich gehe hoch in mein Zimmer und lege mich aufs Bett. Die blaue Tür lasse ich angelehnt. Wieder fällt mein Blick auf den Wasserfleck an der Decke. Er sieht überhaupt nicht mehr aus wie ein Kontinent, auch nicht wie ein Pfeil oder ein Blitz. Eher wie ein Ausrufezeichen. Ich schließe kurz die Augen, als ich sie wieder aufschlage, ist es draußen schon fast dunkel.

»Tante Agata?«, rufe ich und gehe in den Flur. »Schläfst du noch?«

Stille. Die Tür zu ihrem Zimmer steht offen, also schaue ich hinein. Das Bett ist ordentlich mit einer beigefarbenen Tagesdecke zugedeckt, die Fernbedienung liegt neben dem Fernseher. Alles ist so aufgeräumt, dass man glauben könnte, hier wohnt gar niemand. Von meiner Tante keine Spur. Sicher ist sie schon unten und bereitet das Abendessen vor. Ich will gerade gehen, da fällt mir doch noch etwas auf. Irgendetwas stimmt hier nicht. Mit gerunzelter Stirn schaue ich noch einmal ins Zimmer. Es sieht aus wie immer, aber … Ich atme tief durch die Nase ein. Der Geruch! Es riecht anders. Es roch hier immer nach Seife und ein bisschen feucht, so wie im ganzen *Hohen Kliff*. Jetzt ist die Luft aber trocken, und sie hat einen feinen, vertrauten Geruch. Puder? Aber meine Tante schminkt sich doch nicht. Vielleicht jetzt doch? Sie ist schließlich eine Frau, da wird sie auch ihr Schminkzeug haben. Sogar die Stasiowa hat welches, ich habe selber gesehen, wie sie einmal nach der Arbeit einen knallroten Lippenstift aus der Tasche gezogen und sich angemalt hat.

»Tante Agata?«, rufe ich noch einmal durch den Flur. Keine Antwort. Ich gehe nach unten. Treppe und Eingangshalle liegen im Dunkeln. Ich knipse die Wandleuchte an und gehe in den Speisesaal. Auch hier brennt kein Licht.

»Bist du hier?«, rufe ich. Ich knipse den Kronleuchter an. Keiner da. Dann schaue ich in den kleinen Flur zur Küche. Ein trüber Lichtschein dringt durch den Glaseinsatz in der Küchentür. Ich öffne sie.

»Tante Agata?«
Meine Tante ist in der Küche. Sie steht am Herd und wendet mir den Rücken zu. Ihre Haare sind nicht nach hinten gebunden. Zum ersten Mal kann ich sehen, wie lang sie sind, sie reichen ihr bis über den Po und liegen um ihre Schultern wie ein silberbrauner Mantel. Warum färbt sie sie eigentlich nicht? Mama färbt sich immer die Haare.
»Tante Agata, ich habe dich gerufen«, sage ich. »Hast du mich nicht gehört?«
»Wir können gleich essssen«, flüstert sie nach einer längeren Pause.
Sie spricht so leise, dass ich sie kaum verstehen kann. Ich gehe am Tisch vorbei zu den Küchenschränken.
»Ich habe dich gerufen«, sage ich noch einmal.
»Ja? Dassss habe ich nicht gehört.« Ohne mich anzusehen, schiebt meine Tante mit einem Holzlöffel langsam und gleichmäßig das schmurgelnde braune Etwas in der Pfanne herum.
Nur das kleine Lämpchen auf der Fensterbank brennt.
»Warum machst du nicht das große Licht an?«, frage ich, gehe zurück zur Tür und drücke auf den Schalter. Gleich erstrahlt die Küche im hellen Licht der De-

ckenlampe. Meine Tante richtet sich auf und dreht sich zu mir um, die Pfanne und den Holzlöffel in der Hand. Sie lässt den Kopf hängen, ihr Gesicht wird von den Haaren verdeckt. Langsam wird mir etwas mulmig.

»Tante Agata?«

»Hol die Teller«, flüstert sie.

Und dann hebt sie den Kopf und sieht mir direkt in die Augen. Der Haarvorhang gleitet beiseite, ich halte mir unwillkürlich die Hand vor den Mund und drücke mich gegen den Türrahmen. Meine Tante ist alt. Viel älter als noch vor ein paar Stunden. Ihre Haut hat einen erdgrauen Ton angenommen und ist von tiefen Runzeln durchzogen. Aber am schlimmsten sind die Augen. Sie sehen riesig aus in diesem eingefallenen faltigen Gesicht. Und sie sind fast vollkommen weiß. Die graugrüne Iris ist verschwunden, in der weißen Augenhaut liegen nur noch die schwarzen Pupillen, klein wie Pfefferkörner.

»Tante Agata?«, flüstere ich entsetzt.

Sie legt den Kopf schief, ohne mich aus den Augen zu lassen. Die Haare fallen ihr nun auf die Wange. Mir war noch gar nicht aufgefallen, dass sie schon so viele Silbersträhnen hat.

»Hol die Teller«, sagt sie noch einmal. »Bevor essss wieder kalt wird.«
»Und was ...« Ich breche ab, schlucke und setze noch einmal an: »Und was gibt es zum Abendessen?«
»Grützwursssst«, wispert meine Tante. »Magsssst du Grützwursssst?«
Mir kommt es vor, als schwanke der Boden unter mir, und mein Magen ballt sich zusammen wie eine Faust. Also doch ein Wiedersehen mit dem Scheinder. Er ist in meiner Tante, oder vielleicht verwandelt sie sich gerade in ihn. Das war der Faden! Was habe ich nur angerichtet?!
Die Frau geht zum Tisch und stellt die heiße Pfanne darauf ab. Dann holt sie Teller und Gabeln aus der Anrichte.
»Ssssetz dich, Łukaszsz«, sagt sie, während sie Platz nimmt.
Sie sitzt nun direkt unter der Lampe. Ihre Haare schimmern silbern, nein, sie schillern, als würden sie sich sanft bewegen, wie Wasserpflanzen unter der Meeresoberfläche. Obwohl mein Herz hämmert wie verrückt, setze ich mich meiner Tante gegenüber an den Tisch. Reglos sitzt sie da, den Blick auf die Tischplatte geheftet.

»Tante Agata, was ist mit dir?«, frage ich mit zittriger Stimme und halte die Finger unter dem Tisch fest ineinandergekrallt.

Sie antwortet nicht. Nach ein paar Sekunden seufzt sie leise.

»Iss jetzt. Es wird kalt.« Jetzt klingt ihre Stimme fast wieder normal. »Ich muss mich erkältet haben.«

»Erkältet?«, frage ich dümmlich.

Langsam streckt meine Tante die Hand nach dem Pfannengriff aus und schaufelt eine Riesenportion Grützwurst auf meinen Teller. Grützwurst wird aus Blut gemacht, schießt es mir durch den Kopf.

»Ich weiß auch nicht, was mit mir los ist«, sagt sie, stellt die Pfanne ab und fährt sich mit der gespreizten Hand durchs Haar.

Entsetzt stelle ich fest, dass ein paar lange silberne Strähnen an ihren Fingern hängen bleiben. Sie wickeln sich um ihre Hand, und meine Tante streift sie reflexartig ab mit einer Bewegung, als streute sie Salz ins Essen. Die Strähnen gleiten zu Boden, ringeln sich ein paar Sekunden lang träge auf den Dielen und bleiben dann reglos liegen. Ich starre sie mit weitaufgerissenen Augen an.

»Issss jetzt«, wispert meine Tante.

Ich sehe ihr ins Gesicht und erhasche einen verzweifelten, fast flehentlichen Blick. Erst dachte ich, sie ist nur ungeduldig mit mir. Aber als ich diesen Blick sehe, weiß ich, dass es ihr um etwas anderes geht. Sie bittet mich um Hilfe. Aber wie soll ich ihr helfen? Was kann ich tun?

Es regnet immer noch, als ich nach draußen stürze und eilig die Straße hinunterhumple. Die Planke am Kliff ist die einzige Begrenzung, die Brzeg von der leise rauschenden, undurchdringlichen Finsternis trennt. Am grünen Häuschen hinter dem Kiosk angekommen, stürze ich zur Eingangstür.

»Frau Stasiowa!«, rufe ich und hämmere dagegen. »Frau Stasiowa!«

Nach ein paar Sekunden wird der Riegel zurückgeschoben, und die Stasiowa schiebt ihr mürrisches Gesicht durch den Türspalt. Ist mir egal, soll sie mich bis in alle Ewigkeit so angucken, Hauptsache, sie hilft uns.

»Was ist?«, fragt sie barsch.

»Frau Stasiowa, meiner Tante geht es nicht gut!«, rufe ich. »Kommen Sie bitte mit.«

»Geht nicht gut?«, fragt die Stasiowa und wirft einen Blick zurück in die Wohnstube, aus der Fernsehgeräusche kommen. »Morgen komm ich.«

»Sie müssen bitte jetzt mitkommen!«, rufe ich flehentlich. »Morgen … morgen ist es vielleicht schon zu spät!«

Die Stasiowa sieht mich lange missmutig an, dann rührt sie sich endlich und nimmt brummelnd ihren Mantel vom Garderobenhaken.

»Bei dem Regen vor die Tür …«, schimpft sie, wirft die Tür hinter sich zu und folgt mir die Stufen hinab ins Freie. »Was hat sie?«

Ich weiß nicht, was ich sagen soll. Schließlich kann ich der Stasiowa schlecht von der Silberwelt hinter der blauen Tür erzählen, vom Schlangenvogel, der Geisterstadt, dem Scheinder oder dem Faden. Nie im Leben würde sie mir glauben, so viel steht fest. Das würde ich ja auch nicht, hätte ich es nicht selbst erlebt.

»Sie sagt, sie hätte sich erkältet, aber …« Weiter komme ich nicht, denn die Stasiowa bleibt abrupt stehen.

»Erkältet? Und da jagst du mich aus dem Haus um diese Zeit?!«, zischt sie durch die Zähne.

»Aber das ist keine Erkältung!«, rufe ich. »Ganz bestimmt nicht. Ihr Gesicht ist … Die Haare fallen ihr aus, und sie hat so … so komische Augen.«

»Jetzt bin ich schon draußen, dann schaue ich auch bei ihr rein. Aber deine Tante sollte dir mal richtig die Hosen strammziehen. Könntest du vertragen.« Die Stasiowa beißt die Zähne zusammen und geht weiter.

Sie betritt das *Hohe Kliff* als Erste, ich folge ihr. Als sie sich den Mantel aufgeknöpft hat, fängt sie an zu schnüffeln.

»Was ist hier so trockene Luft?«, fragt sie. »Wo ist sie?«

»Vorhin war sie noch in der Küche.« Ich haste humpelnd in die Küche, aber die Stasiowa bleibt einfach stehen.

Kurz darauf bin ich wieder zurück.

»Kommen Sie?«

Die Stasiowa verschränkt die Hände vor dem Bauch und betrachtet mich mit hochgezogenen Brauen und einem schiefen Grinsen.

»Ich hab ja gleich gewusst«, sagt sie endlich, »dass der Stock und das Gewinsel nichts als Zirkus sind.«

»Wie bitte?«, frage ich verständnislos.

»Ach, hör schon auf. Du kannst doch genauso gut ohne Stock laufen, wenn du nur willst, sogar reichlich schnell, wie ich sehe.«

»Ich kann … Das stimmt nicht, es tut mir erst seit heute nicht mehr weh«, protestiere ich. »Warum sagen Sie so was?«

»Als mir Agata erzählt hat, dass sie dich zu sich nimmt, sag ich zu ihr: ›Sie fordern das Schicksal heraus.‹

»Aber warum …«, setze ich an, doch sie fällt mir ins Wort:

»Warum? Darum! Deine Mutter hatte schon immer eine Macke, nichts als Ärger mit ihr. Und dieser Hallodri, der herbeigelaufene, der war noch schlimmer! Kaum gab es Ärger, hat er sich aus dem Staub gemacht auf Nimmerwiedersehen. Deine Großmutter war meine beste Freundin, wir sind zusammen aufgewachsen, wie eine Schwester war sie für mich. Und wegen dir hat deine Mutter sie sitzenlassen und ihr das Herz gebrochen!«

»Aber … Aber das war doch nicht meine Schuld!«

»Und wenn schon. Blut ist dicker als Wasser, und du kommst nach deinen Eltern, so viel ist sicher. Hätte Agata sich bloß nicht diesen Klotz ans Bein gebunden, sie hat mit dem Haus schon Ärger genug.«

Die Stasiowa schiebt mich beiseite und geht in den Speisesaal. Ich bleibe in der Eingangshalle. Für einen Moment überkommt mich die Wut auf die alte Frau.

Wie kommt sie dazu, mir so etwas an den Kopf zu werfen? Sie kennt mich doch überhaupt nicht, sie weiß nichts über mich oder meine Mutter! Aber die Wut ist schnell wieder verraucht. Was kümmert mich ihr Gerede? Wenn sie nur meiner Tante hilft ...

»In der Küche ist sie nicht«, verkündet die Stasiowa auf der Schwelle zum Speisesaal. »Auf ihrem Zimmer wird sie sein, wenn ihr nicht wohl ist.«

Sie geht auf die Treppe zu, ich folge ihr ohne ein Wort. Vor der Zimmertür bleibt die Stasiowa stehen, klopft an und drückt die Klinke herunter. Ich versuche, auch hineinzuschlüpfen, aber sie schubst mich zurück.

»Du bleibst hier«, knurrt sie und macht mir die Tür vor der Nase zu.

Ich lausche mit angehaltenem Atem, kann aber keinen Laut hören. Also stütze ich mich auf den Geländerpfosten und warte. Wie lange, kann ich nicht sagen, aber es kommt mir ewig vor. Gerade will ich hineingehen, da geht die Tür auf und die Stasiowa steht auf der Schwelle.

»Was ist?«, platze ich heraus.

»Was soll sein? Nichts.« Die Stasiowa geht hinunter in die Eingangshalle.

»Aber haben Sie gesehen, was mit ihr passiert ist?«

»Was werd ich es nicht gesehen haben? Sicher hab ich es gesehen«, meint sie achselzuckend.

»Vielleicht müssen wir Hilfe holen«, sage ich. »Einen Krankenwagen rufen.«

»Jetzt bist du wohl vollständig verrückt geworden.« Die Stasiowa sieht mich von oben herab an.

»Aber ...«

»Agata fehlt überhaupt nichts! Mach hier nicht die Pferde scheu. Müde ist sie, nichts weiter. Höchstens ein bisschen erkältet vielleicht.«

»Aber sie ist doch ganz grau!«, rufe ich. »Und so alt! Haben Sie ihre Augen gesehen?«

»Alt ist sie also, wie? Wir werden alle älter, du auch. Zwei Tage im Bett, und sie ist wieder gesund. Hilf ihr lieber, statt hier Theater zu machen. Koch ihr einen Tee, schmier ihr Stullen.« Die Stasiowa knöpft sich ihren Mantel wieder zu und schüttelt plötzlich angewidert ihre Hand aus.

Ein paar reglose helle Fädchen gleiten zu Boden.

»Wo kommen die Spinnweben her?«, sagt die Stasiowa mehr zu sich selbst und verzieht das Gesicht. »Hier wurde doch gerade erst gesaugt.«

»Das sind keine Spinnweben!«, rufe ich völlig verzweifelt. »Das sind die Scheinderfäden! Ich bin durch die blaue Tür in seine Welt gegangen! Erst dachte ich, es ist schön dort, aber dann habe ich den alten Opa getroffen, und er … er hat was mit mir gemacht, dass das Knie nicht mehr weh tut. Und dafür hat er mir den Faden gegeben. Und ich habe ihn hierhergebracht! Und jetzt … Das ist alles meine Schuld!«

Die Stasiowa zieht die Augenbrauen hoch und sieht mich an. Eine ganze Weile sagt sie gar nichts, dann schüttelt sie den Kopf und macht den letzten Knopf an ihrem Mantel zu.

»Sieht mir ganz so aus, als hättest du einen ordentlichen Haschmich. Hab ich ja gleich gesagt. Lass jetzt die Faxen und geh ins Bett. Aber schließ erst noch hinter mir ab, ich hab keinen Schlüssel mit.«

»Ich hab keinen Haschmich!«, rufe ich. »Wenn wir nicht schnell etwas tun, gibt es eine Katastrophe! So wie in der anderen Welt!«

»Kokolores«, knurrt die Stasiowa, geht hinaus und schließt geräuschvoll die Tür hinter sich.

Ich könnte heulen. Da stehe ich mit hängendem Kopf in der Eingangshalle neben dem Durchgang zum Speisesaal. Ich kenne keinen Menschen hier und kann nicht einmal jemanden anrufen. Wen denn auch? Die Zwiebel? Die versteht doch nur Bahnhof, und was sollte sie tun? Sie ist zu weit weg. Die Polizei? Die lachen mich aus. Wenn Mama nur aufwachen würde … Sie wüsste, was zu tun ist. Ich balle meine Hände zu Fäusten. Nein, ich werde ganz bestimmt nicht losheulen. Ich komme da selber wieder raus, das kriege ich hin! Alles, was ich brauche, ist ein guter Plan. Also gehe ich nach oben und setze mich auf mein Bett. Noch einmal der Reihe nach:

Meine Tante verwandelt sich in den Scheinder, ist aber noch nicht ganz zu ihm geworden. Beim Abendessen war ihre Stimme manchmal noch normal. Und die Fäden, die aus ihren Haaren gekommen sind, konnten sich nicht von selbst bewegen. Oder nur ganz kurz, dann waren sie hinüber, während der Faden, den ich mitgebracht habe, flink und wendig war. Was bedeutet das? Das bedeutet entweder, dass meine Tante noch nicht ganz umgewandelt ist, oder in unserer Welt gelten andere Gesetze. Aber wohl eher nicht – wenn die Fäden hier nicht überleben könnten, wäre der, den ich durch die blaue Tür gebracht habe, auch ruck, zuck eingegangen. Also ist meine Tante noch nicht ganz verscheindert. Vielleicht hört das ja auch wieder auf? Vielleicht ist das wie eine Erkältung? Sie wird von selbst wieder gesund? Nicht ausgeschlossen, aber unwahr-

scheinlich. Ich weiß nichts über den Scheinder! Weder woher er kommt noch was in der silberblauen Welt geschehen ist. Warum sind alle anderen Dorfbewohner verschwunden? Der Scheinder hat gesagt, es gibt dort nur NOCH ihn. Ob er sie umgebracht hat? Ich weiß es nicht! Und wenn es so wäre, muss das schon ewig her sein, so wie die Häuser aussehen. Und diese komischen Aufschriften auf den Ladenschildern? Klingen wie gewöhnliche Wörter, obwohl sie völlig verdreht sind. Aber der Scheinder hat normal gesprochen. Fast. Das passt doch hinten und vorne nicht zusammen! Alleine kriege ich das nicht auf die Reihe.
Ich schaue zur blauen Tür. Noch mal kann ich da nicht hin. Der komische Schlangenvogel wartet nur darauf. Und wenn ich eine Waffe mitnehme? Mit einem Messer kann ich nichts ausrichten. Eine Schaufel? Eine Pfanne? Lächerlich. Ein Netz bräuchte ich. Vielleicht hat meine Tante ja etwas Passendes. Aber im Dunkeln gehe ich da sowieso nicht hin, schon gar nicht ohne Taschenlampe. Ich muss nach meiner Tante schauen.
Die Tür zu ihrem Zimmer ist zu. Ich hole tief Luft und klopfe vorsichtig an. Keine Reaktion. Nach ein paar Sekunden lege ich mein Ohr an die Tür. Nichts. Ich atme aus und drücke die Klinke hinunter.

»Tante Agata?« Ich riskiere einen Blick in die Diele.
Die Luft ist so trocken, dass es in der Nase kribbelt. Das Bett im Schlafzimmer ist unberührt, die beigefarbene Tagesdecke liegt so glatt da wie vorher.
»Bist du hier?«, rufe ich mit zitternder Stimme.
Ich gehe ins größere Zimmer, das mit dem Fernseher. Die kleine Lampe auf der Schrankwand ist zwar an, sie gibt aber nur wenig Licht.
»Tante Agata, wo bist du?«, rufe ich wieder.
Vielleicht ist sie unten? Nein, das geht ja gar nicht, ich war doch die ganze Zeit im Flur. Oder vielleicht oben? In der zweiten Etage oder auf dem Speicher? Aber was sollte sie da wollen? Als ich mich gerade umdrehen und aus dem Zimmer gehen will, sehe ich sie. Meine Tante steht, das Gesicht zur Wand, in dem dunklen Winkel zwischen Vorhang und Sofa. Wie ein aufmüpfiger Schüler, den der Lehrer in die Ecke gestellt hat.
»Tante Agata, warum sagst du denn nichts?«, frage ich mit schriller Stimme. »Warum stehst du da? Willst du dich nicht hinlegen? Ich mach dir einen Tee.«
Meine Tante antwortet nicht. Reglos steht sie in der Ecke, nur ihr langes Haar bewegt sich leicht, aber vielleicht kommt mir das auch nur so vor. Am schlimmsten ist, dass ich ihr Gesicht nicht sehen kann …

»Hör auf damit!«, rufe ich. »Sag etwas!«
Keine Reaktion, nur die langen silbrigen Haarsträhnen kommen stärker in Bewegung! Jetzt sehe ich es ganz deutlich, das war keine Einbildung. Obwohl es in der Ecke so dunkel ist, kann ich den matten Abglanz der Glühbirne auf ihren Haaren erkennen! Für einen Moment bin ich wie erstarrt vor Angst. Gleich muss ich losschreien! Ich mache kehrt, stürze in den Flur und renne in mein Zimmer. Dort knalle ich die blaue Tür hinter mir zu und drehe den Schlüssel um. Draußen ist es stockdunkel. Von der Fensterscheibe blickt mich mein Spiegelbild an – angstgeweitete Augen, das Gesicht kreidebleich. Und jetzt? Ich kann nicht mal telefonieren, weil mein Guthaben verbraucht ist, und runter ins Büro gehe ich nicht, keine Chance! Ich schaue auf die Uhr: Es ist schon nach elf. In Schuhen und Jacke krieche ich ins Bett. Ich warte, bis es hell wird. Und dann hole ich Hilfe. Aber ganz bestimmt nicht bei der blöden alten Stasiowa! Bei der Polizei. Nur gibt es in Brzeg keine Polizeistation. Aber wenigstens anrufen werde ich. Irgendwer wird mir schon helfen!
Ich rolle mich auf dem Bett zusammen, krieche aber nach einer Weile ganz unter die Decke. Als ich noch klein war, habe ich mich unter der Decke immer sicher

gefühlt. Das Licht lasse ich brennen. Ich drehe mich mit dem Rücken zum Fenster. Die Vorhänge hätte ich noch zuziehen sollen. Jetzt fühlt es sich so an, als würde ich aus der Dunkelheit beobachtet. Die Minuten verrinnen unendlich langsam, aus dem Inneren des *Hohen Kliffs* ist nicht das leiseste Geräusch zu vernehmen. Schade, dass ich nicht einschlafen kann, denke ich noch und grabe den Kopf ins Kissen. Wenn ich einschlafen und morgen aufwachen würde, wäre sicher alles wieder gut. Das ist immer so – nach dem Aufwachen sieht alles gleich viel besser aus.

Endlich finde ich doch noch in den Schlaf. Aber diesmal ist nach dem Aufwachen überhaupt nicht alles besser. Ganz im Gegenteil.

Mona, Floh und Biss kommen zu Hilfe

Irgendetwas kracht auf den Flur. Ich sitze senkrecht im Bett und bin auf einen Schlag hellwach. Dabei hatte ich gerade noch geträumt, aber ich kann mich schon nicht mehr richtig erinnern … Ein Krankenhaus? Ja, das war es wohl, immer diese Krankenhausträume. Mama war auch da, aber sie hat nicht geschlafen. Sie hielt meine Hand und sagte etwas. Wach auf! »Wach auf«, hat sie gesagt, jetzt weiß ich es wieder. Und dann kam dieser Krach auf dem Flur. Tante Agata? Ich schlage die Decke zurück und schleiche auf Zehenspitzen zur blauen Tür. Stille. Aber halt, ich kann deutlich ein leichtes Rauschen auf der anderen Seite hören. Als mein Blick auf die Türklinke fällt, stutze ich und nehme sie genauer in Augenschein. Was ist das? Um das Schlüsselloch herum hat sich ein silbriger Belag gebildet. In der Türlaibung genau dasselbe! Als drückte von draußen

Silberstaub ins Zimmer. Vorsichtig tippe ich ihn an und verreibe ihn zwischen den Fingern. Er hat etwas von Nachtfalterstaub. Ich ziehe das Handy aus der Tasche und schaue nach der Uhrzeit. Kurz nach acht, ich habe ziemlich lange geschlafen. Als ich das Ohr an die Tür lege, hat das Rauschen draußen aufgehört. Der Regen auch. Dicke Wolken hängen am bleiernen Himmel dicht über Brzeg. Langsam strecke ich die Hand nach dem Schlüssel aus und drehe ihn, so behutsam ich kann, im Schloss. Klack – der aufspringende Riegel klingt wie ein Pistolenschuss, ich verziehe das Gesicht und drehe den Schlüssel ein zweites Mal. Stille. Vorsichtig drücke ich die Klinke herunter, die Tür öffnet sich mit einem Quietschen. Der Flur liegt im Dunkeln. Meine Tante ist nicht zu sehen. Ich öffne die Tür ganz und schaue nach beiden Seiten. Von der Treppe her fällt ein wenig Tageslicht ein, der Rest versinkt in Dunkelheit. Die Tür zum Zimmer meiner Tante steht offen! Ich atme vernehmlich ein. Auch Wände und Fußboden sind mit dem feinen Silberstaub überzogen. Ich trete über die Schwelle.

Mein Schuh hinterlässt einen deutlichen Abdruck im Staub. Im gesamten Haus ist es so still, dass es in den Ohren dröhnt. Vorsichtig bewege ich mich in Richtung

Treppe und versuche dabei, möglichst nah an der Wand zu gehen, weil hier die Dielen nicht so knarren. Einen Meter, noch einen. Ich bin schon fast an der Treppe. Von hier aus kann ich einen Blick in die Diele zum Zimmer meiner Tante werfen. Hier ist sie nicht. Aber wo dann? Oder steht sie vielleicht immer noch in der Ecke neben dem Sofa? Wohl kaum, die Zimmertür ist ja offen, und wer soll sie sonst geöffnet haben, wenn nicht sie? Egal. Ich werde mich jetzt die Treppe runterschleichen, durch die Eingangstür schlüpfen und Hilfe ho… In diesem Moment streift ein weicher hauchdünner Vorhang mein Gesicht. Entsetzt schreie ich auf und will mich zusammenkauern, aber das macht mein steifes linkes Knie nicht mit. Ich strauchle, suche Halt an der Wand, rutsche aber ab und falle auf den Hintern. Und da sehe ich sie! Meine Tante sitzt an der Decke des Flurs, direkt über mir, ihre langen Haare hängen herab und ringeln sich sanft, obwohl hier kein Lüftchen sich regt. Ihr Hals ist unnatürlich verdreht, sie starrt mich unverwandt aus großen weißen Augen an, die Pupillen klein wie Stecknadelköpfe. Ich reiße den Mund auf, brülle aus vollem Hals und versuche mich mit dem rechten Bein möglichst weit von der Stelle wegzuschieben, über der sie hängt. Der Läufer unter mir wirft Falten,

Silberstaub klebt an meinen Händen. Meine Tante hat sich an der Decke mit wenigen Trippelschritten wieder mir zugewandt, sie lässt mich keine Sekunde aus den Augen. Endlich höre ich auf zu schreien, nicht, weil ich nicht mehr schreien wollte, sondern weil mir die Luft ausgegangen ist. Ich bin an der Tür zum Bad neben meinem Zimmer angekommen und lehne mich gegen sie. Blind taste ich nach der Klinke, hänge mich daran und versuche mich hochzuziehen. Mein Mund ist auf einmal wie ausgetrocknet, ich kann nicht einmal schlucken …

»Weißßßßt du, Łukaszszsz«, wispert meine Tante, die mich immer noch mit ihren Blicken durchbohrt, »ich glaube, irgendetwassss isssst mit mir …«

Ich reiße die Augen auf, meine Tante löst eine Hand von der Decke und fährt sich ruhig durchs Haar. Mehrere helle Strähnen bleiben zwischen ihren Fingern hängen, ringeln sich zusammen und fallen zu Boden. Auf dem Läufer angekommen, kriechen sie auf mich zu, bleiben aber nach wenigen Sekunden reglos liegen. Als ich den Mund öffne, um etwas zu sagen, bleibt mir die Stimme im Halse stecken. Meine Tante trippelt wieder auf der Stelle, wie eine Spinne. Sie legt den Kopf schief, wirft mir einen scheelen Blick zu, wendet sich ab und krabbelt auf ihr Zimmer zu. Mühelos steigt sie von der Decke an die Wand und verschwindet sogleich hinter dem Türsturz. Ich atme schwer, als hätte ich eben einen Zweikilometersprint hingelegt und lecke mir die trockenen Lippen. Jetzt! Jetzt oder nie! Ich stoße mich von der Badezimmertür ab und haste hinkend zur Treppe, sollen die Dielen doch knarren, wie sie wollen. Ohne zur Zimmertür meiner Tante zu schauen, greife ich nach dem Geländer und stürze die Treppe hinunter. Unten angekommen, stolpere ich und falle hin. Sofort rolle ich mich auf den Rücken und schaue zur Treppe zurück. Sie ist nicht da! Ich lasse den Blick noch etwas höher wandern und verschlucke mich beinah vor Schreck. Meine Tante beobachtet mich hinter ihrer Dielentür. Sie muss immer noch an der Decke sitzen, nur ihr Gesicht ist unter dem Türsturz zu erkennen und die langen fließenden Haare, die bis über die Klinke reichen.

»Mach dir dein Frühsssstück selbsssst, ja?«, wispert sie, den Kopf leicht zur Seite geneigt. »Mir geht'sssss heute nicht sssso ...«

Wieder brülle ich los, rapple mich auf und stürze zur Eingangstür. Schon bin ich auf der Freitreppe, springe die Stufen hinab und komme auf den Schottersteinchen der kleinen Allee fast noch einmal zu Fall. Wohin jetzt? Erst mal zum Kiosk! Halb hinke, halb renne ich zum Gehweg und biege in die Morska ein, bleibe aber nach wenigen Schritten stehen. Der Kiosk hat geschlossen! Das darf doch nicht wahr sein! Als Nächstes fällt mir die Stasiowa ein, aber die wird mir nicht helfen … Vielleicht lässt sie mich wenigstens telefonieren, sie hat bestimmt ein Telefon!

»Ich bin eigentlich der Meinung«, höre ich hinter mir plötzlich eine Fistelstimme, »ich hätte deutlich gesagt, was dich erwartet, wenn ich dich in die Finger kriege …«

Wie vom Donner gerührt fahre ich herum und sehe mich Floh, Mona und Biss gegenüber. Floh grinst mich unheilvoll an, Mona steht einen Schritt hinter ihm, Biss neben ihr schaut unbeteiligt drein. Das ist zu viel für mich. Mit einem Mal fällt die ganze Anspannung von mir ab, die Beine sacken mir weg, und ich muss mich auf dem Parkplatzmäuerchen vor dem *Hohen Kliff* abstützen.

»Ich brauche Hilfe«, sage ich, und schon laufen mir die ersten Tränen über die Wangen.

Mir ist alles egal. Ich lasse den Kopf hängen und setze mich auf das Mäuerchen.

Alle drei starren mich eine Weile mit großen Augen an, endlich räuspert sich Floh und sagt noch einmal, allerdings weniger überzeugt:
»Ich hatte doch wohl deutlich gesagt, wenn du dich noch mal hier draußen blicken lässt, dann ...«
»Mann, Marek, vergiss es.« Mona geht an ihm vorbei und kommt zu mir. »Was ist los?«
»Du redest nicht mit dem!«, jault Floh.
»Alter, komm runter«, mault Biss.
»Ich habe da was total falsch gemacht«, sage ich leise.
»Was hat er gesagt?«, fragt Biss.
»Er hat jemand kaltgemacht«, erklärt Floh.
»Ich habe gesagt, ich habe etwas falsch gemacht«, wiederhole ich lauter. »Und meine Tante ist jetzt ...«
»Tot?!«, brüllt Floh. »Er hat die irre Agata abgemurkst! Ich hab's ja gleich gewusst!«
»Mann, Marek, halt die Klappe!«, Mona schüttelt unwirsch den Kopf. »Ich möchte echt mal wissen, wie du mein Bruder sein kannst. Wahrscheinlich haben sie dich in der Klinik vertauscht gleich nach der Geburt.«
»Was laberst du denn? Niemand hat mich vertauscht! Alle sagen, ich sehe genau aus wie Opa!«, wehrt sich Floh.

»Dann müssen sie mich vertauscht haben«, seufzt Mona.

»Dich? Quatsch! Du siehst doch genau aus wie Mama!«

»Dann haben sie Mama eben auch vertauscht«, meint Mona leicht irritiert, woraufhin Floh die Augen aufreißt und glotzt wie ein Auto.

Mona sieht ihn eine Weile mitleidig an, schüttelt wieder den Kopf und sagt zu mir:

»Also, jetzt erzähl mal der Reihe nach.«

Ich wische mir mit dem Handrücken über die Nase, beruhige mich etwas und erzähle ihnen dann alles, was sich seit jenem Nachmittag zugetragen hat, als der Umzugslaster vor dem *Hohen Kliff* vorgefahren ist. Ich erzähle ihnen von dem Ärger mit meiner Tante, von der blauen Tür, der Silberwelt und vom Scheinder. Von dem Faden, den ich von ihm bekommen habe, und was das für Konsequenzen hatte. Je länger ich erzähle, desto größer werden Flohs Augen. Biss schnaubt ein paarmal entrüstet, aber Mona hört mir aufmerksam bis zu Ende zu.

»Und dann bin ich aus dem Haus gerannt«, schließe ich meine Erzählung ab und ergänze kopfschüttelnd: »Ich weiß, das klingt alles …«

»Total gaga«, hilft Biss mir eilfertig weiter. »So einen Schwachsinn hab ich in meinem Leben noch nicht gehört.«

»An der Decke?«, fragt Floh fassungslos nach. »Die irre Agata ist an der Decke langgelaufen? Wie eine Fliege?«

»Eher wie eine Spinne. Und sie ist eigentlich weniger gelaufen als … Aber das spielt doch keine Rolle! Ich weiß nicht mehr weiter! Und ich weiß nicht, wer mir noch helfen kann.«

»Vielleicht ein Psychiater?«, fragt Biss spitz.

»Biss!« Mona wirft ihm einen bösen Blick zu. »Das war jetzt sehr hilfreich.«

»Da hilft nur noch die Zwangsjacke, wenn du mich fragst«, beharrt er und rückt seine Brille zurecht.

»Ich denke mir das nicht aus! Ich bin nicht verrückt … glaub ich«, antworte ich unsicher.

»Gut.« Mona richtet sich auf und zuckt mit den Schultern. »Das finden wir raus.«

»Was willst du rausfinden?«, fragt Biss.

»Wir reden mit seiner Tante.«

»Das könnte schwierig werden«, sage ich leise.

»Du willst doch nicht zu der irren Agata rein?«, jault Floh wieder auf.

»Doch.«

»Ins *Hohe Kliff*?!«

»Ganz genau«, nickt Mona.

»Aber da …« Floh muss schlucken, bevor er fortfährt: »Da spukt es doch!«

»Wer hat dir denn diesen Quatsch erzählt?«, fragt Mona erstaunt.

»Wer wohl? Du warst das!«

»Ich? Ach ja, stimmt. War nur ein Spaß«, meint Mona achselzuckend, während Biss in sich hineingrinst.

»Wie jetzt, ein Spaß?!«, ruft Floh.

»Hab ich mir ausgedacht, aus Langeweile.«

»Du hast sie doch nicht alle! Und ich hab solche Angst gehabt … Also, ich hab natürlich keine Angst gehabt, aber … Ich hab immer einen Bogen um das Gemäuer gemacht! Das sag ich Papa!«

»Tu das.«

»Das kannst du aber wissen, dass ich das tu!«

»Gehen wir. Du führst.« Mona nickt mir entschieden zu.

Ich atme tief durch und lasse mich von dem Mäuerchen rutschen.

»Das ist doch gesponnen«, flüstert Biss Mona zu. »Du glaubst das doch nicht im Ernst?«

»Werden wir ja sehen, ob das gesponnen ist oder nicht.

Klar ist jedenfalls, dass er letztes Mal kaum gehen konnte. Und heute? Ist er fast gerannt, ganz ohne Krücken.«

»Und? Er hinkt immer noch«, flüstert Biss zurück.

»Ihr wisst schon, dass ich euch höre?«, sage ich über die Schulter auf den ersten Stufen der Freitreppe. »Ich werde bis an mein Lebensende hinken, weil mein linkes Bein kürzer ist. Aber es tut nicht mehr weh.«

»Es soll jetzt so neue Operationen geben, mit denen sie auch Knochen verlängern können«, erklärt Biss versöhnlich. »Das machen sie bei dir sicher auch, wenn du willst.«

»Glaubst du?«

»Klar.«

»Gehen wir rein?«, fragt Mona.

»Ja.« Ich nicke und drücke vorsichtig die Klinke herunter.

»Und du schwörst, dass das nur Spaß war?«, versichert sich Floh noch einmal im Flüsterton.

»Was?«

»Na, das mit den Geistern.«

»Ich schwör's«, sagt Mona und betritt als Erste das *Hohe Kliff*. Ich folge ihr, Seite an Seite mit Biss. Floh bleibt zögernd in der Tür stehen.

»Kommst du nun, oder nicht?«, fragt Mona und dreht sich nach ihm um. »Wenn nicht, dann macht die Tür zu, es zieht.«

Floh wirft ihr einen finsteren Blick zu, folgt uns aber in die Halle und schließt die Tür hinter sich.

Wir stehen vor dem langgezogenen Tresen. Biss sieht sich um.

»Schon ein bisschen gruselig, oder?«, sagt er schließlich. »Ich war noch nie hier in der Pension.«

»Ich schon«, meint Mona achselzuckend. »Ist doch nichts dabei. Unsere Großeltern haben auch so ein Haus in Rewal.«

»Ihr Haus ist aber viel schöner«, behauptet Floh. »Und es riecht darin nicht so komisch.«

»Wo ist sie?«, fragt Mona.

»Meine Tante? Als ich rausgerannt bin, war sie in ihrem Zimmer. Da oben.« Ich deute mit dem Kopf in Richtung Treppe.

»Na, dann los«, sagt Biss und geht voran.

Noch ehe wir die erste Stufe erreicht haben, hören wir in unserem Rücken ein zischelndes Flüstern:

»Wie nett, dassss du Gässsste mitbringssst …«

Wir fahren herum, aber in der Halle hinter uns ist niemand zu sehen.

»Woher …«, setzt Mona an, aber ich fasse sie am Ärmel und zeige stumm an die Decke.
Gleich neben der Tür zum Speisesaal, direkt über dem Haupteingang, sitzt Tante Agata, an die Decke geklebt. Sie sieht noch schlimmer aus, als ich befürchtet hatte. Hier ist es etwas heller, deshalb kann ich sie besser sehen. Wäre da nicht das dichte fließende, inzwischen gänzlich versilberte Haar, würde sie sich kaum noch vom Scheinder unterscheiden. Dasselbe schmale eingefallene runzlige Gesicht. Dasselbe spitze Kinn und die lange Nase. Meine Tante legt den Kopf schief und stiert uns aus großen weißen Augen an. Überhaupt nicht daran zu denken, dass wir noch einmal aus dem *Hohen Kliff* herauskommen. Sie hat uns den Fluchtweg abgeschnitten. Bestimmt hat sie sich im Speisesaal versteckt und dort meine Rückkehr abgewartet. Sie wusste ganz genau, dass ich Hilfe holen würde. Der Rückzug in ihr Zimmer vorhin war nur ein geschicktes Täuschungsmanöver.
Floh fängt als Erster an zu schreien, aber wir anderen stimmen gleich mit ein. Mit einem müden Grinsen kommt meine Tante langsam auf uns zu.
»Das ist eine Falle! Die Treppe hoch!«, schreie ich. »Schnell!«

Ans Geländer gedrängt hasten wir die Treppe hinauf. Natürlich sind die anderen schneller – als ich die halbe Treppe geschafft habe, sind sie schon oben im Flur angekommen.

»Nach rechts!«, rufe ich. »Die blaue Tür!«

Panisch schaue ich zurück – meine Tante ist direkt hinter mir! Ihr offenes Silberhaar streckt sich nach mir. Mit einem Entsetzensschrei versuche ich, die Treppe noch schneller hinaufzukommen. Als ich an der hohen Säule in der Geländerkurve angelangt bin, streift eine silberne Strähne leicht meine Wange. Ich springe zur Seite und wische sie mit einer energischen Bewegung weg. Dann stürze ich in mein Zimmer und werfe die Tür hinter mir zu. Floh, Mona und Biss stehen in der hintersten Ecke und starren mich entsetzt an. Wir sitzen in der Falle.

In der Falle

Das Ohr an die blaue Tür gepresst, lausche ich angestrengt in den Flur. Nichts zu hören.

»Und jetzt? Was jetzt? Was wird jetzt aus uns?« Floh kreischt so unvermittelt los, dass ich zusammenfahre und mich an der Tür stoße.

»Nichts zu hören von ihr«, sage ich und reibe mir die Schläfe.

»Alles nur wegen dir!«, ruft Floh und stößt seinen anklagenden Zeigefinger in meine Richtung.

»Hör auf!« Mona wirft ihm einen strafenden Blick zu.

»Aber was sollen wir tun?« Floh rauft sich die Haare und setzt sich auf mein Bett, das sich unter seinem Gewicht mit einem kläglichen Ächzen durchbiegt.

»Vor allem müssen wir uns zusammenreißen.« Biss rückt sich mit etwas zittrigen Fingern die Brille zurecht und fragt mich: »Hier rein kann sie nicht?«

»Ich glaube nicht. Ich habe abgeschlossen.«

»Wir müssen Hilfe holen.«

»Ja«, nickt Mona. »Wen rufen wir an?«

»Ich weiß nicht. Die Eltern am besten. Mein Vater kriegt das hier geregelt.«

»Gut. Dann ruf ihn an«, nickt Mona ihm zu.

»Aber …« Biss sieht sie unglücklich an. »Mein Guthaben ist aufgebraucht. Ich kann nicht mal mehr simsen.«

»Und du?« Mona sieht mich fragend an.

»Gleiches Problem«, sage ich kopfschüttelnd.

»Und wir haben Handyverbot«, stöhnt Mona. »Telefonieren fällt also aus.«

»Wieso habt ihr Handyverbot?«, fragt Biss.

»Wegen der Rechnung. Wir haben eine Flatrate, aber der da«, Mona deutet mit dem Kinn auf ihren Bruder, »muss ja ständig bei diesen dämlichen SMS-Wettbewerben mitmachen. Letzten Monat hatte Mama dann die Nase voll und hat uns die Handys abgeknöpft.«

»Dabei weiß doch jeder, dass man da nichts gewinnen kann«, wundert sich Biss.

»Sag ich ihm auch immer …«

»Seid ihr eigentlich noch ganz dicht?« Floh springt vom Bett auf und fasst sich an seinen massigen Kopf.

»Die irre Agata spaziert an der Decke rum und will uns fressen, und ihr unterhaltet euch hier über so einen Quatsch?!«

»Na, es sah mir nicht danach aus, dass sie uns fressen will«, murmle ich, wenn auch nicht gänzlich überzeugt.

»Du hast recht, Marek. Wir brauchen einen Plan. Vielleicht durch das Fenster?« Mona geht zur Fensterbank und drückt sich die Nase an der Scheibe platt. »Viel zu hoch, aber wenn wir ein paar Bettlaken zusammenknoten …«

»Ich habe nur eins«, seufze ich.

»Und außerdem kann man sehr wohl etwas gewinnen.« Es ist deutlich zu hören, wie beleidigt Floh ist. »Da haben schon tausend Leute einen Haufen Kohle gemacht. Und ich werde auch gewinnen, und dann seid ihr die Dummen und bettelt mich an, dass ich …«

»Ach, jetzt hör endlich auf!«, ruft Mona verärgert.

»Wir müssen sie fertigmachen«, verkündet Biss im Brustton der Überzeugung. »Das ist unsere einzige Chance.«

»Ich hab so ein kleines Zeckenspray«, erklärt Mona nüchtern.

»Aber das ist meine Tante!«, protestiere ich. »Ich will

nicht, dass ihr etwas angetan wird. Ich will, dass sie wieder ist wie vorher. Wenn wir einen Krankenwagen rufen könnten, würden die ihr Tabletten geben oder eine Spritze und sie ins Krankenhaus bringen, wo man sie sicher …«

Ich höre auf zu reden, weil alle drei mich nur mitleidig anschauen.

»Das sieht mir eher nicht nach einer Grippe aus, gegen die man impfen kann«, entgegnet Biss. »Die irre Agata ist nicht mehr zu retten.«

»Das stimmt nicht! Sie kann bestimmt geheilt werden. Das war alles nur der eine blöde Faden. Wenn wir den aus ihr rausbekommen, ist sie wieder so wie vorher.«

»Ein einziges Virus kann eine tödliche Krankheit verursachen«, erklärt Biss. »Ein Virus, das nicht einmal unter dem Mikroskop zu erkennen ist. Die irre Agata ist infiziert. Und ich fürchte, es dauert nicht mehr lange, bis sie das Virus weitergibt.«

»Aber mir geht es gut!«, rufe ich. »Wenn sie ansteckend wäre, würde ich schon an der Decke herumrennen mit einem Gesicht wie eine graue Rosine!«

»Du hast doch gesagt, dass sie Fäden verliert«, wendet Mona ein.

»Aber die bewegen sich nicht! Oder doch, aber sie krepieren dann gleich!«
»Sie adaptiert sich«, erklärt Biss geheimnisvoll.
»Sie macht was?«, frage ich.
»Wenn die Krankheit aus einer fremden Dimension gekommen ist, in der andere Bedingungen vorherrschen, muss sie sich erst an unsere Welt anpassen, bevor sie sich hier ausbreiten kann.«
»Und woher willst du das alles so genau wissen?«, fragt Floh.
»Aus dem Fernsehen. *Fringe*, *Akte X*. Und *Heroes* natürlich. Ich hab immer gewusst, dass da wirklich etwas dran ist.«
Plötzlich ertönt auf dem Flur, direkt vor der blauen Tür, hastiges Getrappel.
»Sie kommt!«, kreischt Floh und ist mit einem Satz wieder auf meinem Bett.
Die Matratze biegt sich durch, verschwindet nach einem bedrohlichen Ächzen zwischen den Seitenwänden und landet auf dem Fußboden.
»Sie kommt überhaupt nicht«, sage ich. »Sie ist bloß vorbeigerannt. Und du hast mein Bett geschrottet.«
»Reg dich ab«, meint Biss lässig. »Gut möglich, dass du es nicht mehr brauchst, weil du schon bald an

der Decke schläfst. Früher oder später kriegt die irre Agata alle …«

»Hör auf!«, fahre ich ihm über den Mund. »Und sag nicht noch mal, dass meine Tante irre ist! Warum nennt ihr sie so?«

»Hast du sie vorhin etwa nicht gesehen?«, fragt Biss ironisch und zieht eine Augenbraue in die Stirn.

»Sie ist kein bisschen irre«, sage ich. »Sie ist schwer in Ordnung. So insgesamt, meine ich … Gewesen. Jetzt nicht mehr.«

»Ach, weißt du«, erklärt Mona. »Deine Tante war schon immer ein bisschen komisch.«

»Komisch? Wie meinst du das, komisch?«, frage ich.

»Na, ganz normal. Komisch eben«, sagt sie achselzuckend. »Sie hat keine Freunde und stellt während der Saison meistens Leute von auswärts ein, Studenten vor allem. Nie lädt sie jemanden zu sich ein. Und sie sitzt fast das ganze Jahr in ihrem *Hohen Kliff*. Und dann fährt sie mit dieser Rostlaube rum und zieht diese ollen Klamotten an, dabei hat sie Geld wie Heu.«

»Meine Tante hat überhaupt nicht viel Geld! Sie kann kaum die Pension am Laufen halten.«

»Wer's glaubt«, sagt Floh mitleidig lächelnd. »Jeder in Brzeg weiß, dass sie auf einem Haufen Kohle sitzt!

Oma sagt, die Borskis waren schon immer die reichsten Leute hier und eingebildet noch dazu. Ihr habt auch das größte Haus!«

»Tante Agata ist überhaupt nicht eingebildet«, sage ich fassungslos. »Und das Haus fällt bald auseinander. Es muss renoviert werden, aber sie hat nicht das Geld dazu. Und im Sommer arbeitet immer die Stasiowa hier, die ist doch aus Brzeg.«

»Die Stasiowa ist auch komisch. Bei der spukt es im Haus«, setzt Floh halblaut hinzu.

»Wer hat dir denn so was erzählt?«, fragt Mona.

»Wer wohl? Du hast … War das etwa auch gelogen?!«

Mona verdreht seufzend die Augen, Biss tritt neben mich, legt seine Hand auf die blaue Tür und sieht sie sich aufmerksam an.

»Und die führt wirklich in eine andere Dimension?«, fragt er schließlich.

»Sie lässt sich in die Silberwelt öffnen«, antworte ich achselzuckend. »Ich weiß nicht, ob das eine andere Dimension ist.«

»Ganz sicher!«, behauptet Biss entschieden und setzt sich auf den Stuhl. »Also, fassen wir zusammen. Da wäre zuerst dieser Scheinder.«

Ich nicke.

»Du sagst, er lebt ganz allein in einem verlassenen Dorf.«

»Genau.«

»Ist er an der Decke gelaufen?«

»Nein. Jedenfalls nicht, solange ich bei ihm war. Wieso?«

»Ich weiß nicht, ich sammle Informationen. Er hat dir den Faden gegeben, du hattest ihn in der Hand, bist aber nicht so geworden wie er oder wie deine Tante. Warum nicht?«

»Ich weiß es nicht.«

»Wahrscheinlich warst du bloß der Vektor, also derjenige, der die Krankheit überträgt, ohne selber krank zu werden. Und dieser Scheinder hat dich ausgefragt, wie viele Menschen auf der Erde leben?«

»Ja. Er hat sich gewundert, dass es so viele sind.«

»Der Scheinder ist der Krankheitsherd. Er will unsere Welt beherrschen«, verkündet Biss. »Er hat dir den Faden gegeben, aber der hat dich nicht infiziert. Er kann sie also steuern. Die Fäden machen, was er will.«

»Verstehe ich nicht«, gesteht Mona.

»Was gibt es da zu verstehen? Das ist doch total simpel«, erklärt Biss triumphierend. »Die Fäden denken nicht selbst. Sie sind nur Werkzeuge in der Hand des Scheinders. Er kontrolliert sie. Wenn es anders wäre, hätte der Faden den da auch infiziert. Hat er aber nicht, weil der Scheinder das nicht wollte. Wenn wir also den Scheinder vernichten, vernichten wir auch diese Fäden. Und weil die deine Tante noch nicht ganz unter Kontrolle haben, ist sie dann geheilt.«

»Du hast recht«, sage ich und nicke eifrig.

»Ich kapier überhaupt nicht, was ihr da redet«, ruft Floh. »Von diesen ganzen Fäden hab ich ein einziges Kuddelmuddel im Kopf. Also: Was sollen wir machen?«

»Klarer Fall«, erklärt Mona trocken. »Wir müssen durch die blaue Tür und uns den Alten schnappen.«

»Was?!« Floh starrt uns ungläubig an, mit Augen groß wie Euromünzen. »Aber … Aber wieso wir?! Das ist doch nicht unser Problem! Er hat das doch verbockt!«

»Jetzt ist das sehr wohl auch unser Problem«, erwidert Biss ruhig. »Wenn die irre … Ich meine, wenn Frau Borska zum Scheinder wird, sind wir alle verloren. Dann gibt es bald nur noch staubige Hausruinen und eine menschenleere Welt.«

»Dann muss ich …«, fange ich langsam an und breche mitten im Satz ab.

»Du musst den Durchgang zwischen unseren Welten öffnen«, sagt Mona ernst.

»Aber da ist dieser Vogel! Mit dem Stachel, ihr wisst schon«, protestiere ich. »Der wartet sicher schon auf mich.«
»Dann müssen wir eben mit ihm fertig werden«, meint Biss achselzuckend.
»Ich wollte eigentlich ein Netz oder einen Sack mitnehmen, um ihn zu fangen, aber ich konnte nichts in der Richtung auftreiben«, seufze ich.
»Ein Netz?« Mona sieht sich stirnrunzelnd im Zimmer um.
Sie geht zu meinem Bett, schnappt sich die Decke und zieht den Bezug ab.
»Das hätten wir«, verkündet sie. »Und jetzt öffne die blaue Tür.«
Ich schaue ihr in die Augen, dann nicke ich.
»Das sieht jetzt sicher doof aus«, erkläre ich. »Ich muss anklopfen, aber nicht nur ein- oder zweimal, sondern ziemlich lange. Bitte lacht nicht.«
»Du heißt Łukasz, oder?«, versichert sich Biss und fährt auf mein Nicken hin fort. »Pass auf, Łukasz, wir werden nicht lachen, was immer du tust. Uns ist grad ganz und gar nicht nach Lachen zumute.«
Ich stelle mich vor die Tür, starte die Stoppuhr und klopfe an das blaugestrichene Holz. Aber diesmal

dauert es gar nicht lang – schon nach dem siebten Schlag kann ich hören, dass sich der Zugang geöffnet hat. Irritiert halte ich inne. Warum ging das so schnell? Mit jedem Mal hat sich die Klopfzeit verkürzt. Und wenn … Wenn man am Ende gar nicht mehr klopfen muss? Dann ist der Zugang für immer geöffnet! Dann kann der Scheinder hier ein- und ausgehen, wie er will! Vielleicht war genau das sein Ziel! Vielleicht wird meine Tante gar nicht wie er. Vielleicht soll sie nur den Zugang beaufsichtigen oder ihn für den Scheinder öffnen. Nein, Unsinn. Dann hätte er ja auch mich infizieren können. Das wäre viel einfacher gewesen. Ich verstehe überhaupt nichts mehr.

»Was ist los?«, fragt Biss. »Bist du eingeschlafen?«

»Nein.« Ich schüttle den Kopf. »Wir können.«

»Was können wir?«, fragt Floh.

»Der Zugang hat sich geöffnet. Mona, halte den Bezug bereit«, sage ich, drücke vorsichtig die Klinke hinunter und ziehe die Tür langsam auf.

Die Raupe im Korkenzieherwald

Als sie ein paar Zentimeter offen steht, linse ich durch den Türspalt. Jenseits der Schwelle liegt verlassen die Waldlichtung mit dem weichen Gras, in der Ferne rauschen die Korkenzieherbäume. Am violetten Himmel steht die Sonne noch nicht besonders hoch, wir haben noch fast zwei Stunden bis zum Mittag.

»Er ist nirgends zu sehen«, flüstere ich Floh, Mona und Biss zu. Ich richte mich auf, öffne die Tür komplett, trete hinaus in den Silberwald und schaue mich um. Der Schlangenvogel ist nicht mehr da.

»Umso besser, er ist weggeflogen«, sage ich und blicke zurück in die Öffnung.

Alle drei starren mich mit großen Augen und offenen Mündern an.

»Was ist? Kommt ihr jetzt mal? Los, bevor er zurück ist«, treibe ich sie zur Eile an.

»Heilige Mutter Gottes …«, stammelt Floh, während seine Blicke über das Gras und die Bäume wandern. Dann schaut er auf zum violetten Himmel und sagt noch einmal: »Heilige Mutter Gottes!«
»Das ist echt …« Biss schluckt vernehmlich und fährt dann fort: »… eine andere Dimension!«
»Hab ich doch gesagt.«
Mona schüttelt staunend den Kopf und löst sich als Erste aus der Erstarrung. Sie tritt neben mich und sieht sich um. »Wir haben es dir wohl doch irgendwie nicht so richtig geglaubt«, sagt sie.
»Aber jetzt glauben wir es«, erklärt Biss und traut sich ebenfalls durch die rechteckige Öffnung. »Das ist nicht die Erde.«
»Nein«, pflichte ich ihm bei.
»Komm schon, Marek«, drängelt Mona ihren Bruder.
»Bist du krank?!«, schreit er mit sich überschlagender Stimme. »Ich komme nicht! Vergiss es.«
»Gut«, nickt Mona. »Dann bleibst du eben hier und passt auf Łukasz' Tante auf.«
»WAS? Geht's noch? Ich bleibe nicht hier!«
»Solange der Zugang offen ist, kommt sie nicht ins Zimmer«, erkläre ich. Glaube ich jedenfalls, ganz sicher bin ich mir aber nicht.«

»Also, was jetzt?«, fragt Mona kühl. »Kommst du oder bleibst du da?«
»Wieso hab ich mich da nur reinziehen lassen?!«, jammert Floh. »Das sag ich alles Papa, du wirst schon sehen!«
»Da, hinter dir!«, schreit Biss plötzlich, und mit einem Satz ist Floh bei uns im Gras.
Ich hätte nie gedacht, dass er so ein Tempo vorlegen kann.
»Wo?! Wo?!«, ruft Floh und schaut entsetzt zurück.
»Nirgends«, meint Biss lässig. »Gehen wir. Łukasz, du führst.«
»Du hast mich reingelegt!«, schimpft Floh und zeigt beleidigt auf Biss. »Das wird dir noch leidtun!«
»Tut es mir jetzt schon«, seufzt Biss.
»Los?«, fragt Mona.
»Los«, antworte ich. »Der Weg war irgendwo in dieser Richtung.«
Wir gehen über die Wiese und dann weiter durch die grauen Korkenzieherbäume.
»Wieso irgendwo?«, fragt Biss.
»Ich bin mir nicht mehr sicher. Als ich vor dem Vogel weggerannt bin, bin ich ungefähr hier auf die Lichtung gekommen, gegenüber dem Zugang.«

»Es riecht gut hier«, stellt Mona fest. »Nach Babypuder. Oder Talkum.«

»Ich muss immer an den Puder denken, den Mama nimmt«, sage ich.

Das Gras gibt unter unseren Schuhen nach, die runden Blätter schimmern silbern in den Strahlen der fahlen Sonne und rascheln sanft im trockenen warmen Wind. Biss bleibt bei einem der Bäume stehen und nimmt den Stamm genauer unter die Lupe.

»Der sieht überhaupt nicht aus wie ein normaler Baum«, stellt er nach einer Weile fest. »Die Rinde hat eher etwas von Eidechsenhaut.«

Als er die Hand darauf legt, geht ein leichtes Zittern durch den Baum. Sofort reißt Biss die Hand weg, als hätte er sich verbrannt.

»Er hat mich gespürt! Habt ihr gesehen? Er hat gezittert! Und er ist warm. Das ist keine Pflanze, sondern … ein Tier!«

»Er hat Blätter«, meint Floh, der den Baum gelangweilt betrachtet.

»Er tut jedenfalls so«, überlegt Biss. »Vielleicht hat die Evolution in dieser Welt einen ganz anderen Weg genommen. Oder das ist eine Kreuzung aus Tier und Pflanze.«

»Kommt weiter«, sage ich. »Unterwegs gibt es ungefähr eine Million Bäume. Du kriegst bestimmt noch genug zu sehen.«

Wehmütig reißt Biss sich von dem grauen Baum los. Wir gehen weiter. Biss stolpert alle naselang, weil er nur Augen für die Bäume um uns herum hat. Floh sieht sich mit vorgewölbter Unterlippe mürrisch um.

»Mir gefällt es hier nicht«, brummt er.

»Wieso denn nicht?«, fragt Mona. »Ist doch schön hier. Und so still.«

»Und genau diese Stille will mir nicht gefallen. Außerdem wächst hier nichts.«

»Hier wächst nichts? Wir sind mitten im Wald!«

»Was ist denn das für ein Wald? Keine Heidelbeeren, keine Brombeeren. Nicht mal Pilze!«

»Ach so, du meinst, hier wächst nichts Essbares«, seufzt Mona und verdreht die Augen. »Du hast echt immer nur eins im Kopf. Schau doch mal die schönen Farben!«

»Weiberfarben sind das«, schnaubt Floh verächtlich.

»Meiner Mama würden sie gefallen«, sage ich leise.

»Deine Mama ...«, fragt Mona nach einer Weile, »schläft die eigentlich wirklich?«

»Ja. Sie ist nach dem Unfall nicht mehr aufgewacht.

Sie liegt im Krankenhaus. Und ich rufe sie jeden Tag an. Fast jeden, heute nicht, weil ich nicht konnte. Sie schläft, aber sie wacht wieder auf. Das weiß ich genau.«

Biss schließt zu mir auf und läuft neben mir.

»He, ich will nicht hinten laufen«, protestiert Floh.

»Kann schon sein, dass sie aufwacht«, meint Biss. »Es soll Fälle gegeben haben, wo Menschen nach vielen Jahren aus dem Koma erwacht sind. Hab ich im Fernsehen gesehen.«

»Ist es noch weit?«, fragt Floh. »Mir tun die Füße weh.«

»Du wirst es überleben«, sagt Mona.

»Ich kann leider nicht schneller«, erkläre ich entschuldigend.

Die Bäume stehen jetzt etwas dichter. Ich halte kurz inne, um durchzuschnaufen.

»Sollen wir eine Pause machen?«, fragt Mona.

»Ja!«, ruft Floh.

»Ich habe Łukasz gefragt.«

»Na und? Ich will eine Pause«, verkündet er und plumpst unter einem Baum ins Gras. »Und ich will was trinken.«

»Wir haben nichts mit«, erkläre ich und hebe die Schultern. »Und ich habe hier weder Quellen noch Bäche gesehen.«

»Wäre auch unvernünftig, etwas aus dieser Welt zu essen oder zu trinken«, wirft Biss ein. »Wir wissen nicht, ob es giftig für uns wäre.«

»Glaub ich nicht.« Mona schaut in die Kronen der Bäume über unseren Köpfen. »Es ist so schön hier. Das ist bestimmt eine gute Welt.«

»Das ist die Scheinder-Welt«, bemerkt Biss. »Nur zur Erinnerung.«

Plötzlich fährt Floh mit einem gellenden Schrei auf, läuft um uns herum und versteckt sich hinter Mona.

»Eine Riesenraupe!«, brüllt er. »Boah, ist die widerlich!«

»Was?«, frage ich und ziehe die Stirne kraus. »Was redest du denn? Was für eine Raupe?«

»Da oben! Auf dem Ast!«

Ich gehe zu dem Baum, unter dem er gesessen hat, und schaue mir den Ast an, der einen halben Meter über dem Boden aus dem grauen Stamm ragt.

»Da ist kein …«, fange ich an, unterbreche mich aber selbst, als ich sie sehe.

Dicht am Stamm sitzt in einer kleinen Astgabel eine riesige rötlich graue, haarige Raupe. Sie ist fast fünf-

zehn Zentimeter lang und hat zwei hellblaue Augenpaare – ein großes und ein kleines. Ich starre sie an, und sie starrt zurück, den Kopf etwas zur Seite geneigt.
»Alter, ist das ein Oschi!«, staunt Biss, der mir über die Schulter schaut, bevor er mit gedämpfter Stimme fragt: »Hast du so was hier schon mal gesehen?«
»Nein«, flüstere ich zurück.
Die Raupe lässt ihren Blick von mir zu Biss wandern.
»Die glotzt«, flüstert Biss.
Mona kommt zu uns, schließlich auch Floh. Wir sehen uns die rötlich graue Raupe lange an, sie uns auch.
»Sie hat überhaupt keine Angst«, flüstert Mona.
»Bestimmt hat sie noch nie einen Menschen gesehen«, erwidert Biss leise und beugt sich über die Raupe, um sie noch genauer betrachten zu können.
Die Raupe sieht ihn an, neigt ihren Kopf zur anderen Seite und sagt ganz deutlich:
»Ich möchte glauben.«
Ihre Stimme ist tief und klangvoll, hundertprozentig eine Männerstimme. Sprachlos vor Staunen treten wir alle vier einen Schritt zurück. Die Raupe schaut uns noch zwei Sekunden lang nach, dann beißt sie seelenruhig in eines der runden Blätter.

»Das Ding kann sprechen!« Mona sieht mich mit großen Augen an. »Es hat gesprochen wie ein Mensch!«

»Dann fragen wir sie doch, wo es hier was zu trinken gibt«, schlägt Floh vor.

Biss antwortet nicht. Er starrt immer noch mit offenem Mund die Raupe an. Sein Gesicht ist kreideweiß.

»He, alles in Ordnung mit dir?«, frage ich.

Es dauert eine ganze Weile, bis er leicht den Kopf schüttelt und mich ansieht.

»Das war …«, er fährt sich nervös mit der Zunge über die Lippen. »Nein, ausgeschlossen!«

»Was ist ausgeschlossen?«, fragt Mona.

»Du hast doch erzählt«, wendet sich Biss wieder an mich, »dass dieser komische Vogel was zu dir gesagt hat.«

»Ja. ›Dem Straßenverlauf 500 Meter folgen‹, hat er gesagt. Das war so gruselig, weil er die Stimme der Navi-Frau aus Mamas Auto hatte. Aber wieso …«

»Moment!« Biss reibt sich die Stirn, denkt mit geschlossenen Augen angestrengt nach und sagt dann: »Ich war der Raupe am nächsten.«

»Nein, ich stand näher dran«, stelle ich richtig.

»Schon, aber ich hab mich vorgebeugt. Mona, geh du mal hin.«

»Wieso?«, fragt sie.
»Ich muss was überprüfen. Geh nah zu ihr hin und beug dich über sie.«
»Dann greift die sie gleich noch an!«, schimpft Floh. »Geh doch selber hin und lass meine Schwester in Frieden!«
»Mir passiert schon nichts«, beruhigt Mona ihn und nähert sich der Raupe.
Die hört auf zu kauen und schaut sie an.
»Und jetzt?«, fragt Mona.
»Sag nichts, und bleib eine Weile so stehen.«
Die Raupe neigt ihren Kopf nach links, dann nach rechts, ohne Mona aus ihren blauen Augen zu lassen. Plötzlich sagt sie mit einer hohen, hörbar genervten Frauenstimme:
»Wenn du groß bist.«
Mona steht sofort wieder kerzengerade, macht auf dem Absatz kehrt und ist jetzt so bleich wie vorhin Biss. Floh schreit völlig verstört:
»Das war Mama! Mamas Stimme!«
»Was geht hier vor?«, fragt Mona Biss. »Ich hab fast einen Herzinfarkt gekriegt, du hättest mich ruhig vorwarnen können!«
»Ich wusste doch nicht, was sie sagen wird.«

»Warum spricht dieses Vieh wie unsere Mama?«, fragt Floh.

»Sie spricht nicht. Sie überträgt nur. Wie ein Radio«, erklärt Biss. »Vielleicht können das in dieser Welt alle Tiere, wenn dieser Vogel, von dem du erzählt hast, sich genauso verhalten hat.«

»Was?« Ich verstehe kein Wort.

»Zu dir hat er gesprochen wie das Navi im Auto, mit dem ihr den Unfall hattet.«

»Ja.«

»Zu mir … Das war aus *Akte X*.«

»Aus dem Fernsehen?«, fragt Mona nach.

»Genau. Aus meiner Lieblingsfolge. Ich hab die alle auf dem Rechner, tausendmal gesehen. Und bei dir hatte die Raupe die Stimme …«

»… unserer Mutter!«, ruft Mona. »Aber es war mehr als die Stimme. Mama sagt einfach echt jedes Mal, wenn ich zu Hause etwas von ihr will: ›Wenn du groß bist.‹ Ich kann den Spruch nicht mehr hören.«

»Ja, aber du hast ihn im Kopf!«, erklärt Biss. »Ich glaube, die Raupe und dieser Vogel … sie können uns einen wichtigen Gedanken aus dem Kopf ziehen und diesen wiedergeben. Wie ein Radio, versteht ihr?«

»Aber wozu?«

»Keine Ahnung. Wobei, es könnte sein, dass ...«

»Mal sehen, was sie mir aus dem Kopf zieht!«, ruft Floh aufgeregt und beugt sich nun seinerseits über die Raupe.

Die hört auf zu kauen, schaut ihn ein paar Sekunden lang an und wendet sich dann wieder ihrem Blatt zu.

»Sie hat gar nichts gesagt!«, schmollt Floh.

»Vielleicht konnte sie auch gar nichts sagen, weil da kein einziger Gedanke war«, kichert Mona.

»Blödes Raupenvieh!«, schimpft Floh, hebt einen Stock auf und will damit nach der Raupe werfen.

»He, lass das!« Ich falle ihm im letzten Moment in den Arm.

»Achtung!«, ruft Biss plötzlich, während um uns herum ein anschwellendes Rauschen aufzieht.

Es kommt von überall zugleich und türmt sich auf wie eine riesige Welle. Panisch suche ich nach einem Fluchtweg, kann aber nirgends einen entdecken. Wir sind eingekesselt.

Der Abwehrmechanismus

Zwischen den Baumstämmen mit ihrer grauen Schuppenrinde schweben Schlangenvögel in der Luft. Nicht nur zwei oder drei, es müssen Dutzende sein. Manche sind in etwa so groß wie der, den ich schon kannte, andere etwas kleiner, einige haben aber auch fast die doppelte Größe. Floh schüttelt meinen Arm ab, reißt den Stock hoch und stößt einen schrillen Angstschrei aus. Da braust ein Wortorkan über uns hinweg. Die unterschiedlichsten Stimmen vermengen sich zu einem Chor: hohe, tiefe, männliche, weibliche, Kinderstimmen …

»Nie im Leben! Das ist nicht wahr! Ich muss ihn gehen lassen! Ich bin immer bei dir! Wenn du groß bist! Dem Straßenverlauf 500 Meter folgen! Logo! Es kommt von den Bergen her! Bitte die Braunüle wechseln! Unverändert, immer noch unverändert! Ich würde ja gern!«

Die Stimmen schwellen an und vereinigen sich zu einem tosenden Rauschen. Ich presse mir die Hände auf die Ohren und kneife die Augen zu.

»Das ist ein Abwehrmechanismus!«, brüllt Biss, so laut er kann. »Ein Abwehrmechanismus! Die verteidigen die Raupe! Wirf den Stock weg, du Idiot!«

»Wenn, wenn! Und wenn sie nicht aufwacht? Zu Weihnachten! Was ist mit mir los? Wenn man nur einen einzigen Baustein herausnimmt! Du bist nicht meine Mutter! Er ist weg! Das bringt nichts, rein gar nichts! Strahlender Sonnenschein! Handyverbot! Ich würde alles dafür geben! Alles! Versuch es, versuch es doch wenigstens! Sag mir Bescheid, wenn dir schlecht wird!«

Die Stimmen bohren sich in meinen Schädel und lassen ihn fast zerspringen. Obwohl ich mir die Ohren zuhalte, kann ich sie noch hören, leicht gedämpft zwar, aber immer noch unerträglich laut. Ich öffne meine tränenden Augen und sehe, wie Mona auf ihren schreienden Bruder zuspringt, ihm den Stock entreißt und ihn dann fortwirft. Wie auf Kommando bricht der Chor ab. Die plötzliche Stille haut mich genauso um wie eben noch das Tosen. Mir zittern die Knie, und es klingelt in den Ohren. Die Vögel schweben nach wie vor mit trägen Flügelschlägen um uns herum. Und die Raupe kehrt wieder zu ihrem Blatt zurück.

»Ich bin taub! Taub! Ich kann nichts mehr hören!«, heult Floh.

»Du bist nicht taub«, sagt Mona. »Sie haben einfach aufgehört zu schreien.«

Kreidebleich schaut sie zu den Vögeln und der Raupe, dann lässt sie sich im Schneidersitz auf der Wiese nieder, das Kinn in die Hände gestützt.

»Das war entsetzlich. Ich fühle mich, als hätten sie mir das Hirn durch die Ohren rausgeleiert.«

»Ich glaube, die Raupe ist eine Larve«, meint Biss seufzend. »Sie haben sie verteidigt.«

»Eine Larve?«, frage ich erstaunt.

»Ja. Schau sie dir mal genauer an. Das sind keine Vögel. Eher Insekten.«

»Aber sie haben Schnäbel«, bemerkt Mona.

»Vielleicht sind sie ja auch halb Vogel, halb Insekt, ist doch egal. Ich glaube jedenfalls, dass sie alle einmal Raupen waren. Wie bei den Schmetterlingen, versteht ihr?«

»Ich glaube schon. Aber wieso ziehen sie den Menschen die Gedanken aus dem Kopf und schreien sie dann heraus?«

Biss setzt sich neben Mona ins Gras und beobachtet aufmerksam die Vögel, die sich einer nach dem anderen entfernen.
»Ich glaube, das ist ein Abwehrmechanismus. Wie die runden Flecken auf den Flügeln einiger Schmetterlinge, die wie Augen aussehen und Vögel abschrecken sollen. Ihr wisst schon, der Vogel sieht einen Schmetterling, der breitet die Flügel aus und verwandelt sich plötzlich in einen großen Kopf – jedenfalls denkt das der Vogel. Also bekommt er es mit der Angst und lässt den Schmetterling in Frieden.«
»Dann wollten sie uns Angst einjagen?«, frage ich.
»Ja. Hat ja auch fabelhaft funktioniert.«
»Das bedeutet aber, dass sie doch schon Menschen kennen!«, überlegt Mona. »Sie müssen schon oft mit Menschen in Kontakt gewesen sein, damit sie diesen Mechanismus entwickeln konnten.«
»Kann sein.« Biss zieht nachdenklich die Augenbrauen hoch. »Muss aber nicht. Tiere haben schließlich auch Gehirne. Vielleicht können sie einfach die Signale entschlüsseln, die Angst auslösen. Dann würden sie zum Beispiel eine Katze anbellen.«
»Ganz schön clever.« Mona ist hörbar beeindruckt.
»Total gaga, meinst du wohl! Mir gefällt es hier nicht.

Ich hab Durst, und mir tun die Beine weh. Und das ist alles eure Schuld!«, schimpft Floh.

»Wir müssen weiter«, sage ich. Die Sonne hat den höchsten Punkt schon überschritten.

»Wie weit ist es noch bis zu dem Weg?«, fragt Biss.

»Ich weiß nicht. Keine Ahnung, wie lange ich das erste Mal gelaufen bin.«

Biss stemmt die Hände in die Hüften und sieht sich kopfschüttelnd um.

»Komisch«, meint er schließlich. »Es ist so schrecklich still und tot hier, ist euch das auch schon aufgefallen?«

»Vorher war es nicht besonders still«, entgegnet Floh säuerlich.

»Ja, aber jetzt. Kein Insekt ist zu hören, überhaupt kein Tier. Keine Spuren im Gras. Wenn aber die Vögel diesen ausgeklügelten Abwehrmechanismus entwickelt haben, muss es hier jede Menge Tiere geben, die sie bedrohen.«

»Vielleicht schlafen die ja«, überlege ich. »Vielleicht jagen die Tiere hier nur nachts.«

»Könnte sein. Glaub ich aber nicht. Da lang?«, fragt Biss an mich gewandt.

»Probieren wir's.« Wir schleichen durch den Wald und

suchen den Boden nach dem geschlängelten Weg ab.

»Und was glaubst du dann?«, nimmt Mona den abgerissenen Gesprächsfaden wieder auf.

»Ich glaube, diese Vögel und die Raupen sind die einzigen Geschöpfe, die in dieser Welt überlebt haben. Jedenfalls hier in der Gegend. Es gibt nur noch den Scheinder und sie.«

»Aber warum?« Ich bin noch nicht überzeugt. »Weil sie Gedanken lesen können? Glaubst du, das schützt sie vor dem Scheinder? Kann ich mir kaum vorstellen …«

»Nein, das hat sicher einen anderen Grund. Keine Ahnung.« Biss zuckt die Schultern.

»He!«, ruft Floh. »Ist es das hier? Sieht aus wie eine versteinerte Monsterschlange hier im Gras!«

Bei ihm angekommen, sehe ich, dass er den Weg gefunden hat.

»Ich hab keinen Bock mehr«, meckert Floh, während wir dem Weg folgen. »Ich hab Durst. Und Hunger.«

»Wir sind bestimmt bald da«, seufze ich und versuche, meinen Ärger herunterzuschlucken.

Der ist wirklich die übelste Meckermaschine, die mir je begegnet ist.
»Bestimmt? Was soll das heißen, bestimmt?« Floh bleibt so abrupt vor mir stehen, dass ich fast in ihn hineinlaufe. »Das weißt du doch gar nicht! Du hast doch keinen Plan, wo du uns überhaupt langführst!«
»Ich weiß Bescheid. Es ist nicht mehr weit«, zische ich durch die Zähne.
»Ich verhunger gleich«, jammert Floh. »Und ich verdurste. Warum hab ich mich da bloß mit reinziehen lassen?«
»Marek, lass gut sein.« Mona tätschelt ihm den Arm.
Biss sieht sich verstohlen um und flüstert mir zu.
»Sie folgen uns schon die ganze Zeit.«
»Die Vögel?«
Er nickt.
»Glaubst du, sie wollen uns angreifen?«, flüstere ich und schaue mich um.
»Keine Ahnung. Aber das gefällt mir irgendwie nicht. Obwohl sie nicht aggressiv wirken.«
»Das dachte ich auch erst«, entgegne ich bitter. »Bis der eine mich mit seinem ausgefahrenen Stachel verfolgt hat. Mir wäre wohler, wenn wir den Wald endlich hinter uns hätten.«

Der Wald wirkt völlig leergefegt. Aber aus dem Augenwinkel nehme ich eine Bewegung zwischen den Bäumen wahr. Das war die Spitze eines schimmernden durchsichtigen Flügels.

»Vielleicht sind sie bloß neugierig«, überlegt Biss laut.

»Wer ist neugierig?«, fragt Mona.

»Die Vögel«, erkläre ich. »Sie folgen uns.«

Mona blickt sich mit gerunzelter Stirn um. »Ich sehe nichts.«

»Weil sie sich verstecken. Aber hast du nicht auch das Gefühl, dass jemand …« Ich brauche einen Moment, bis ich weitersprechen kann: »… dass die ganze Zeit jemand um uns herum ist? Dass wir beobachtet werden?«

»Ich weiß nicht. Kann schon sein.«

»Ende Gelände!«, verkündet Floh laut. »Da wächst so Buschzeug über den Weg.«

Jetzt sehe ich auch die dichtstehenden Büsche, deren Zweige sich unter der Last der Silberbeeren durchbiegen.

»Wir sind da«, sage ich zu Biss und Mona. »Hinter dieser Hecke liegt das Tal.«

Mona zuckt mit den Schultern. »Dann müssen wir da durch.«

»Aber auf der anderen Seite liegt der Weg völlig frei«, erkläre ich. »Da sieht der Scheinder uns sofort.«

»Wir sind doch auch hierhergekommen, weil wir ihn treffen wollen«, meint Mona.

»Trotzdem wäre es schlau, sicherzugehen, dass er uns nicht in eine Falle lockt.« Stirnrunzelnd betrachtet Biss die Büsche. »Früher konnte er nicht mit Besuch rechnen. Jetzt weiß er, dass das anders aussieht.«

»Glaubt ihr, die Kugeln hier sind essbar?« Floh schaut sich interessiert die Silberbeeren an, die in Trauben an den Büschen hängen. »Die sehen aus wie Riesenjohannisbeeren ...«

»Marek! Die sind garantiert nicht essbar«, weist Mona ihn zurecht. »Lass dir bloß nicht einfallen, davon zu kosten!«

»Aber wenn ich doch so Hunger hab ...«

»Hast du denn nicht gefrühstückt?«, frage ich erstaunt.

»Bloß einmal.«

»Wir haben heute Morgen Omelettes mit Marmelade gegessen«, klärt Mona uns auf. »Aber Marek kriegt immer noch ein zweites Frühstück.«

»Genau!« Floh nickt eifrig. »Aber heute eben nicht. Ich bin schon ganz zittrig vor Hunger ...«

»Das ist jetzt so«, unterbricht ihn Biss. »Ich habe auch Hunger. Also, was machen wir? Schlagen wir uns durch die Büsche und schauen nach, was dahinter kommt?«

Ich nicke und gehe gleich voran. Die Hecke kommt mir viel dichter vor als damals. Damals? Das war doch erst gestern! Die gewundenen Triebe schlingen sich um meine Knöchel und krallen sich in den Kleidern fest. Mona und Biss sind hinter mir. Schon nach wenigen Schritten lichtet sich das Gestrüpp etwas, und die Sonne dringt durch.

»Wartet«, flüstere ich nach hinten, gehe in die Hocke und schiebe die Blätter beiseite.

Vor mir liegt das Tal. Die schiefen alten Laternen entlang der Straße, das sanft abfallende Grün zu beiden Seiten und die Häuschen mit den spitzen Dächern. Alles sieht noch genau aus wie gestern, verlassen und menschenleer.

»Und? Was ist?«, fragt Biss.

»Nichts. Sieht mir nicht nach einer Falle aus. Er hat sich bestimmt nicht gedacht, dass ich noch mal komme.«

»Also los!« Mona will ins Freie treten, aber Biss hält sie zurück.

»Warte. Am besten, ich gehe vor und sondiere das Terrain.«

»Wieso du?«, frage ich. »Ich war schon mal da, ich weiß, wie alles ausgesehen hat. Wenn sich was verändert hat, fällt es mir am ehesten auf. Außerdem kennt der Scheinder mich schon. Selbst wenn er mich schnappt, weiß er nicht, dass ihr auch noch da seid.«
»Na ja, aber du … Weißt du …!« Biss schaut einigermaßen verlegen drein.
»Ich hinke? Na und? Mein Knie tut mir nicht mehr weh, ich bin schon wieder ziemlich schnell. Ihr beobachtet für alle Fälle die Lage. Ich gehe bis zu den ersten Häusern. Wenn alles in Ordnung ist, gebe ich euch ein Zeichen, und ihr kommt nach. Okay?«
»Gut«, antworten Biss und Mona gleichzeitig.
Ich schiebe die Büsche auseinander, trete auf die Straße und gehe bergab. Eigentlich will ich rennen, aber ich zwinge mich dazu, langsam zu gehen. Falls der Scheinder mich sieht, soll er nicht auf die Idee kommen, dass ich etwas im Schilde führe. Ich komme an der ersten Laterne vorbei, dann an der zweiten. Nichts geschieht. Bestimmt steht er immer noch an seinem verstaubten Ladentisch. Plötzlich sehe ich etwas neben mir aufblitzen, reiße den Kopf herum, kann aber nichts entdecken. War wohl nur Einbildung. Beim ersten Haus angekommen, bleibe ich an der Ecke stehen und winke zu

den Büschen hinauf. Ich warte. Fünf Sekunden, zehn, zwanzig. Weder Biss noch Mona kommen heraus. Ich rudere jetzt mit beiden Armen wie eine Windmühle. Nichts zu sehen. Da ist etwas faul. Was soll ich tun? Auf eigene Faust weitergehen? Umkehren? Ich linse um die Ecke, die Straße hinunter. Bis zum Scheinderhaus sind es vielleicht zweihundert Meter, ich kann das steile Dach über der Stube deutlich sehen. Alles sieht genauso aus wie gestern. Wieder schaue ich hoch zu den Büschen. Und wenn sie meine Hilfe brauchen? Ich kann mich nicht entscheiden. Als ich noch einmal die Straße hinuntersehe, fällt mir doch eine Veränderung auf. Ein leichter Dunstschleier hängt in der Luft. Als hätte es dort den Staub aufgewirbelt. Da höre ich aus Richtung der Büsche einen unterdrückten Schrei. Mona! Wir hätten uns nicht trennen dürfen! So schnell ich kann, laufe ich den Berg wieder hoch. Als ich noch etwa fünfzig Meter von der Waldgrenze entfernt bin, tut es hinter mir einen furchtbaren Schlag. Erschrocken reiße ich die Arme hoch und schaue im Laufen zurück. Eine Laterne ist auf die Straße gekracht, weiter nichts. Erleichtert atme ich durch. Aber in dem Moment erkenne ich, dass der ferne Dunstschleier keine Staubwolke ist, sondern eine Woge feiner Silberfädchen. Es müssen Tausende sein! Sie wälzen sich durch die warme trockene Luft auf mich zu. Noch ein paar Sekunden, dann haben sie mich! Ich versuche, noch schneller zu laufen. Ich renne wie ein Besoffener, schleudere das steife linke Bein vor und stoße mich mit dem Rechten ab. Es muss erbärmlich und erheiternd zugleich aussehen, aber was kümmert mich das. Ich bin außer Atem und ganz durchgeschwitzt. Kurz vor den Büschen verdichtet sich die Luft um mich, und ein feines Fädchengewebe erwischt mich im Genick. Mit einer heftigen Bewegung schüttle ich es ab und stürze mich ins Gebüsch. Vielleicht kann das Gestrüpp sie etwas aufhalten? Ich schlage mich durch die Büsche, die Zweige peitschen mir ins Gesicht. Nach wenigen Sekunden bin ich schon zwischen den Bäumen, aber immer noch spüre ich die zarten Berührungen der Fäden. Die Wolke raubt mir die Sicht. Ich versuche sie abzuschütteln und sehe Biss, der mit Mona neben dem am Boden liegenden Floh kniet. Silberflecken verschmieren seine Wangen und Lippen, als hätte er sich mit Quecksilber eingerieben.

»Passt auf«, bringe ich mit Mühe hervor. »Sie sind überall, gleich …«

Aber noch ehe ich den Satz zu Ende bringen kann, bricht ein ganzer Schlangenvogelschwarm zwischen den Bäumen hervor. Sie schießen auf mich zu, reißen fast gleichzeitig die Schnäbel auf und fahren ihre gewundenen Saugrüssel mit den spitzen Nadeln aus. Schreiend fahre ich zurück und schlage die Hände vors Gesicht. Ich kann gerade noch sehen, wie Mona und Biss entsetzt neben Floh ins Gras kippen, dann versinkt alles im Rauschen der durchsichtigen Flügel und in der sonderbaren klebrigen Wolke.

Gloma, Arinyen und die Folgen des »Schleierprojekts«

»Łukasz!« Jemand rüttelt mich am Arm.

Wer ist das? Die Stimme kommt mir bekannt vor.

»Lebt er noch?«, fragt jemand anderes. »Haben sie ihm wirklich nichts getan?«

Ich öffne die Augen und blicke auf. Hoch über mir wiegen sich die Baumkronen. Die Äste sind eingedreht wie Sprungfedern. Kreisrunde türkis-silbrige Blätter schaukeln im Wind. Der Himmel zwischen den Kronen ist violett. Die Vögel! Sie hatten mich angegriffen!

Wie elektrisiert schnelle ich hoch. Biss kniet an meiner Seite, Mona neben ihm hat ein verheultes Gesicht.

»Alter, bist du okay?«, erkundigt sich Biss.

»Ich weiß nicht.« Ungläubig betrachte ich Arme, Hände und Bauch. »Sieht so aus. Sie haben mir nichts getan?«

»Dir nicht.« Biss deutet ein Grinsen an. »Es ging gar nicht um dich.«

»Nicht um mich?«, frage ich staunend. »Um wen dann?«

»Nicht um jemanden, sondern um etwas«, verbessert mich Biss. »Um die Fäden.«

»Was?« Ich reibe mir heftig die Stirn. »Wieso denn die Fäden?«

»Ganz einfach«, erklärt Mona. »Sie haben sich auf die Fäden gestürzt. Beinah gestritten haben sie sich darum.«

»Aber warum? Was haben sie mit ihnen gemacht?«

»Ich würde sagen«, meint Biss, »sie haben sie gefressen.«

»Gefressen?«

»Ja. Sie haben sie in ihre silbernen Rüssel gesaugt. Blitzschnell. Es hat ausgesehen, als hätten sich alle in kleine Nähmaschinen verwandelt, die Nadeln haben nur so getackert.«

Noch einmal betrachte ich meine Hände und murmle: »Ich habe keinen einzigen Kratzer abbekommen.«

Mona geht zu Floh, der ein paar Meter entfernt im Gras liegt.

»Was ist mit ihm?«, frage ich.

»Er hat sich mit diesen Silberkugeln vollgestopft«, seufzt Biss. »Keine Ahnung, was mit ihm vorgeht. Er ist bewusstlos.«

»O Mann.« Auf allen vieren krieche ich zu ihm hin.

Er liegt auf dem Rücken, sein Gesicht ist kreideweiß. Mona reibt ihm mit dem Ärmel die Saftflecken von den Backen. Seine Mundwinkel deuten steil nach unten.

»Atmet er?«

Sie nickt und wischt sich die Nase in den anderen Ärmel.

»Manchmal geht er mir schrecklich auf den Keks«, sagt sie schließlich. »Aber eigentlich ist er gar nicht so.«

»Ich weiß«, antworte ich und tätschle ihr das Knie.

»Er ist mein Bruder. Ich mag ihn«, schluchzt Mona. »Manchmal rastet er aus, weil alle ihn aufziehen, du weißt schon, weil er so dick ist. Dabei will er überhaupt nicht dick sein, will ja keiner. Aber er kann einfach nicht aufhören zu essen. Und je mehr sie sich über ihn lustig machen, desto mehr isst er und desto unausstehlicher wird er. Ich weiß nicht, was ich mache, wenn ihm was passiert.«

»Ihm wird nichts passieren«, sage ich ohne rechte Überzeugung. »Er hat sich eben vergiftet, aber das wird bestimmt wieder.«

Plötzlich heult Floh laut auf. Er krümmt sich zusammen, bäumt sich auf und sackt dann reglos im Gras zusammen. Mona stößt einen Schrei aus und presst sich die Hand vor den Mund. Schnell lege ich Floh meine Hand auf die Stirn. Sie ist feucht und eiskalt.
»Ist er …«, setzt Mona verzweifelt an, aber da schlägt Floh die Augen auf und heftet seinen Blick an die Baumkronen über ihm.
»Ich habe zu viel gegessen, aber das sind überhaupt keine Beeren«, sagt er endlich ganz deutlich. »Das sind Bücher.«

»Informationen?«, ruft Biss und fuchtelt aufgebracht herum. »Was redest du da?! Was denn für Informationen? Wie soll man bitte Informationen in Beeren kodieren?«
Wir sitzen unter einem Baum am Wegesrand. Floh starrt mit verschleiertem Blick ins Nirgendwo, Mona hält selig lächelnd seine Hand. Biss steht neben uns und ist fast außer sich, ich werfe einen Blick auf das Handy. Schon nach vier, wir sind jetzt schon über vier Stunden hier.

»Keine Ahnung«, murmelt Floh. »In meinem Kopf kommen dauernd neue Portionen an.«

»Was für Portionen?«, fragt Biss. »Wovon?«

»Information. Mit fortschreitender Verdauung der Beeren erscheinen neue Nachrichten in meinem Gehirn«, erklärt Floh, reißt die Augen auf und ruft begeistert: »Ooooh!«

»Was, ›oooh‹?« Biss hockt sich zu ihm.

»Jetzt weiß ich Bescheid«, antwortet Floh mit einem dümmlichen Grinsen.

»Was weißt du?« Biss rauft sich die Haare. »Sag schon!«

»Wo fang ich am besten an?«, seufzt Floh träge.

»Ich esse jetzt auch ein paar Beeren«, beschließt Biss. »Jetzt gleich!«

»Das wäre ziemlich unvernünftig«, sagt Floh gedehnt. »Du bist zu dünn.«

»Was? Wieso zu dünn?«

»Ganz einfach. Ich wusste ja schon immer, dass Dicksein gar nicht so doof ist«, erklärt Floh und reißt schon wieder die Augen auf: »Aaaaa!«

»Was, ›aaa‹? Wieso bin ich zu dünn?«, brüllt Biss. »Ich muss das wissen!«

»Die Erschließung der Informationen aus den … Sie heißen Glomeramina beziehungsweise wurden von den Wissenschaftlern so getauft. Die Kurzform lautete Gloma.«

»Gloma? Gut, meinetwegen auch Gloma«, drängelt Biss. »Und was weiter?«

»Also, wenn der Organismus den Gloma Informationen entnimmt, verbraucht er irre viele Kalorien. Ist ja vollkommen klar. Wenn du Essen in dich reinstopfst, wirst du fett, wenn du lernst, magerst du ab.«

»Das ist überhaupt nicht klar!«, schreit Biss. »Das ist totaler Schwachsinn! Dann dürfte es ja keine fetten Wissenschaftler geben. Gibt es aber!«

»So? Dann geht es vielleicht wirklich nicht genau darum. Jedenfalls entzieht die Umwandlung der Beeren in Information dem Organismus jede Menge Energie. Ich hab es ja immer gewusst, deswegen mag ich die Schule nicht«, murmelt Floh. »Du bist zu dünn, das könnte dich umbringen.«

»Das denkst du dir doch aus«, schimpft Biss und schüttelt den Kopf. »Du lügst, weil du nicht willst, dass ich auch etwas erfahre! Du willst doch nur der Wichtigste sein.«

»Stimmt«, seufzt Floh und starrt ein Loch in die Bäume. »Ich will gerne wichtig sein. Will ja jeder. Aber ich lüge nicht. Pass auf.«

Er zieht sein T-Shirt hoch und schiebt einen Daumen in den Hosenbund. Als er ihn spannt, ist deutlich zu sehen, dass die Hose ihm viel zu groß ist.
»Wow, Marek«, ruft Mona. »Du hast abgenommen!«
»Und ich nehme noch weiter ab. Weil ich weiterlerne ... Ach!«
»Was, ›ach‹?«, fragt Biss verzweifelt. »Was hast du jetzt wieder erfahren?«
»Die Vögel sind überhaupt keine Vögel.« Flohs Blick ist jetzt nicht mehr ganz so abwesend. »Sie heißen Arinyen.«
»Arinyen?« Argwöhnisch beobachte ich einen Schlangenvogel, der wenige Meter von uns entfernt in der Luft hängt.
»Ja.«
»Aber sie fliegen doch«, meint Mona skeptisch. »Und Flügel haben sie auch. Was sind sie dann? Insekten?«
»Eine Kreuzung«, erklärt Floh. »Sie haben auch Vogelanteile, vor allem vom Papagei. Aber auch viel Insektenartiges, hauptsächlich Libelle. Und dann noch ...«
Er runzelt nachdenklich die Stirn, dann glättet sie sich wieder, und er fährt fort:
»Hamster! Sie kommen aus dem Genlabor!«
»Gentechnik?« Biss ist fassungslos. »Hier?«

»Ja! Sie sollten Nachrichten übermitteln. Wie so eine Art Telefon.«
»Telefon?« Das verstehe ich nicht. »Handys wären doch viel einfacher!«
»Die gab es hier auch mal. Aber die Sonne ...« Wieder legt Floh kurz die Stirn in Falten. »Ja! Die Sonne hat sich verändert und alle Elektrogeräte gestört. Das hat irgendwie evolutionsgeschichtliche Ursachen. Auf der Suche nach neuen Lösungen ist man bei der Genetik gelandet. Das war vor ...«
Floh hat einen langen Aussetzer, er starrt uns ausdruckslos an.
»Wann?« Biss hält es nicht mehr aus. »Sag schon!«
»Das war vor knapp drei Milliarden Jahren. Und wir sind überhaupt nicht in einer anderen Dimension. Hier war früher einmal Meer, aber die Kontinente haben sich verschoben, das Wasser ist verdunstet und das Klima hat sich komplett verändert. Wir sind immer noch in Brzeg! An der Ostsee! Bloß in der Zukunft!«

Eine halbe Stunde später benimmt sich Floh schon fast wieder normal. Er behauptet, er hätte die Beeren, oder die Gloma, wie er sie nennt, fast vollständig verarbeitet. Dick ist er immer noch, aber längst nicht mehr so wie früher. Mit glühenden Wangen und glänzenden Augen fragt Biss ihn aus.

»Erzähl alles noch mal«, verlangt er mit mühsam beherrschter Stimme. »Aber der Reihe nach.«

»Der Reihe nach geht nicht«, erwidert Floh schnippisch. »So funktioniert das nicht. Warte, ich versuche das zu sortieren. Soweit ich es verstanden habe, wirken die Gloma nicht mehr so gut wie früher. Sie sind verwildert. Der Busch, von dem ich gegessen habe, war mal so eine Art Historische Enzyklopädie.«

»Gut, du hast eine Enzyklopädie gegessen, meinetwegen. Dann erzähl uns doch bitte, was du erfahren hast.«

»Die Sonne hat sich verändert. Es gab Ozonlöcher, und dann kam Strahlung durch, die die ganze Elektronik ruiniert hat. Eine Zeitlang ging es nur noch bergab. Staaten zerfielen, es gab keine funktionierende Technik mehr.«

»Zivilisatorische Regression«, flüstert Biss.

»Wenn du meinst.« Floh zuckt die Schultern. »Jedenfalls sind fast alle Pflanzen, Insekten und anderen Tiere ausgestorben. Die Erde war vollkommen kahl. Aber in ein paar unterirdischen Forschungslabors haben die Versuchstiere überlebt. Mit gentechnischen Experimenten wollten Forscher die Welt neu erschaffen und die Zivilisation wiederbeleben. Sie züchteten Lebewesen, die wie Pflanzen aussahen, Gräser, Bäume, Büsche und so weiter. Aber sie sind nur teilweise Pflanzen, der Großteil ihrer DNA ist tierischen Ursprungs. Dann bedeckten wieder Wälder die Erde, oder zumindest etwas, das aussah wie Bäume. Das war sehr wichtig, weil Pflanzen Kohlendioxid in Sauerstoff umwandeln, in Atemluft. Die Pseudopflanzen können das auch. Andere gentechnisch veränderte Organismen übernahmen die Funktionen von Computern, Telefonen und weiteren technischen oder elektronischen Geräten.«

»Wusste ich's doch!« Alles, was Floh da erzählt, ist so logisch, dass ich eigentlich selbst längst darauf hätte kommen müssen. »Und weiter?«

»Nichts weiter. Alles prima, die Welt war wieder repariert.«

»Na ja, wohl nicht so ganz«, bemerke ich skeptisch mit einem Blick in den Wald.

»Jahrhundertelang war alles super, und alle waren glücklich. Aber dann kamen die Fäden.«

»Aus dem All!«, ruft Biss. »Die Invasion der Außerirdischen! Hab ich recht?«

»Quark!« Floh verzieht angewidert das Gesicht. »Das ist hier kein billiger Science-Fiction-Film.«

»Nicht?« Monas verdutzter Gesichtsausdruck ist köstlich. »Ich hätte darauf gewettet …«

»Die Fäden sind auch eine Erfindung der Genetiker. Das Ganze nannte sich das Schleierprojekt.«

»Und was sollte das?«, fragt Biss.

»Das habe ich auch nicht ganz verstanden, aber die Fäden sollten wohl Körperzellen reparieren und stabilisieren, damit die Menschen nicht mehr alt und krank werden. Die ersten Fäden waren mit bloßem Auge nicht zu erkennen.«

»Deswegen tut mein Knie nicht mehr weh, seit der Scheinder es mit den Fäden umwickelt hat!«

Biss nickt zustimmend und fragt Floh: »Und wie ging es dann weiter?«

»Irgendetwas lief schief. Die Fäden erfüllten ihren Zweck nicht, das heißt, sie erfüllten ihn schon, aber anders als geplant. Die Menschen entwickelten sich nämlich nicht mehr fort.«

»Was soll das heißen? Hörten sie auf zu wachsen?«, fragt Biss.

»Nein. Die Fäden schnürten ihnen den Verstand ab. Sie verselbständigten sich und übernahmen die Kontrolle, obwohl sie keine intelligenten Wesen sind. Nicht intelligenter als Ameisen jedenfalls. Die Informationen zu den Jahren danach sind total wirr. ›Die Gedanken zerren aneinander‹ zum Beispiel. Was soll denn das heißen? Am Ende sind die Menschen auf jeden Fall verrückt geworden. Fast alle, aber das hat sich lange hingezogen. Bis sie ganz durchgeknallt sind, glaubten sie noch jahrelang, sie lebten genau wie früher, dabei brachten sie alles durcheinander. Eine Gruppe Genetiker verbarrikadierte sich in einem Genlabor irgendwo in Mitteleuropa, um ein Gegenmittel zu entwickeln. Sie änderten etwas an den Arinyen, die den Schleier unschädlich machen sollten. Die Arinyen wurden ausgewählt, weil sie auf der ganzen Welt verbreitet waren. Und die Genetiker haben es tatsächlich geschafft, nur leider nicht mehr rechtzeitig. Alle Menschen und die wenigen Säugetiere sind gestorben. Vögel und Insektenarten, die die erste Katastrophe noch überlebt hatten, ereilte dasselbe Schicksal. Nur die Arinyen haben überdauert und die Erde schließlich von den Fäden befreit. Und natürlich die Pseudowälder, wie dieser hier.«

»Und wo kommt dann der Scheinder her?«, frage ich. »Und die Fäden unten in der Stadt?«

»Über den Scheinder weiß ich nichts, aber nach allem, was du erzählt hast, steckt der Typ noch im Anfangsstadium der Schleierkrankheit. Keine Ahnung, wie er sich hierherverirrt hat. Vielleicht war er in einem Labor eingefroren und ist gerade erst wieder aufgetaut? Keine Ahnung. Die Fäden haben überlebt, weil die Stadt von Glomasträuchern umgeben ist. Die halten ihnen die Arinyen vom Leib.«

»Wieso das denn?«

»Weil in den Gloma ursprünglich Geheimwissen abgespeichert war. Diese Sträucher wuchsen früher in Wissenschaftsparks, die Menschen aufsuchten, wenn sie etwas lernen wollten. Die Arinyen mussten von den Gloma fergehalten werden, weil sie Nachrichten übertrugen. Wenn sie Geheimwissen erlangt hätten, wäre das sofort um die Welt gegangen. Deshalb hatten die Genetiker ihnen eine Sicherung eingebaut, mit der sie sich Glomasträuchern nur bis auf ein paar Meter nähern konnten. Ich glaube, sie haben einfach Angst vor ihnen.«

»Und wieso fliegen sie nicht obendrüber?«, fragt Mona. »Sie haben doch Flügel.«

»Weil sie nicht hoch fliegen können. Nur ein Stück über dem Boden schweben, zur Nahrungssuche.«

»Irgendwie passt das alles nicht zusammen«, grübelt Biss. »Wenn diese komischen Arinyen angeblich Nachrichten übertragen haben, müssen sie auch hoch und weit geflogen sein!«

»Eben nicht«, entgegnet Floh triumphierend. »Dafür mussten sie nicht einmal abheben. Wenn eine Arinye etwas weiß, wissen es sofort auch alle anderen, weil ihre Gehirne vernetzt sind. Das hat was mit einer Weiterentwicklung des Wanderinstinkts von Zugvögeln und mit Telepathie zu tun. Deswegen können sie auch unsere Gedanken lesen. Das haben sie auch früher schon getan. So konnten sie nämlich den Empfänger einer Nachricht ermitteln, weil jeder Mensch andere Hirnströme hat oder so. Nur haben sie diese Fähigkeit früher nicht zur Selbstverteidigung eingesetzt. Aber über Jahrmillionen hat die Evolution das Ihre getan. Ich bin so unfassbar klug!«

»Na prima. Und was machen wir jetzt?«, fragt Mona nüchtern. »Es ist nämlich schon spät.«

Biss denkt eine Weile nach, schnippt dann mit den Fingern und verzieht seinen Mund zu einem breiten Grinsen.

»Ist doch logisch! Mona, hast du noch den Deckenbezug?«

»Der muss hier irgendwo liegen. Ich hab ihn fallen gelassen, als wir zu den Sträuchern gekommen sind.« Sie macht sich auf die Suche und kommt wenige Sekunden später mit einem zusammengeknüllten Bündel zurück. »Gefunden!«

»Sehr gut! Jetzt brauchen wir nur noch was, womit wir uns die Ohren verstopfen können.«

»Und was soll das sein?«, frage ich. »Blätter vielleicht?«

»Nein, das bringt nichts«, meint Biss kopfschüttelnd. »Knete wäre gut.«

»Kaugummi vielleicht?«, fragt Mona.

»Könnte klappen.«

»Ich hab da nämlich noch fast eine ganze Packung.« Mona zieht sie aus der Tasche.

»Also echt jetzt!«, ruft Floh empört. »Du hast die ganze Zeit was einstecken, während ich hier fast verhungere!«

»Kaugummis sind nichts zum Essen, sondern was zum Kauen.« Mona sieht ihn mitleidig an.

»Zeig mal.« Biss nimmt ihr die Packung ab und schüttelt sich die verbliebenen Kaugummistreifen in die

Hand. »Sieben. Nicht besonders viel, aber immerhin fast zwei für jeden.«

Er verteilt die Kaugummis und packt seinen aus dem Silberpapier.

»Und jetzt?« Ich schaue ihn fragend an.

»Nichts. Jetzt wird gekaut.« Er steckt sich seinen Kaugummi in den Mund und lässt die Kiefer mahlen.

Wir folgen seinem Beispiel. Ich überlege mir, dass das bestimmt ziemlich komisch aussieht: Vier Kinder stehen in diesem komischen Wald ein paar Milliarden Jahre von der Jetztzeit entfernt und kauen angestrengt Kaugummi, um gleich gegen eine Genseuche anzutreten.

»Gut, das sollte genügen«, meint Biss und schiebt sich den Kaugummi mit der Zunge in die Backe. »Und jetzt passt auf. Ich weiß nicht, wie viel sie von dem verstehen, was wir sagen und denken. Aber wir müssen eine fangen.«

»Eine Arinye?«, fragt Mona.

»Ja. Wir nehmen sie mit ins *Hohe Kliff.*«

»Na klar!«, rufe ich. »Sie frisst alle Fäden auf, und meine Tante ist wieder gesund! Du bist genial!«

»Jetzt übertreib mal nicht«, wiegelt Biss grinsend ab.

»Wenn hier einer genial ist, dann ich«, mischt sich Floh

ein. »Ich hab die Gloma gefuttert und weiß jetzt alles.«

»Du liebe Zeit.« Mona verdreht die Augen. »Jetzt bist du erst recht unerträglich.«

»Wir müssen vorsichtig sein«, mahnt Biss. »Sie wird sich bestimmt wehren, und sicher kommen ihr auch die anderen zu Hilfe, wenn es so ist, wie Floh sagt, und sie sich über Telepathie verständigen. Sie werden die Gefangene verteidigen, wie sie vorhin die Raupe verteidigt haben. Bestimmt werden sie versuchen, uns Gedanken aus dem Kopf zu ziehen, um uns einzuschüchtern, aber das braucht uns nicht zu kümmern, weil wir sie gar nicht hören werden. Die Frage ist nur, ob sie es beim Schreien belassen, oder ob sie mit ihren Nadeln auf uns losgehen.«

»Die Arinyen können den Menschen nichts tun«, verkündet Floh großspurig. »So sind sie programmiert.«

»Das war sicher mal so. Aber seither sind Jahrmillionen vergangen, in denen, wie du selber gesagt hast, eine Evolution stattgefunden hat.«

Verunsichert beobachtet Floh eine Arinye, die wenige Meter von uns entfernt über dem Gras schwebt.

»Das werden wir erst sehen, wenn wir es ausprobiert haben«, bemerkt Mona treffend. »Und wir sollten uns beeilen, weil es heute um fünf Essen gibt. Und Mama wird sauer, wenn wir nicht pünktlich zu Hause sind.«

»Wir haben uns jetzt schon ordentlich verspätet«, erklärt Floh. »Das Essen war vor vier Milliarden Jahren, Schwesterherz.«

»Ich weiß nicht, ob Mama das als Ausrede gelten lässt«, seufzt Mona, nimmt ihre Kaugummikugel aus dem Mund, zerpflückt sie in zwei Hälften und stopft sie sich in die Ohren. Dann brüllt sie aus Leibeskräften: »JETZT SAGT HALT WAS, DAMIT ICH WEISS, OB ICH WAS HÖRE ODER NICHT!!!«

»Wir hören dich gut!«, ruft Biss und wendet den Kopf ab. »Du brauchst nicht so zu brüllen!«

»WAS?!!«

»NICHTS!!!«, brüllt Biss zurück und stopft sich ebenfalls die Ohren zu.

»ICH KANN NICHTS HÖREN!!!«, brüllt Mona und hält grinsend beide Daumen hoch.

Ich lächle ihr zu und verstopfe mir auch die Ohren mit Kaugummi. Floh tut es uns gleich. Biss weist uns in Zeichensprache auf die Arinye in unserer Nähe hin, legt den Finger an die Lippen und schleicht, den ausgebreiteten Deckenbezug in der Hand, auf das Geschöpf zu. Die Arinye betrachtet uns gleichmütig und pickt ab und zu ein Körnchen aus der Silberähre, die sie in ihren Krallen hält. Als Biss nur noch einen Meter von ihr entfernt ist, dreht sie sich nach ihm um, und von allen Seiten flattern Dutzende, wenn nicht Hunderte Schlangenvögel auf uns zu. Aber der Kaugummi erfüllt seinen Zweck perfekt – ich höre nur mein hämmerndes Herz und das Rauschen des Blutes in den Ohren. Mit einer schnellen Bewegung wirft Biss den Bezug über den Vogel. Erst versucht er sich zu befreien, dann kommt er zur Ruhe, und wir beobachten gespannt die restlichen Arinyen. Werden sie uns angreifen? Sie haben einen engen Kreis um uns gebildet, kommen aber nicht ganz heran. Bestimmt schreien sie alle durcheinander, aber wir können sie zum Glück nicht hören. Lachend dreht Biss sich um und nickt mir zu, ich lache zurück und antworte ihm mit erhobenem Daumen. Alles klar! Dann lotse ich ihn zurück auf den Weg. So schnell wir können, rennen wir zurück nach Hause. Die Arinyen weichen uns nicht von der Seite. Es sind so viele, dass ich den Luftzug von ihren Flügelschlägen im Gesicht spüren kann. Eine knappe halbe Stunde später sind wir wieder auf der Lichtung. In der Ferne ist im Gras das Rechteck zu erkennen, das in mein Zimmer führt. Die Arinyen umfliegen uns auf Kniehöhe, sie bedecken die gesamte Lichtung. Biss bleibt vor dem Durchgang stehen und sieht uns fragend an. Als ich ihm zunicke, tritt er über die Schwelle, gefolgt von Mona und Floh. Ich bilde die Nachhut. Nach einem letzten Blick zum violetten Himmel, den gewundenen Korkenzieherbäumen und dem Arinyenschwarm um mich herum trete ich durch das Rechteck in die Vergangenheit und ziehe die blaue Tür hinter mir zu. Wir sind wieder zu Hause.

Zurück im Hohen Kliff

»Also los«, sagt Mona, nachdem sie sich den Kaugummi aus den Ohren gepopelt hat. »Es ist schon sieben vor fünf.«

Biss verdreht die Augen. »Leute, es geht hier gerade um wichtigere Dinge als euer dämliches Essen.«

»Dämlich?«, braust Floh auf. »Du weißt wohl nicht, wie Mama kocht!«

»Lass sie raus«, sage ich mit Blick auf das zusammengeknautschte Bündel auf meinem Bett. »Wir müssen nachsehen, ob sie in Ordnung ist.«

»Arinyen sind extrem widerstandsfähig«, erklärt Floh altklug.

Biss wickelt das Bündel auseinander, zieht den Stoff glatt und weicht einen Schritt zurück. Die Arinye sitzt auf dem Bezug und wirft uns einen traurigen, vorwurfsvollen Blick zu.

»Keine Sorge«, sagt Mona zu ihr. »Sobald du hier deine Aufgabe erledigt hast, lassen wir dich wieder raus.«

»Du bist doch doof«, sagt die Arinye mit Flohs Stimme.

»Wie piepsig die redet«, kichert Floh. »Wie eine Quietscheente.«

Mona grinst in sich hinein, will ihrem Bruder aber nicht offenbaren, wem diese Piepsstimme eigentlich gehört.

»Lassen wir sie wirklich wieder raus?«

»Na klar!«, ruft Biss energisch. »Sie kann unmöglich in unserer Zeit bleiben, das würde jede Menge Ärger geben! Hast du den *Terminator* nicht gesehen, oder was?«

»Wir haben noch fünf Minuten«, bemerkt Mona nach einem Blick auf die Uhr.

»Dann also los«, seufze ich, drücke die Klinke herunter und öffne die Tür.

Und da passieren tausend Dinge auf einmal. Auf dem Flur vor der Tür steht Tante Agata. Ihr langes, fast weißes Haar rahmt ihr Gesicht wie ein großer flirrender Heiligenschein. Die silbernen Strähnen schießen blitzartig auf mich zu, als hätte jemand im Rücken meiner Tante einen riesigen Ventilator angeknipst.

»Aber jetzzzzt …«, wispert meine Tante mit einem

widerlichen Grinsen, ich fahre zurück und stürze vor meinem Bett zu Boden.
Wie auf Rollschuhen gleitet meine Tante ins Zimmer, Floh, Mona und Biss schreien vor Angst. Ich kriege keinen Ton heraus, meine Kehle ist wie zugeschnürt. Mit aufgerissenen Augen schaue ich meine Tante an und versuche, weiter zurückzuweichen, aber da steht das Bett. Plötzlich ist ganz deutlich die Stimme meiner Mutter zu hören:
»Aber sag mir Bescheid, wenn dir schlecht wird.«
Ich drehe mich um und sehe, wie sich die Arinye langsam in die Luft erhebt. Meine Tante bleibt abrupt stehen. Das Grinsen ist wie weggewischt. Ihre Haare erstarren kurzzeitig zu klirrenden schillernden Eiszapfen, und dann … Sah es eben noch so aus, als hätte sie ein Gebläse im Rücken, muss dieses nun auf Saugen umgestellt haben – ihre Haare zieht es zum Flur. Für einen Moment sieht Tante Agata aus wie eine Vespafahrerin bei Vollgas, aber als die Arinye gemächlich über mir aufsteigt und auf sie zufliegt, reißen sich die Strähnen mit einem spitzen durchdringenden Schrei von ihrem Schädel los, schwappen als silberne Woge in den Flur und sind in Windeseile verschwunden. Die Arinye schwebt ihnen mit ausgefahrenem Stachel see-

lenruhig hinterher. Tante Agata steht kahlköpfig im Zimmer, starrt uns aus weitaufgerissenen Augen an, fast sich mit einem Aufschrei an den Kopf und stürmt hinaus.

Wir sind erst einmal sprachlos. Biss berappelt sich als Erster, räuspert sich und meint: »Das war aber ganz großes Kino …«

»Wie die geguckt hat …«, murmelt Mona. »Das werde ich nie vergessen. Niemals.«

Floh fängt an zu kichern, hört wieder auf, schaut uns an und lacht dann los, dass sein Bauch nur so hüpft. Er sinkt auf mein zusammengebrochenes Bett, wälzt sich darin herum und kann sich gar nicht mehr einkriegen vor Lachen.

»Also wirklich …« Mona schüttelt missbilligend den Kopf, aber dann muss sie selbst lachen.

Flohs Gelächter ist so ansteckend, dass ich auch einstimmen muss. Wir lachen Tränen, ich kann mich nicht erinnern, jemals so gelacht zu haben. Als wir uns wieder halbwegs beruhigt haben, stellt sich Biss in die Tür, fasst sich, »Huch!«, an den Kopf und schreit los, wie eben meine Tante.

Natürlich brüllen wir wieder los, dass es uns fast zerreißt. Die Tränen kullern mir über die Wangen, und

ich habe schon Bauchschmerzen, aber ich kann einfach nicht aufhören.
»Ich piss mich gleich ein!«, fiept Floh zwischen zwei Lachanfällen.
»Aber dann …«, japse ich und wische mir die Tränen aus den Augen, »dann runter von … von meinem Bett!«
Und wieder lachen wir uns kaputt. Da schaut Mona auf ihre Uhr und sagt, augenblicklich todernst: »Marek, es ist schon zehn nach. Mama bringt uns um!«
»Essen!«, ruft Floh und krabbelt aus dem Bett. »Komisch, aber ich habe irgendwie gar keinen Hunger!«
»Ich muss auch los«, erklärt Biss, »aber ich weiß nicht, ob …«
»Ich komm schon klar«, sage ich.
Wir gehen raus in den Flur. Über unseren Köpfen sind lautes Getrappel und gedämpfte Schreie zu hören.
»Ist schon in Ordnung. Glaub ich …« Ich versuche, möglichst überzeugt zu klingen.
»Ja, sicher«, beruhigt mich Floh. »Sie sind so angelegt, dass sie nicht nur Häuser und Wälder fadenfrei kriegen, sondern auch Menschen. Leider waren, bis man sie so weit hatte, keine Menschen mehr übrig, die sie hätten säubern können. Die Arinyen, meine ich.«

Ich nicke. »Ist schon klar.«

Wir gehen hinunter in die Halle, an dem dunklen Tresen vorbei zur Eingangstür.

»Dann mach's gut«, sagt Mona.

Meine Tante poltert die Treppe hinunter und verschwindet schreiend im Flur. Nach einer Weile kommt sie zurück und stürmt in den gegenüberliegenden Flügel. Die Arinye folgt ihr beharrlich.

»Alter Falter«, flüstert Floh.

»Wir schauen morgen wieder vorbei und bringen dann die Arinye in ihre Zeit zurück«, sagt Biss. »So gegen elf vielleicht?«

»Klar, warum nicht?« Ich zucke die Schultern und lächle ihn an.

Dann öffne ich die große Tür, und Mona, Floh und Biss verschwinden nach draußen.

Biss wendet sich noch einmal um: »Aber pass gut auf das Wesen auf. Es darf das *Hohe Kliff* nicht verlassen. Das wäre eine Katastrophe.«

»Keine Sorge. Alle Fenster und Türen sind zu.«

»Seht mal, die Sonne scheint«, bemerkt Mona.

Tatsächlich. Die bleiernen Wolken haben sich verzogen. Am Horizont steht ein heller Sonnenball, dessen Strahlen auf den silbernen Wellen in der Ferne glitzern.

»Dann bis morgen.« Biss hebt zwei Finger an die Stirn, als wollte er salutieren.
»Bis morgen«, antworte ich und ergänze nach kurzem Zögern: »Danke.«
»Kein Ding.« Biss zuckt die Schultern und springt die Stufen zum Parkplatz hinunter.
Mona und Floh folgen ihm. Ich lehne die Tür an und beobachte die drei durch den schmalen Spalt zwischen Tür und Rahmen. Bei den Büschen an der Ausfahrt winkt Mona mir noch einmal zu. Floh schaut auch zurück und ruft mit finsterer Miene:
»Und lass dich bloß nicht hier draußen blicken!«
Er zwinkert mir zu und läuft dann in Richtung Kiosk davon. Ich schließe die Tür. Meine Tante kommt die Treppe heruntergerannt und stürzt an mir vorbei in den Speisesaal. Die Arinye ihr nach. Hoffentlich geht das nicht die ganze Nacht so weiter. Ich folge den beiden. Die Flurtüren zur Küche stehen weit offen. Von dort kommt ein kurzer Entsetzensschrei, dann ist alles still. Ich schaue in die Küche. Tante Agata steht, die Hände vor dem Gesicht, in der Ecke bei der alten Anrichte. Die Arinye schwebt direkt über ihr. Blitzartig dringt der metallene Stachel immer wieder in den kahlen Schädel meiner Tante ein, ohne ihm auch nur die kleinste

Verletzung zuzufügen. Dann setzt er einen besonders tiefen Stich, das summende Flügelschlagen wird lauter, und die Arinye zieht meiner Tante einen hellen, sich windenden Faden aus der Schläfe. Sie seufzt auf und sackt zusammen, und ich bin mir plötzlich ganz sicher, dass dies der Faden war, den mir der Scheinder zum Andenken geschenkt hat. Der Faden verschwindet im Saugrüssel der Arinye. Sie dreht ab und fliegt ruhig weiter, um die restlichen Fäden aufzustöbern, die sich noch in der Pension versteckt haben. Als ich sehe, dass meine Tante schwankt, laufe ich schnell zu ihr und stütze sie.

»Jetzt ist alles gut«, sage ich, bringe sie in den Speisesaal und setze sie auf den Sessel am Kamin.

Sie hat die Augen geschlossen und zittert am ganzen Leib. Friert sie? Könnte schon sein, es ist kalt hier im Haus. Ich sollte wohl den Gasofen anmachen, nur weiß ich nicht, wie. Aber wer braucht hier schon einen Gasofen? Ich hole Streichhölzer aus der Küche und ein paar alte Zeitungen von unter dem Spültisch. Vorsichtig schiebe ich sie zwischen die Holzscheite, die schon seit Jahren hier im Kamin liegen müssen. Kaum halte ich das brennende Streichholz daran, flammt das Papier auf, kurz darauf fängt auch das bis in die Fasern durchgetrocknete Holz Feuer. Es wird schnell warm am Kamin. Meine Tante ist, auf dem Sessel eingerollt, eingeschlafen.

Später mache ich mir Schnittchen mit Tomate und Senf. Immer wieder lege ich Holz nach. Die Arinye schwirrt durch die Flure. Ich hole den großen Schlüsselbund aus der Rezeption und schließe sämtliche Türen im *Hohen Kliff* auf, alle Bäder, Lagerräume, Speicher- und Kellertüren, dass sie jeden Winkel absuchen kann. Als ich wieder in den Speisesaal komme, fällt mir auf, dass das Gesicht meiner Tante sich geglättet hat. Es sieht immer noch alt aus, aber nicht mehr so runzlig. Und auf ihrem kahlen Schädel sind die ersten Haarbüschel aufgetaucht. Man kann den Haaren förmlich beim Wachsen zusehen. Das muss entweder mit den Heilkräften der Fäden zusammenhängen oder mit der Arinye. Ich decke sie mit Papas Lederjacke zu, setze mich in den anderen Sessel und starre ins flackernde Kaminfeuer. Irgendwo über mir säubert die Arinye das Haus, ich schließe seufzend die Augen und kuschle mich in den Sessel. Ich habe nicht im Krankenhaus angerufen. Das mache ich morgen, beschließe ich, und bin auch schon eingeschlafen.

»Ich bin eingeschlafen«, werde ich von der leisen Stimme meiner Tante geweckt. »Haben wir die ganze Nacht hier gesessen?«

Ich schlage die Augen auf und sehe, dass das Feuer im Kamin längst erloschen ist. Vor den Fenstern scheint die Sonne, die Vögel zwitschern. Ich strecke mich und neige den Kopf zur Seite, mein Nacken ist ganz verspannt. Meine Tante sitzt aufrecht im Sessel, betrachtet ihre Haare und hält sich eine Strähne vors Gesicht.

»Was ist mit meinen Haaren passiert?«, fragt sie. »Warum sind sie so kurz?«

Sie sind überhaupt nicht kurz, sie reichen ihr beinahe bis zum Ellbogen. Aber sie sind fast vollständig ergraut.

»Wie geht es dir, Tante Agata?«

»Ich weiß nicht.« Sie lässt die Strähne los und schaut mich mit zusammengekniffenen Augen an. »Ich bin furchtbar schlapp. Wo ist meine Brille? Was ist denn passiert?«

»Du warst krank.«

»Krank?« Sie reibt sich die Stirn. »Ich kann mich an nichts mehr erinnern. Wo hab ich denn die Brille ...«

Sie steht auf und stützt sich am Kaminsims ab.

»Du hast ja den Kamin angefeuert.«

»Es war kalt«, antworte ich achselzuckend.

»Der hat das letzte Mal gebrannt, als Vater noch lebte.« Ganz in Gedanken streicht sie mit der Hand über den Sims. »Wir müssen den Ofen im Keller anwerfen. Wie spät ist es?«
»Halb acht.«
»Ich mach dir ein Frühstück.« Sie bündelt ihre Haare am Hinterkopf und zieht ein Gummi aus der Hosentasche.
»Vielleicht mach ich das lieber. Wenn du so schlapp bist ...«
»Nein, mir geht es gut. Ich brauche nur einen Kaffee. Die Brille liegt sicher noch oben.«
»Ich hole sie dir.« Schnell stehe ich auf und gehe zur Treppe.
Wo ist die Arinye? Tante Agatas Brille liegt in ihrem Zimmer, auf dem Boden neben dem Sofa. Ich hebe sie auf und lausche in den Flur, kann aber nirgends das Flügelsummen hören. Wo mag sie bloß hin sein? Wenn sie sich in einem der vielen Zimmer oder auf dem Speicher verkrochen hat, kann ich sie ewig suchen. Aber vielleicht ... Ich gehe zu meinem Zimmer und werfe einen Blick durch die blaue Tür. Die Arinye schläft auf meinem Bett zwischen den Falten des leeren Deckenbezugs. Sie hat die Flügel angelegt, aber gerade als ich

hereinschaue, schnauft sie leise, dreht sich auf den Rücken und streckt ihren prallen Bauch in die Luft. Sie hat sich kugelrund gefressen. Vorsichtig ziehe ich den Schlüssel aus der Tasche und schließe von draußen ab.

»Łukasz!«, ruft meine Tante von unten.

Ich gehe zur Treppe und schaue hinab. Die Hände in die Hüften gestemmt, steht sie da, runzelt die Stirne und fragt mich verärgert:

»Was fällt dir eigentlich ein, alle Türen aufzusperren?«

Ich gehe hinunter zu ihr, gebe ihr die Brille und überlege, was ich antworten soll, ohne lügen zu müssen.

»Ich hatte Angst«, sage ich schließlich.

Jetzt schaut sie eher betrübt drein. Sie setzt sich die Brille auf und verstrubbelt mir mit einer etwas unbeholfenen Geste die Haare.

»Hier gibt es nichts, wovor du Angst haben müsstest«, sagt sie schließlich. »Das *Hohe Kliff* ist das langweiligste und ungefährlichste Haus der Welt. Komm, wir machen uns Frühstück.«

Ich lächle ihr zu.

Das Ende des Scheinders

»Wie ist es gelaufen?«, fragt Biss, als ich ihm pünktlich um elf öffne.

Er trägt eine Baseballcap und schmuggelt unter seinem dunkelblauen Kapuzenpulli einen in Zeltstoff eingewickelten länglichen Gegenstand herein.

»Wie am Schnürchen«, antworte ich und lasse ihn ins Haus.

»Sind sie schon da?«

»Noch nicht, aber …«

»Warte, lass gleich auf!«, höre ich da Mona vom Parkplatz rufen. Sie kommt mit Floh über den Platz gerannt, unter dem Arm eine Plastiktüte, in der etwas scheppert. Oben schauen nur ein paar Holzgriffe heraus.

»Und?«, fragt Mona noch auf der Schwelle.

»Guten Tag.« Tante Agata steht in der Tür zum Speisesaal.

Sie sieht ziemlich verwirrt aus. Floh, Mona und Biss starren sie mit großen Augen an. Mona fängt sich als Erste.

»Guten Tag. Geht es Ihnen wieder besser?«

»Danke, ja. Aber woher weißt du, dass ich krank war?«

»Hat Łukasz uns gesagt, gestern«, erklärt Floh.

»Ich wusste gar nicht, dass du hier schon Freunde gefunden hast«, sagte meine Tante zu mir und lächelt vorsichtig.

»Ja, so irgendwie …« Ich zucke die Schultern, erwidere ihr Lächeln und sage: »Das sind meine Freunde.«

»Freut mich.«

»Dürfen wir bitte mit Łukasz spielen?«, fragt Biss höflich.

»Ach, na sicher, selbstverständlich. Natürlich dürft ihr.« Sie blinzelt kurz, zeigt dann auf die Tüten und fragt: »Was habt ihr denn da mit?«

»Das hier?« Mona schaut kurz auf ihr Bündel. »Nichts weiter. Nur Spielsachen. Zum Spielen.«

»Soso. Na dann spielt mal schön.« Meine Tante schaut so verdattert drein, dass ich am liebsten laut auflachen würde. »Soll ich euch ein paar Schnittchen machen?«

»Nein, danke«, antworten Mona und Biss im Chor.

Floh zieht eine wehmütige Grimasse, schüttelt aber auch schnell den Kopf.

»Wir gehen dann mal zu mir hoch, Tante Agata«, sage ich.

»Cool, dass es Ihnen schon wieder gutgeht«, meint Floh.

»Ja … Ja, ja, sicher …«, stammelt meine Tante, aber da sind wir schon auf der Treppe.

Ich schließe die blaue Tür hinter uns, und Mona schnauft einmal tief durch.

»Die hat sich ja in null Komma nichts erholt. Hätte ich nicht gedacht. Da hat nicht viel gefehlt.«

Sie zieht eine riesige Baumschere aus der Tüte, Floh holt aus der zweiten eine etwas kleinere. Biss wickelt derweil grinsend eine Axt mit rotem Kunststoffgriff aus dem Tuch.

»Spielsachen«, erklärt er und blinzelt mir zu, während ich mit Verschwörermiene die Baumschere meiner Tante hinter der Kommode hervorziehe, die ich hinter der Kellertür entdeckt und vor einer halben Stunde in mein Zimmer entführt habe.

»Dabei haben wir uns nicht mal abgesprochen«, sage ich.

»Große Geister verstehen sich blind«, behauptet Floh.

»Wo ist sie?«, fragt Biss. »Du hast sie doch hoffentlich nicht entwischen lassen?«

»Quatsch. Sie schläft in ihrem Bezug. Hat sich selber wieder reingelegt.« Ich deute mit dem Kinn in Richtung Bett. »Können wir?«

»Logisch!«

Ich stelle mich vor die blaue Tür und klopfe. Heute weiß ich schon nach dem dritten Schlag, dass der Zugang offen ist.

»Es geht von Mal zu Mal schneller. Ich fürchte, nächstes Mal bleibt der Zugang dann für immer offen.«

»Es wird kein nächstes Mal geben«, sagt Biss streng. »Wir müssen die Sache heute zu Ende bringen, und dann kehrst du nie mehr dorthin zurück. Das ist zu gefährlich, verstehst du?«

Ich nicke seufzend, er hat ja recht.

Dabei ist die Silberwelt so schön … Am liebsten würde ich dortbleiben. Wenn Mama nicht immer noch schlafen würde – ich hatte im Krankenhaus angerufen und mit der Pflegerin gesprochen. Zustand unverändert. Ich würde dortbleiben, wenn sie nicht wäre. Und Tante Agata.

»Also los«, sagt Mona, den Bezug mit der Arinye in der einen, die Baumschere in der anderen Hand.

Die Zweige der Glomasträucher sind extrem hart. Aber wir müssen eine fünf Meter breite Schneise schneiden, behauptet Floh, sonst kommen die Arinyen nicht durch. Schweiß tropft mir in die Augen, als ich mit Tante Agatas Baumschere den nächsten Zweig abzwicke, und ich ziehe die Lederjacke aus.

»Hoffentlich machen ihnen die Wurzeln im Boden nichts aus«, schnaufe ich. »Die kriegen wir im Leben nicht raus.«

»Nicht reden, schneiden!« Mona kämpft mit einem besonders dicken Zweig. »Wie viel noch?«

»Ich würde sagen, wir haben über die Hälfte«, schätzt Biss.

Mehr als zwei Meter haben wir bestimmt schon freibekommen, daneben türmen sich im Gras die abgeschnittenen und abgehackten Zweige. Die Silberkugeln blitzen in der Sonne. Im Wald hinter uns haben sich Dutzende Arinyen in die Luft erhoben. Sie warten, als hätten sie genau verstanden, was wir vorhaben.

»Sieht aus, als hätten sie kapiert, was wir von ihnen wollen«, meint Biss, der offenbar denselben Gedanken hatte.

»Glaubst du, sie sind intelligent?«, frage ich.

»Ursprünglich waren sie es nicht«, keucht Floh. »Aber

sie bilden ja ein großes Gehirn. Vielleicht haben sie dazugelernt.«
»Noch diesen Busch, dann haben wir es«, verkündet Mona.
»Würdest du nicht auch gern?«, frage ich Biss mit Blick auf die Gloma-Beeren.
»Klar, würde ich«, räumt Biss ein. »Aber es gibt Dinge, die weiß man besser nicht. Außerdem glaube ich nicht, dass das hier die einzig mögliche Zukunft ist. Ich habe heute Nacht darüber nachgedacht. Die Erde kann in vier Milliarden Jahren so aussehen. Sie muss aber nicht. Wie die Zukunft wird, hängt schließlich von uns ab. Nehmen wir mal an, das hier ist nur eine mögliche Variante.«
»Hört auf zu quatschen und helft mir lieber!«, schimpft Mona.
Kurz darauf fällt auch der letzte Busch. Wir zerren ihn beiseite. Die Arinyen lauern immer noch.
»Und was jetzt?«, frage ich.
»Floh?« Biss wendet sich an seinen Kumpel.
Floh trägt eine ganze Weile eine lächerlich stolze Miene zur Schau – wahrscheinlich hat ihn noch nie jemand um Rat gefragt. Er lächelt selig, schüttelt dann aber den Kopf.

»Ich weiß nicht. Eigentlich müssten sie schon fliegen. Außer …« Er schaut zu Boden auf die Gloma-Beeren, die ins Gras gefallen sind. »Wir müssen die auch noch wegsammeln.«

»Na toll!« Seufzend fange ich an, die Beeren aufzulesen.

Zwanzig Minuten später sind Weg und Wiese beerenrein.

»Und jetzt?«, fragt Mona. »Wieso fliegen sie nicht?«

»Ihr könnt jetzt losfliegen!«, rufe ich den Arinyen zu, nähere mich ihnen und zeige auf unsere Schneise. »Hört ihr?«

Die Arinyen hängen weiter in der Luft und schlagen träge mit den Flügeln.

»Was haben sie denn?«, frage ich Biss, der sie mit gerunzelter Stirne beobachtet. »Wieso fliegen sie nicht?«

»Ich weiß nicht«, antwortet er leise. »Vielleicht sind es doch die Wurzeln.«

»Tja, Pech, an die kommen wir so nicht dran«, erklärt Mona und reicht mir die Jacke. »Gehen wir zurück. Morgen kommen wir mit Spaten wieder.«

»Nein.« Ich schüttle den Kopf. »Wir können nicht wiederkommen, das weißt du genau. Der Zugang schließt sich nicht mehr, wenn wir ihn noch mal öffnen.«

»Dann können wir es uns abschminken«, meint Mona.

Ich schlüpfe in die Jacke und antworte: »Ich nicht. Ihr geht zurück, aber ich muss zu ihm gehen und versuchen, ihn zu befreien.«

»Das kannst du doch gar nicht schaffen!«, ruft Biss.

Ich sehe ihm kurz in die Augen und gehe dann langsam auf die nächstbeste Arinye zu. Sie schaut mich an, fliegt aber nicht weg. Vorsichtig strecke ich den Arm aus. Die Arinye schaut auf meine Hand, ihr Flügelschlag wird schneller. Weiter passiert zunächst nichts. Aber dann schwebt sie plötzlich langsam auf mich zu und lässt sich zögerlich auf meinem Unterarm nieder, wie der Raubvogel im Fernsehen auf dem Arm des Falkners. Ihre Krallen graben sich in den Ärmel der Lederjacke, dann legt sie die Flügel an. Sie ist unglaublich leicht.

»Uff!« Mona ist baff. »Wie hast du das gemacht?«, fragt sie im Flüsterton.

»Weiß nicht«, flüstere ich zurück.

»Gleich haut sie ab«, mahnt Biss leise. »Und selbst wenn du sie durch die Schneise bringst – eine einzige Arinye wird nie mit dem Scheinder fertig.«

»Ich muss es trotzdem versuchen«, antworte ich gedämpft und gehe behutsam auf die Schneise zu.

Die Arinye fährt die Flügel aus, aber nur, um nicht das Gleichgewicht zu verlieren. Sie hebt nicht ab, nicht einmal, als wir schon mittendrin sind. Als ich kurz zurückschaue, sehe ich, dass Mona, Floh und Biss uns folgen.

»Ihr solltet doch zurückgehen«, zische ich ihnen zu.

»Das hast nur du gesagt«, erklärt Mona trocken.

Lächelnd laufe ich weiter, die federleichte Arinye auf meinem Arm. Wir nähern uns der ersten Laterne. Triumphierend drehe ich mich zu Mona um, da sehe ich, dass eine Arinye uns durch die Schneise gefolgt ist. Ihr nach fliegt eine weitere, dann eine dritte und plötzlich rieseln die Arinyen ins Tal wie die Haferflocken ins Müslischälchen. Biss grinst mir zu und hebt den Daumen. Umgeben vom Rauschen und Summen der Arinyen nähern wir uns dem Städtchen. Ich möchte befreit auflachen, und ich spüre eine solche Kraft in mir, dass ich anfange zu rennen – soweit das mein kürzeres Bein zulässt. Die Arinye auf meinem Arm krallt sich noch fester in den Ärmel, dann lässt sie los und schwingt sich in die Luft.

»Schneller«, ruft Mona lachend, und auch die Arinyen legen einen Zahn zu.

Ihre Flügelspitzen streifen meine Hände, sie flüstern

etwas, aber ihre Stimmen verschwimmen zu einem einzigen großen Raunen, ich kann sie nicht unterscheiden. Wie eine himmelblaue Flutwelle schwappen sie durch die Straßen und umgeben die Häuser. Zart funkeln die fliehenden Fäden im fahlen Licht der riesigen Sonne. Floh geht zum ersten Haus und stößt mit einem kräftigen Fußtritt die Tür weit auf. Wir folgen seinem Beispiel, öffnen Haus um Haus und lassen die Arinyen hinein. Nach einer Weile bin ich vor dem Haus mit dem Scheinder-Schild über der Tür angelangt.

»Ist es das?«, fragt Mona neben mir.

Ich nicke.

»Dann mach auf und lass die Arinyen rein«, sagt sie.

»Ich will, dass er uns vorher noch sieht. Er soll erkennen, dass er verloren hat.«

»Ich hab dir doch gesagt, dass die Fäden nicht denken können«, mischt Floh sich ein. »Das ist, als würdest du einer Kakerlake erklären wollen, wieso du sie nicht im Haus haben willst.«

»Kann schon sein.« Ich zucke die Schultern. »Trotzdem …«

Ich schiebe die quietschende Tür auf und trete in die dunkle Stube. Die anderen folgen mir, Biss schließt hinter sich die Tür und sperrt die Arinyen aus.

Der Scheinder steht hinter dem Ladentisch, exakt an derselben Stelle, wo ich ihm das erste Mal begegnet bin. Sein Gesicht wird von der Dunkelheit verschluckt.
»Ich bin wieder da«, sage ich laut.
Langsam hebt der Scheinder den Kopf und sieht mich an.
»Und ich bin nicht allein«, verkünde ich. »Gleich ist es aus mit dir. Und er kommt wieder frei.«
»Ssssso?«, wispert der Scheinder. »Glaubsssst du dasssss?«
Er kommt um die Theke herum und steht uns nun gegenüber, mit geneigtem Kopf und seinem stechenden Blick aus den weißen Augen mit den winzigen Pupillen.
»Wir sssind sssseit Jahrmillionen hier. Und wir werden noch Jahrmillionen hier ssssein. Bissssss die Sssssonne verlischschscht …«
»Dann hab ich schlechte Neuigkeiten für euch«, entgegne ich kühl. »Die Sonne verlischt noch heute.«
Ich nicke Biss zu, der die Tür aufzieht. Helles Licht fällt in die Stube. Plötzlich beugt sich der Scheinder ruckartig vor, reißt seinen Mund weit und weiter auf und spuckt züngelnde silberne Fadenknäuel aus.
»Zurück!«, ruft Mona mir zu, aber da wird es schon wieder dunkel.

Durch die geöffnete Tür strömen die Arinyen herein, Dutzende, Hunderte. Der Scheinder schreit auf, aber sie fallen über ihn her, umgeben ihn wie eine blaue Wolke, stoßen und drängeln.

»NEIN!!!«, hallt plötzlich ein Verzweiflungsschrei aus dem Gewirr der Leiber und Flügel.

Ich weiß nicht, ob das der Scheinder war oder die Arinyen. Und plötzlich ist es vorbei. Die Vögel drehen ab und verschwinden durch die Tür nach draußen. Am Boden kniet ein Mann. Schwer atmend stützt er sich auf die Dielen. Ich gehe auf ihn zu und hocke mich neben ihn.

»Sei vorsichtig«, zischt Biss.

Der Mann hebt den Kopf und sieht mich aus vernebelten Augen an. Sie sind leuchtend blau, genau wie meine.

»Alles ist gut«, sage ich zu ihm, nehme ihn beim Arm und helfe ihm hoch.

Er stützt sich auf den Ladentisch und verbirgt sein Gesicht in den Händen.

»Wer ist das?«, flüstert Mona.

»Auweia …«, sagt Floh leise, aber ich achte nicht auf ihn.

Schwarzes Haar bedeckt in Windeseile den eben noch

kahlen Kopf des Mannes, er reibt sich die Augen und starrt mich an.
»Wie lange hat das gedauert?«, fragt er heiser.
»Sehr lange«, antworte ich.
»Auweia!«, sagt Floh diesmal lauter. »Irgendwas …«
»Wer bist du?«, fragt der Mann und mustert mich erschöpft. »Und wieso hast du meine Jacke an?«
»Das ist gar nicht …«, setzt Floh an und bricht dann plötzlich ab. Genervt drehe ich mich nach ihm um und will ihm gerade sagen, er soll nicht ständig dazwischenquatschen, da bleiben mir bei seinem Gesichtsausdruck die Worte im Halse stecken. Etwas hat ihn zu Tode erschreckt, er starrt mit leerem Blick ein Loch in die Luft.
»Marek!«, ruft Mona besorgt.
Floh fährt sich kurz mit der Zunge über die Lippen und sagt gehetzt: »Wir sind überhaupt nicht in Brzeg. Nie gewesen!!!«
Plötzlich explodiert an der Stelle, wo Floh eben noch stand, eine grellweiße Lichtkugel, und er … ist verschwunden! Mit einem lauten »Plopp!« schließt sich der luftleere Raum, als wäre ein Sektkorken aus der Flasche geschossen.
»Marek!!!«, brüllt Mona.

Sie stürzt zu der Stelle, wo eben noch ihr Bruder war, geht in die Knie und presst die Hände auf den Boden, als wäre er darin versunken.
»Wo ist er?«, ruft sie und schaut angstvoll zu uns auf. »Wo ist mein Bruder? Was …«
Dann bricht sie ab, ihre Augen weiten sich vor Staunen und sie sagt nur noch:
»Oh!«
Wieder strahlt das Licht auf, dann ist auch Mona weg.
»Was geht hier vor sich?«, fragt der Mann.
In diesem Augenblick verschluckt der helle Lichtschein hinter mir kommentarlos Biss.
»Papa!«, rufe ich und packe meinen Vater beim Ärmel seines schwarzen Anzugs. »Papa, geh zurück ins *Hohe* …«
Da erfassen mich ein lautes Rauschen und blendend weißes Licht. Ein greller Schmerz zuckt mir durchs Hirn, ich verliere das Gleichgewicht und kneife die Augen fest zu. Ich falle! Dann werden Schmerz und Licht schwächer und bleiben zurück. Ich spüre, dass ich auf etwas Weichem liege. Dieser Geruch … Wie ein an Land geworfener Fisch schnappe ich gierig nach Luft und sehe mich blinzelnd um. Ich muss herausfinden, wo ich gelandet bin.

Mama, das Krankenhaus und der Toyota

»Er auch?«, ruft die Frau am Fußende meines Bettes. »Alle vier? Das ist … ein Wunder!«

»Schnell! Holen Sie einen Arzt!«, höre ich eine Stimme neben mir. Sie kommt mir bekannt vor. Ich versuche den Kopf zu drehen, er ist bleischwer.

»Mama?« Ich will schreien, aber aus meiner Kehle kommt nur ein dünnes, heiseres Flüstern.

»Ich bin hier. Ich bin die ganze Zeit bei dir, Łukasz«, sagt meine Mutter, die auf der Bettkante sitzt und meine Hand ganz fest in den ihren hält.

»Du bist aufgewacht. Endlich!« Meine Augen brennen vor lauter Tränen.

»Nein, du bist aufgewacht, Liebes«, antwortet meine Mutter, und ich sehe, dass sie auch weint. »Du hast sehr lange im Koma gelegen, aber ich wusste, dass du aufwachen wirst.«

Ich? Im Koma? Sie ist wohl etwas durcheinander – sie war es doch, die … In diesem Moment fliegt die Tür hinter ihr auf und eine Frau stürzt herein. Ihr nach ein Mann und dann noch …

»Ist er aufgewacht?«, ruft Tante Agata aufgeregt.

»Hallo, Tante Agata«, sage ich und versuche ein Lächeln.

Sie kommt an mein Bett, setzt sich und umfasst meine andere Hand.

»Du kennst mich noch nicht, aber ich bin deine …«, fängt sie an, muss aber erst mal nach Luft schnappen. Also helfe ich ihr weiter:

»Klar, kenne ich dich. Weißt du nicht mehr? Du bist Mamas Schwester Agata, meine Tante.«

Tante Agata starrt mich entgeistert an, dann schaut sie zu Mama.

»Er muss gehört haben, wie wir geredet haben«, sagt sie mit zitternder Stimme. »Er hat alles gehört.«

»Papa ist im *Hohen Kliff*«, fahre ich fort. Obwohl ich völlig entkräftet bin und spüre, dass ich gleich einschlafen werde, muss ich ihnen das noch sagen, weil es so wichtig ist: »Papa ist ins *Hohe Kliff* zurückgegangen. Durch die blaue Tür. Wir haben den Zugang offen gelassen. Er hat einen schwarzen Anzug an.«

»Beruhige dich, mein Großer.« Mama sieht mich bekümmert an. »Ich habe dir das alles bloß erzählt.«

»Hat er wirklich gehört, worüber wir geredet haben?«, fragt meine Tante, aber ihre Stimme kommt von weit her, meine Lider sind plötzlich unendlich schwer, und alles zerfließt.

»Scheinbar hören sie, auch wenn sie nicht reagieren«, kann ich meine Mutter noch sagen hören. »Deswegen muss man reden mit ihnen, so viel wie mög…«

Ihre Stimme ist weg, und ich versinke tief in einen traumlosen Schlaf.

»Er kann sich an nichts mehr erinnern«, sagt Mona und schaut zu Floh, der auf seinem Bett am Fenster Vanillepudding löffelt. »Null.«

»Aber du erinnerst dich noch.«

»Ja, schon, aber …« Mona senkt den Blick und zupft am Saum ihres Schlafanzugs. »Ich habe das Gefühl, dass sich das alles irgendwie auflöst, verstehst du? Jedes Mal, wenn ich einschlafe und dann wieder aufwache, ist dieser Traum …«

»Das war kein Traum!«

»Ja, klar. Er wird immer undeutlicher. Bei dir nicht?«

»Nein«, antworte ich entschieden, obwohl das nicht ganz stimmt.

Es ist jetzt bald einen Monat her, dass wir vier aufgewacht sind. Ich bin seither schon viele Male eingeschlafen und wieder aufgewacht, aber die Ereignisse in der Silberwelt stehen mir noch so real vor Augen, wie ich sie damals erlebt habe. Wenn ich die Augen schließe, sehe ich die Arinyen, die Korkenzieherbäume, den violetten Himmel und den Scheinder deutlich vor mir. Meinen Vater auch. Ich brauche kein Foto mehr, ich weiß genau, wie er aussieht. Tante Agata ist wieder ins *Hohe Kliff* gefahren, aber sie ruft fast jeden Tag an. Sie sagt, Papa wäre nicht dort, und die Pension war verriegelt und verrammelt, so wie sie sie verlassen hat, als sie auf Mamas Anruf hin nach Warschau geeilt ist. Der Anruf kam nämlich von Mama und nicht von irgendwelchen Versicherern oder Ärzten. Mama hatte sie angerufen, weil sie, nachdem klar war, dass ich im Koma lag, nicht mehr wusste, wohin. Um nicht so allein zu sein, hat sie beschlossen, sich mit ihrer Schwester auszusöhnen.

Mein Vater ist nicht durch die blaue Tür gegangen. Wieso nicht? Wollte er lieber in der Silberwelt bleiben?

Oder hat er vielleicht den Durchgang nicht gefunden? Vielleicht hat der sich auch geschlossen, bevor er ihn erreicht hat. Ich muss das herausfinden.
Alle anderen sagen, ich hätte monatelang im Bett gelegen und geschlafen. Kann ja sein. Mama soll die ganze Zeit bei mir gewesen sein und mir vom *Hohen Kliff*, von Opa und Oma erzählt haben. Von Tante Agata und von ihrer Zimmertür, die sie blau angestrichen hatte. Sogar von meinem Vater – wie sie sich kennenlernten, wie er aussah und von dem Tag, an dem er verschwand. Sie meint, ihre Erzählungen wären zu mir durchgedrungen und hätten sich in meine Träume geschlichen. Aber ich kann nicht glauben, dass das die ganze Wahrheit ist. Sie hat mir kein Wort vom Scheinder oder der Silberwelt erzählt. Aber ich war dort, ich bin durch die blaue Tür gegangen. Ich habe meinen Vater wiedergefunden und herausbekommen, warum er nicht bei mir sein konnte. Außerdem habe ich Mona, Floh und Biss getroffen, sie waren mit mir dort und erinnern sich ebenfalls daran. Mehr oder weniger jedenfalls. Mona weiß noch am meisten, Floh fast gar nichts mehr, Biss erinnert sich zwar, lässt aber kaum mit sich reden. Er lag von uns allen am längsten im Koma und kommt nur sehr langsam wieder zu sich.

Früher habe ich immer gedacht, Koma wäre nur eine Art Tiefschlaf, und wenn es vorbei ist, schlägt derjenige, der so fest geschlafen hat, die Augen auf, steigt aus dem Bett und geht nach Hause. Jetzt weiß ich es besser. Man liegt nämlich gar nicht die ganze Zeit zugedeckt im Bett. Jeden Tag kümmern sich Schwestern und Physiotherapeuten um einen und halten die Muskeln fit, damit sie nicht verkümmern. Wenn man nur rumliegt, haben sie ja nichts zu tun und werden immer dünner und schwächer. Außerdem geht das alles lange nicht so schnell und einfach, wenn man denn überhaupt aus dem Koma erwacht. Es kostet jede Menge Zeit und Arbeit, bis man wieder normal gehen, sprechen und denken kann.

Unser Fall ist etwas ganz Besonderes, sagen die Ärzte hier. Wir haben alle vier im selben Raum gelegen und sind alle fast gleichzeitig erwacht. So etwas gibt es überhaupt nicht.

In den vergangenen Wochen habe ich allen hier bestimmt schon hundertmal von der Silberwelt erzählt, ich kann es selber nicht mehr hören. Wenn das nur meine Geschichte wäre, hätten alle schon längst abgewinkt und gesagt, das hätte ich nur geträumt. Aber Mona hat bezeugt, dass es wahr ist. Das ist den Fachleuten ein Rätsel. Sie nennen es jetzt Kollektivtraum. Sollen sie es nennen, wie sie wollen, ist mir egal. Ich will nach Hause.

Mona und Floh sind tatsächlich Geschwister, aber sie waren noch nie in Brzeg, also früher, vor dem Unfall. Sie kommen aus Südostpolen, aus der Nähe von Rzeszów und sind ins Koma gefallen, nachdem sie sich an irgendwelchen Chemikalien vergiftet haben, die die örtliche Papierfabrik einfach in den Bach geleitet hat.

Biss kommt aus Warschau, so wie ich. Er war zuckerkrank, aber das haben die Ärzte nicht herausbekommen, obwohl es ihm sehr schlecht ging. Man hat alles Mögliche probiert, aber den Zucker haben sie erst entdeckt, als er schon ins Koma gefallen war. Aus dieser Art Koma kann man die Patienten eigentlich relativ leicht wieder wecken, aber Biss war ein Sonderfall, da lief das anders.

Mama glaubt mir wohl nicht so ganz, weiß aber selber nicht recht, was sie davon halten soll. Sie behauptet, alle Details über das *Hohe Kliff*, sogar zu Papa und seiner Lederjacke, hätte sie mir erzählt, während ich im Koma lag. Die Silberwelt, die Fäden, die Arinyen und den Scheinder hätte ich bloß geträumt. Mona hat den Ärzten alles erzählt, ohne dass ich dabei war. Daran ist nicht zu rütteln. Wenn ich von der Silberwelt spreche und Mona kleine Einzelheiten ergänzt, hört Mama zu, stellt aber keine Fragen. Sie sitzt nur da mit kreideweißem Gesicht. Am Anfang dachte ich, sie ist sauer auf mich, erst später habe ich kapiert, dass ihr das einfach Angst macht. Sie ist außerstande zu begreifen, wie wir denselben Traum haben konnten, und wie die meisten Menschen hat sie Angst vor Dingen, die sie nicht begreifen kann. Das ist mir klargeworden, seit ich sie und die anderen Erwachsenen, die sich mit mir unterhalten, genauer beobachte. Deshalb habe ich mir vorgenommen, ihr nichts mehr über die Welt hinter der blauen Tür zu erzählen. Ich möchte nicht, dass meine Mutter sich ängstigt.

Mona und Floh dürfen als Erste nach Hause. Ihre Mutter holt sie ab – eine nette, sympathische Frau, so kugelrund wie ihr Sohn. Wir tauschen unsere E-Mail-Adressen aus. Mona wird mir bestimmt schreiben, bei Floh bin ich mir nicht sicher.

Mitte Oktober darf ich dann auch gehen. Biss muss noch etwas länger bleiben. Ich habe auch noch ein paar

Untersuchungstermine hier, also werden wir uns sicher mal sehen. Mein linkes Bein ist tatsächlich kürzer als das rechte. Das lässt sich wohl operieren, aber noch nicht sofort, ab dem Frühjahr vielleicht. Mama hat gefragt, ob ich will, das muss ich mir aber erst noch überlegen. Krankenhäuser kann ich nicht leiden, ein zu kurzes Bein ist aber auch doof. Im Krankenhaus müsste ich nur für ein paar Wochen oder Monate bleiben, das Bein wird mich bis an mein Lebensende begleiten – hoffe ich jedenfalls. Also werde ich es wohl operieren lassen. Aber das entscheide ich später, ich habe jetzt Wichtigeres zu tun.

Wir fahren Sonntagmorgen los. Mama weckt mich in aller Frühe auf. Die Sonne scheint, und es ist warm, dabei haben wir schon bald Ende Oktober. Bis auf ein paar Wölkchen ist der Himmel klar. In der Diele stapelt sich das Gepäck. Wir frühstücken, Mama trinkt ihren Milchkaffee und fragt: »Bist du so weit?«

Klar bin ich so weit! Wir schaffen das Gepäck zum Aufzug, Mama schließt ab und rüttelt noch zweimal am Türknauf, um sicherzugehen, dass die Tür auch wirklich zu ist. Ich lächle ihr zu. Dann fahren wir mit dem Aufzug in die Garage und stopfen unser Gepäck in den neuen Toyota, den Mama gekauft hat. Obwohl wir viel mithaben und der Kofferraum nicht sehr groß ist, passt alles rein.

»Und du hast wirklich keine Angst?«, fragt meine Mutter, als wir einsteigen, sie vorne, ich hinten.

»Nein.« Ich schüttle den Kopf, und sie betrachtet mich im Rückspiegel.

»Du musst deine Angst überwinden«, sagt sie mehr zu sich selbst als zu mir. »Nach dem Unfall, weißt du? Du musst dich ins Auto setzen und losfahren, sonst wird deine Angst größer und größer, bis du irgendwann überhaupt nicht mehr Auto fahren kannst.«

»Ich habe keine Angst«, sage ich noch einmal.

»Gut. Sag mir, wenn etwas ist.«

Wir fahren aus der Tiefgarage und dann aus der Stadt in Richtung Norden. Auf den Straßen ist kaum jemand unterwegs, es ist ja Sonntag, und alle schlafen noch. Plötzlich meldet sich die Navi-Frau mit ihrer sanften, etwas künstlichen Stimme aus dem Gerät unter der Frontscheibe: »Dem Straßenverlauf 200 Meter folgen.« Meine Mutter springt fast auf von ihrem Sitz und schaltet das Navi aus. Ich sitze angeschnallt auf der Rückbank, mit einer Dose Erdnüsse, einer Cola und vier neuen Comic-Heftchen. Am Fenster ziehen Bäume vorbei – wir haben Warschau hinter uns gelassen. Der Toyota ist nicht neu, Mama hat ihn gebraucht gekauft. Aber er sieht ganz gut aus, auch wenn die Sitze nicht mit Leder bezogen sind, sondern mit einem dunkelgrünen Stoff, und das Armaturenbrett aus mattem schwarzem Plastik ist. Wir fahren auf die Autobahn Richtung Posen, ich öffne die Erdnussdose und schaue aus dem Fenster. Ich denke kurz an die Comics, will sie mir aber noch eine Weile aufheben. Am Straßenrand ist ein Netz gespannt, damit keine Tiere auf die Fahrbahn laufen. Nach der Ausfahrt Kutno sehe ich auf einer Wiese hinter dem Netz ein paar Kinder. Sie ziehen ein Metallwägelchen hinter sich her, in dem ein kleines Mädchen sitzt und laut lacht. Wie es wohl ist, hier zwischen den großen Städten zu leben, wo es eigentlich überhaupt nichts gibt? Sicher furchtbar langweilig, aber wer weiß – Tante Agata fand ja auch, das *Hohe Kliff* sei das langweiligste Haus der Welt, was ja nun überhaupt nicht stimmt.

Am späten Abend kommen wir in Brzeg an. Tante Agata empfängt uns auf dem geschotterten Parkplatz. Ich steige aus dem Auto und betrachte, auf meine Krücke gestützt, die Pension. Sie sieht so aus, wie ich sie in Erinnerung habe, nur dass der wilde Wein an der Fassade jetzt feuerrot leuchtet. Wobei … Das *Hohe Kliff* ist ein bisschen kleiner, und das Türmchen an der Seite sieht gar nicht aus wie ein Türmchen. Es ist wirklich nur ein bescheidener Anbau. Ich drehe mich um und schaue in die entgegengesetzte Richtung. Dort sehe ich die Straße, dahinter den Gehweg mit dem gelben Geländer am Rand des Kliffs. In der Ferne rauscht die Ostsee, schwarzgrau und aufgewühlt. Alles wie in meiner Erinnerung und doch ein bisschen … gewöhnlicher? Ja, das ist es wohl.

»Ich habe mir Sorgen gemacht«, sagt Tante Agata, gibt meiner Mutter einen Kuss auf die Wange und nimmt mich in den Arm.

»Wir nicht«, antworte ich und erwidere ihre Umarmung.

Wir gehen ins *Hohe Kliff*. Drinnen ist es warm, im Kamin knistern die Holzscheite.

»Du hast den Kamin angefeuert?«, fragt meine Mutter und legt die Jacke ab.

»Ja«, lacht meine Tante. »Der war jetzt seit zweihundert Jahren kalt, das musste sich dringend ändern. Kommt, ich habe uns was zu essen gemacht.«

Stirnrunzelnd schaue ich mich um. Das Zimmer hat sich ein wenig verändert. Es ist kleiner, wie überhaupt alles kleiner geworden ist – der Tisch, der Kamin und die Sessel davor. Die Füchse stehen zwar noch auf dem Sims über der Feuerstelle, aber sie sind nicht ausgestopft. Sie sind aus Porzellan. Mir ist ein bisschen flau im Magen. Am liebsten würde ich auf der Stelle nach oben rennen, aber das möchte ich meiner Tante nicht antun, die sicher ewig in der Küche gestanden hat. Wir setzen uns an den großen dunklen Tisch, Tante Agata trägt eine Schüssel Zwetschgenknödel mit Sahne und Zucker auf. Ich lade mir drei Knödel auf den Teller und fange an zu essen, obwohl ich überhaupt nicht hungrig bin. Mama und Tante Agata unterhalten sich, als wäre nichts dabei, ich gebe keinen Ton von mir. Nach dem Essen setzen sich die beiden in die Sessel vor dem Kamin.

»Ich geh mal eben rauf«, sage ich, stehe auf und greife nach meiner Krücke. Mama und Tante Agata erwidern nichts darauf, dabei wissen sie genau, was ich vorhabe. Sie starren reglos ins prasselnde Kaminfeuer, meine Mutter senkt den Kopf.

Ich gehe die breite knarrende Treppe ins Obergeschoss hinauf. Sie hat weniger Stufen als in meiner Erinnerung. Das Sprossengeländer ist nicht so stark verziert, die Wände sind heller. Und der Flur ist lange nicht mehr so finster und monströs. An den Wänden hängen gerahmte Katzenbilder aus einem alten Kalender. Die hingen garantiert nicht hier, vielleicht hat meine Tante sie kürzlich erst angebracht. Allerdings sind sie so ausgeblichen, dass sie doch schon ziemlich alt sein müssen.

Plötzlich überkommt mich eine ungeahnte Traurigkeit, und ich spüre einen dicken Kloß im Hals.

Ich nehme den rechten Flur und stehe auch gleich vor der blauen Tür. Wenigstens die hat sich nicht verändert. Mein Herz pocht unendlich laut. Ich drücke auf die Klinke. Das Zimmer mit der orangefarbenen Schrankwand, den gelben Wänden, dem Plakat über dem Bett und den gemusterten Vorhängen sieht fast noch so aus wie bei meinem letzten Besuch hier. Nur der Schreibtisch ist von seinem Fensterplatz in die Ecke gerückt, das Gelb an den Wänden ist weniger grell, und das Bett ist wieder ganz. Auf der Matratze liegt Papas Lederjacke – Tante Agata hat sie auf dem Speicher gefunden und für mich heruntergeholt. Ich lasse meine Finger über das glänzende, stellenweise rissige Kastanienbraun gleiten und ziehe mir die Jacke schließlich über. Als ich mit der Hand in die Tasche fahre, finde ich das Messer an seinem Platz.

Ich schließe die blaue Tür wieder, stelle mich davor, ziehe das Handy aus der Hosentasche und stelle die Stoppuhr.

Einmal tief durchatmen, dann hebe ich die Hand und klopfe an das blau gestrichene Holz. Ich klopfe. Auf dem Display springen langsam die Ziffern um. Die Tür beantwortet jeden Schlag mit einem dumpfen Echo. Ich klopfe und warte darauf, dass das Echo sich verändert. Auch wenn mir keiner glaubt, weiß ich genau, dass es so kommen wird.

Wenn du nur richtig anklopfst, dann …

Łukęcin, August 2010